DREAMBOOKS★

FUSION FANTASY STORY & ADVENTURE

사도연 퓨전판타지 장편소설

신세기전

dream
books
드림북스

신세기전 7 자각몽

초판 1쇄 인쇄 2017년 1월 17일
초판 1쇄 발행 2017년 1월 31일

지은이 사도연
발행인 오영배
기획 박성인
책임편집 김다슬
표지 · 내지 디자인 공간42
제작 조하늬

펴낸곳 (주)삼양출판사 · 드림북스
주소 서울시 강북구 도봉로 173
대표 전화 02-980-2112 **팩스** 02-983-0660
편집부 전화 02-980-2116 **팩스** 02-983-8201
블로그 blog.naver.com/dreambookss
출판등록 1999년 3월 11일 제9-00046호

ⓒ 사도연, 2017

ISBN 979-11-283-9041-8 (04810) / 979-11-313-0648-2 (세트)

드림북스는 (주)삼양출판사의 판타지 · 무협 문학 브랜드입니다.

FUSION FANTASY STORY & ADVENTURE

사도연 퓨전판타지 장편소설

신세기전

자각몽

7

dream
books
드림북스

신세기전

목차

37장

려(黎)

북유럽 신화에 요르문간드라는 뱀이 있다.

이 뱀은 너무나 커서 지구를 제 몸뚱이로 칭칭 감아 언제든지 대지를 삼켜 버릴 기회만을 호시탐탐 노린다고 한다.

만약 그 요르문간드가 실제로 살아 있다면 이 녀석이 가장 가깝지 않을까?

알래스카에서 시작되어 쿠릴 열도, 일본 열도를 거쳐 타이완, 동인도 제도, 뉴질랜드까지.

환태평양 조산대는 '불의 고리'라는 별명이 있을 정도로 원의 형태를 이루면서 여러 판들과 부딪치고, 이 가장자리를 따라 지진과 화산 활동을 활발하게 벌인다.

당연히 여기서는 어마어마한 에너지가 발산된다. 큰 덩치만큼이나 살기 위해서 엄청난 에너지를 필요로 하는 태고의 용이 살기에 가장 알맞은 장소가 되는 것이다.

그런 용이 움직인다면?

해류나 격랑이 일어나는 정도에서 끝나지 않는다.

너무 깊은 수심에 자리 잡고 있어 어마어마한 압력이 동시에 움직이고, 심해 전체가 떠밀리고 만다. 그 위로 흐르던 바다 전체가 요동치고 해수면이 들썩인다.

재앙이 닥친다.

구우우우우우우우—!

그런 용이 몸을 조금씩 튼다. 너무 거대하기 때문에 움직임도 느리다.

하지만 먼지에 불과한 지호와 이예는 그것만으로도 균형을 잡기가 힘들었다. 어마어마한 수압의 격랑 속에서 시야와 감각이 흔들리면서 근두운이 금방이라도 짜부라질 것처럼 위태롭게 흔들린다.

세계수와 같은 시기부터 자라 기록에서도 논외로 치부되었던 존재는 자신에게 처음으로 '생채기'를 낸 지호와 이예를 잡기 위해 고개를 들었다.

그나마 앞을 분간할 수 있게 해 주었던 용암의 빛이 깊은 협곡 안쪽으로 사라지고, 심해보다도 더 어두운 허무가 물밀 듯이 달려온다.

너무 거대하기에 크기도 깊이도 짐작할 수 없는 허무. 녀석의 아가리는 닥치는 대로 모든 걸 삼키며 지호와 이예를 덮쳐 온다.

「제기랄!」

두 사람 중 먼저 움직인 것은 이예였다.

이예는 동궁을 풀어 오른손에 쥐며 재빨리 시위에다 소중 다섯 개를 걸었다. 활이 부러져라 크게 잡아당겼다가 놓는다.

퓨퓨퓨퓨퓨퓨퓻!

다섯 개의 빛줄기가 어둠만 깔린 심해 사이를 가로지른다.

빛줄기가 지난 자리로 하얀 포말이 꽈배기처럼 배배 꼬인 스크류를 잔뜩 만들어 낸다. 그러다 빛줄기는 중간에 수천수만 개로 갈라져 허무를 잇달아 때렸다.

하나하나가 해와 달을 떨어뜨릴 정도로 강렬한 화살.

악몽의 바다에서는 그토록 지독하게 느껴졌던 빛살이었건만, 용에게는 그저 자잘한 생채기를 내는 정도의 힘밖에는 되지 않았다.

도리어 바늘로 쿡쿡 쑤셔 대니 더 화가 났는지 허무가 더 빠른 속도로 치닫는다.

지호와 이예는 허무에 완전히 빨려 들어갈까 싶어 재빨리 축지를 밟아 달아났다.

하지만 그런데도 나타나는 것은 허무.

실수를 했나 싶어 몇 번이나 축지를 밟아도 눈앞에서는 허무가 계속 닫혀 오고 있었다.

녀석이 너무 큰 까닭에 아무리 달아나더라도 허무의 영역에서 완전히 벗어날 수가 없는 것이다!

지호는 주먹을 꽉 쥐며 근두운을 극성으로 끌어 올렸다. 오행공의 기운이 맹렬하게 돌아가면서 그의 주변으로 오색 광채가 쉴 새 없이 명멸을 거듭한다.

주먹을 앞으로 내민다.

허무가 심해를 밀어냈듯이, 지호 역시 심해를 그대로 밀어내면서 근두운을 비단처럼 넓게 펴뜨려 채찍을 후려치듯이 허무를 세게 후려쳤다.

격류와 격류가 부딪친다. 해류와 해류가 서로 꼬이면서 거친 소용돌이를 그려 내 지면에 깔려 있던 협곡과 화산을 모두 쓸어버린다.

화산이 붕괴하고 그 자리로 용암이 높이 치솟는다.

수만 년 동안 고요한 정적 아래 잠들어 있던 심해는 격랑에 휩쓸리고 만다.

콰르르르르르르르르르……!

지호는 격류의 소용돌이 속에서 쉴 새 없이 주먹을 내질렀다.

그때마다 새하얀 운무와 황금색 광채가 뒤섞인 근두운은 허무를 때리고, 때리고, 또 때린다.

주변 일대가 초토화되는 건 눈에 들어오지 않는다.

내공을 모두 쏟아 내는 한이 있더라도 악착같이 근두운을 일으킬 생각밖에 하지 않는다.

놈을 잡으려고 그러는 것이 아니다.

단순히 덮쳐 오는 허무를 멈추려고 하는 것일 뿐이다.

그런데도 근두운은 허무에 닿자마자 그냥 갈가리 찢겨져 녹아 버린다. 이예가 위쪽에서 소증을 쉴 새 없이 쏟아 대지만 그것도 같은 운명이었다.

그런데도 허무의 속도는 멈추지 않는다.

결국 지호와 이예는 뒤로 쉴 새 없이 축지를 전개하면서 공격을 쏴 대는, 반쯤 도망치다시피 하는 상황을 계속해야 했다.

"멈춰라! 멈춰라! 멈춰라!"

더불어 신의 목소리까지 전한다.

하지만 허무는 기록에서 벗어난 존재. 당연히 세계수의 기록에 의존해 삼라만상을 비트는 신의 의지가 개입할 여지 따윈 없다.

아니, 있다 해도 허무에 닿는 즉시 사라졌으리라.

그렇게 얼마나 물러났을까?

갑자기 지호가 축지를 멈추며 심어로 소리친다.

「멈춰!」

「왜 그러나!」

「여기서부터는 땅이야!」

「제길! 하지만 저놈은 멈출 생각이 없지 않나!」

지호는 화안금정 너머로 전해지는 수많은 사념에 이를 악물었다. 이 이상 물러서면 유라시아 판이 나타난다. 그래서는 그냥 재앙으로 끝나지 않을 수 있었다.

하지만 그렇다고 그냥 놔둘 수도 없었다.

허무는 이미 둘을 삼키고도 멈추지 않겠다는 듯, 불길 같은 격노를 폈다. 격노가 완전히 사라지려면 둘을 삼키고도 한참이나 시간이 소요되리라.

그래서는 안 된다.

결국 직접 몸으로 부딪치는 수밖엔 없었다.

팟!

지호는 여태 달려왔던 것과는 반대 방향으로 축지를 밟

아 허무 속으로 몸을 던졌다.

「젠장! 엄호는 어떻게든 해 줄 테니 네놈이 하고 싶은 대로 마음껏 해 봐!」

이예는 냉정하게 자신이 뭘 할 수 있는지를 판단했다.

어차피 자신은 지호만큼 근접전에서 큰 파괴력을 낳지 못한다. 그렇다면 지호가 재량껏 날뛸 수 있게 뒤에서 도와주는 게 맞았다.

츄츄츄츄츄츄츄츳!

수를 헤아릴 수도 없이 많은 빛줄기가 빽빽하게 심해를 가득 물들인다. 스크류가 어둠이 깔린 심해 곳곳을 할퀴다가 허무에 틀어박힌다.

그사이 지호는 위로 수없이 오르고 또 올랐다.

허무 속으로 녹아든다.

동시에 감각이 점차 무뎌지다 사라진다. 주변을 감싸고 돌던 근두운이며 빛의 입자도 모두 허무에 삼켜져 아무것도 보이지 않는다.

당장 죽었다고 해도 이상하지 않을 상황.

믿을 것이라고는 자아와 의지밖에는 없다. 어느덧 그를 엄호하던 이예의 빛줄기도 사라지고 없었다.

그렇게 얼마나 지났을까. 지호는 허무에 닿는다는 생각으로, 축지를 밟는다는 생각으로 계속 움직이고 또 움직였다. 우주 속을 떠돌아다니는 것처럼 달린다.

그러다 갑자기 어느 '벽'에 가로막혔다.

이 시간에도 허무는 계속 앞으로 치닫는다. 딱딱한 벽은 지호를 뒤로 계속 밀어내는 중이었다.

지호는 그것이 녀석의 입천장이나 잇몸, 어느 한 곳이라는 사실을 깨닫고 재빨리 소리쳤다.

"나와라, 여의봉!"

물론 목소리는 허무에 흩어져 들리지 않는다.

하지만 지호는 진짜 들리는 것처럼 의지를 불태우며 손에 쥐고 있을 여의봉을 허무의 벽 한 곳에다 강하게 쑤셔 넣었다.

그리고 다시 외친다.

"커져라, 여의봉!"

역시나 귓가에 들리지 않는 목소리.

지호의 의지 역시 제대로 닿았는지는 알 수 없다. 그저 그럴 것이라 믿는 수밖엔 없었다.

바로 그 순간,

쿠우우우우우우우우웅!

허무가 거세게 요동친다.

덕분에 흩어졌던 감각이 일부 돌아오면서 미친 듯이 질주하던 허무의 무언가에 가로막혔다는 느낌이 손끝에서 느꺼졌다.

시야 역시 탁하게 흐려지다가 이내 또렷하게 잡힌다.

지호 앞에는 끝을 모르고 이어지는 화려하고 찬란한 황금색 벽이 우뚝 세워져 있었다.

여의봉이다.

크기를 최대한 키워 지칠 줄 모르고 전진하던 허무를 통째로 틀어막은 것이다.

아마 먼 곳에서 본다면 닫히려는 용의 아가리와 턱주가리를 여의봉으로 억지로 받친 것으로 보이리라.

여의봉이 부르르 떨린다.

황금색 벽 너머로 보이는 정반대의 허무는 금방이라도 여의봉을 부수뜨리기 위해 악착같이 물어뜯는다.

감히 자신을 가로막은 것을 용납하지 않겠다는 듯, 격노를 잔뜩 담아 씹어 부수려 한다.

─지호야……!

「조금만. 조금만 더 버텨 줘, 성아!」

지호는 황금색 벽을 억지로 밀면서 있는 힘껏 공력을 쏟아 넣었다.

무한할 것만 같았던 공력은 이미 허무를 상대하느라 상당히 많이 사용했지만, 그래도 단전 밑바닥에 있는 것까지 퍼 올린다는 심정으로 여의봉에 밀어 넣었다.

밀어내려는 허무와 막으려는 여의봉.

절대 물러서지 않는 팽팽한 대치가 한참 동안이나 벌어진다.

시간이 갈수록 허무는 화가 단단히 났는지 더 크게 요동친다. 심해의 해류가 더 거세게 흔들린다. 피부가 따끔거릴 정도로 격랑이 대단했다.

그래도 지호는 여기서 멈출 수 없었다.

더 이상 전진을 허락했다가는 지상이 위험해진다.

지호는 화안금정을 더 크게 밝히면서 이를 악물었다. 황금색 벽을 떠받치는 손길에 힘을 잔뜩 준다.

팔뚝을 따라 어깨까지, 상반신 전체에 실핏줄이 금방이라도 터질 것처럼 올라온다. 두 눈도 시뻘겋게 달아오른다. 칠공에서는 피가 흘렀다.

그리고…… 조금씩 밀기 시작한다.

한 걸음. 두 걸음. 세 걸음.

아주 천천히 시작된 걸음은 끝내 질주가 된다.

처음으로 허무에 맞서는 데 성공한 것이다!

허무는 전혀 생각지도 못한 상황에 당황했는지, 심해의 격류도 더 거세졌다.

하지만 시작된 지호의 관성은 이길 수가 없었다.

지호는 벽의 표면을 잡아 그대로 옆으로 틀었다. 동시에 허무를 심해의 밑바닥에다 내동댕이쳤다.

콰아아아아아아아아아앙!

소용돌이치는 격류를 따라 어마어마한 양의 먼지가 한가득 올라온다. 황금색 벽과 새카만 허무 사이로 희뿌연 흙탕물이 가득 차 시야를 다시 가린다.

하지만 지호에게는 아무래도 상관없었다. 어차피 이 너머에는 허무만 가득할 테니.

그는 어느새 다시 작아진 여의봉을 역수로 쥐고 투창 자세를 갖췄다.

오래전에 나후를 관통했듯이, 여의봉의 끝을 아래쪽으로 겨누며 있는 힘껏 던진다.

쐐애애애애애애애애애액!

빠르게 달리는 여의봉을 따라 거대한 소용돌이가 그려진다. 흙탕물이 소용돌이 안쪽으로 감기다 갈가리 찢기면서 너머에 보이던 허무가 나타난다.

소용돌이의 끝은 원뿔처럼 꼿꼿하고 뾰족해 모든 것을 꿰뚫어 버릴 것 같았다.

이것이라면 허무를 부수는 것은 물론, 용의 아가리를 박살 낼 수 있으리라!

여의봉과 소용돌이는 단숨에 허무 안쪽으로 빨려 들어갔다.

그 순간,

화아아아아아아아아아악!

놈의 핏물이 터질 것이라는 예상과 다르게 허무에서 솟구친 것은 거대한 용암이었다.

지저 세계를 타고 흐르는 모든 용암을 한데 응축시켜 놓은 듯 시뻘겋고, 열기 가득하며, 바닷물마저 단숨에 증발시켜 버리는 용암.

쿠르르르르르르르르르르르—!

지호는 떠밀려 온 여의봉을 붙잡은 상태 그대로 용암에 휩쓸렸다.

근두운을 감고 있어 다행히 열기에 녹아내리지는 않았지만, 그마저도 금방 깨질 듯이 위태롭게 흔들렸다. 지호는 밀리고 또 밀리다 결국 심해를 벗어나 해수면 밖으로 튕겨났다.

콰아아아아아아아아아앙!

심해와 위쪽 바다가 통째로 뒤섞이면서 엄청난 높이의 파도가 솟구친다. 거기다 용암에 증발한 수증기까지 뒤섞이면서 대기권에 닿을 만큼 어마어마한 용오름이 만들어져 세상을 뒤흔들어 놓았다.

대기도 같이 밀리면서 주변에 있던 모든 구름이 산산이 부서진다. 높이 올랐던 파도는 폭우가 되어 후두둑 다시 해수면으로 떨어진다. 해수면은 격랑으로 몸살을 앓았다.

그사이 지호는 여의봉을 쥐면서 다시 바다 속으로 뛰어들 생각을 하지 못했다.

화안금정은 잘게 부서진 구름 너머, 대류권과 성층권을 넘어서 우주가 언뜻 보이는 열권에 다다라 있었다.

그곳에는 거대한 눈동자가 있었다.

용암처럼 새빨간 용의 눈동자.

심해에서 조산대 아래, 균열의 틈바구니 속에서 마주했던 놈의 눈이었다.

그리고 눈동자 뒤에는 새카만 장벽이 얼핏 그림자처럼 놓여 바다로 향하고 있었다.

놈이 직접 몸을 일으킨 것이다.

심해 저 밑바닥에서부터 해수면 뚫고, 하늘 끝까지 다다르는 엄청난 높이.

하지만 이마저도 지각 판을 둘러싼 녀석에게는 단순히 머리를 살짝 든 것에 지나지 않으리라.

지호는 그제야 자신이 여태 얼마나 터무니없는 녀석을 상대했는지를 깨달았다.

그리고 왜 상고 시대 때부터 시작되었다는 영물들이 어떻게 저항할 새도 없이 그토록 빨리 먹혔는지도!

하지만,

'이대로 물러날 수는 없어.'

지호는 슬쩍 등 뒤쪽을 보았다.

아주 어렴풋하게나마 보이는 곳.

육지가 있었다.

당장 여기서 자리를 피하거나 할 수도 있다.

지구 반대편으로 도망친다면 제아무리 녀석이라도 달려들지는 못할 테니까.

하지만 그랬다가는 어떻게 될까?

먹이를 놓친 데에 대한 화풀이를 할 게 틀림없다.

그때는 다른 어떤 재앙이 닥칠지 모르는 것이다.

결국 지호로서는 어떻게 해서든 녀석을 막아야 하는 입장이 되어 버렸다. 아니면 싸울 위치를 옮기거나 해야만 한다.

다만, 한 가지 걸리는 점이 있다면,

'이예. 녀석이 어떻게 나올 줄 몰라.'

이예는 어떻게 해서든지 저 용을 잡으려 들 것이다. 동아줄을 완성할 수 있는 유일한 방법이니.

하지만 그래서야 쓰나미가 오는 것은 또 똑같지 않은가.

그 과정에서 어떤 재앙이 닥치든, 누가 다치고 죽든, 이 세상에 어떤 흉터가 새겨지든 놈은 전혀 신경 쓰지 않을 거란 뜻이다.

하물며 녀석이 허무가 아닌 본체를 드러낸 이상, 사냥하기에 가장 좋다고 판단할 게 분명하다.

긴고아로 이예가 함부로 움직일 수 없게 누를 수도 있겠지만, 당장 용을 상대하기도 벅찬데 거기에 신경을 쓸 겨를이 없다.

무엇보다 격랑에 휩쓸렸는지 아까 전부터 이예의 기척이 전혀 느껴지질 않았다.

아주 잠깐의 갈등 속.

여태 지호를 가만히 노려보기만 하던 녀석이 다시 움직이기 시작했다.

구우우우우우우우우.

뱃고동 소리 수십 개는 합쳐야 할 것 같은 어마어마한 울음소리가 새까만 열권을 따라 울려 퍼진다. 구름이 잘게 쪼개져 흩어지고, 별이 흔들리는 듯한 착각이 인다.

녀석이 분노를 터뜨리고 있었다.

먹이 주제에 이렇게 발버둥 치는 데에 대한 분노!

녀석이 아가리를 확 젖힌다. 붉은 눈동자가 어둠에 묻혀 사라지고, 다시 허무가 하늘 위로 잔뜩 깔려 지호 위로 내려앉으려 한다.

지호는 여의봉을 꽉 쥐었다.

―지호야……!

"괜찮아. 걱정 마."

청룡은 잔뜩 두려움에 젖어 있었다. 자신도 이렇게 떨릴 정도인데, 같은 용인 그는 오죽할까.

결국 지호는 화안금정을 환하게 밝혔다. 까맣던 머리색까지 하얗게 물들어 간다. 피부를 따라 용의 비늘이 올라오면서 숨겼던 전력을 완전히 드러낸다.

이예에 대한 염려가 아직 마음 한쪽 구석에 남았지만 지금은 일단 녀석을 막는 데 몰두해야만 했다.

결국 다시 축지를 밟아 허무 속으로 몸을 던졌다.

쉭!

그리고,

쿵!

허무가 다시 닫혔다.

*　　　*　　　*

속이 뒤집힐 것 같다. 세상이 빙글빙글 돈다.

지호와 격전을 치렀을 때보다 육체적으로는 더 혹사를 한 것 같았다.

"여긴 어디지?"

겨우겨우 의식을 찾으면서 주변을 둘러본다.

분명 심해에서 허무가 일으킨 격류에 더 이상 균형을 잡지 못하고 휩쓸렸던 것 같은데.

다행히 어떻게 운이 따랐는지 육지까지 밀려날 수 있었던 모양이다.

하지만 주변은 그렇지 못했다.

폐허가 되어 버린 도시.

불과 몇 시간 전까지만 해도 수많은 사람들이 활기를 띠고 살았을 해안 도시는 어마어마한 쓰나미에 휩쓸려 초토화되어 있었다.

항구에 정박해 있던 수많은 배들은 산산조각이 나서 바다 위를 둥둥 떠다니고, 빌딩과 집들은 파도에 휩쓸린 기기와 자동차에 박살이나 허물어져 있다.

온갖 쓰레기들이 골목 곳곳에 널브러지고, 사이사이로 물에 부푼 시신들이 들끓는다.

시신들은 하나같이 갑작스레 닥친 재앙에 허겁지겁 도망치다가 변을 당해 경악과 절규로 가득 찬 얼굴이었다.

저벅, 저벅, 이예는 충격에 젖은 눈동자로 천천히 걸음을 옮겼다.

해안가는 쓰레기와 잡동사니들만이 뒹굴어 남아 있는 것이 거의 없고, 안쪽으로 들어가면 들어갈수록 이곳에 있었던 재해의 처참한 결과를 말해 준다.

사실 생각해 보면 이게 당연한 거였다.

그만큼 거대한 용과 싸우는 데 아무런 여파도 없을 리가.

수많은 전쟁을 치러 봤기에 이와 비슷한 광경은 수도 없이 많이 봐 왔다.

별다른 감흥도 없다.

어차피 기원을 이루기 위해 벌어진 일. 오히려 동아줄을 만들 수 있는 재료를 찾았다는 사실이 고마울 따름이다.

그래서 한창 용과 싸우고 있을 지호를 찾아 움직이려는데,

"으으으으……!"

얼마 떨어지지 않은 곳. 무너진 건물 잔해 속으로 아주 자그마한 신음 소리가 들린다.

이예가 잠깐 멈칫거렸다.

"生かして……ください……! ここに人……が い……!"

살려 주세요. 여기 사람 있어요.

후지산을 들렀을 때 들었던 말. 왜놈들의 말이다. 뒷말은 아주 얕아서 제대로 들리지 않는다.

저대로 두고 가면 꿈자리가 사나울 테지. 이예는 어쩔 수 없이 힘을 주고 무너진 잔해를 옆으로 치웠다.

안에는 피투성이가 된 채 품에 딸을 안은 여성이 있었다.

다섯 살이나 됐을까.

꼼짝 없이 죽을 줄 알았던 그녀는 빛을 보자 안도에 찬 미소를 지으며 떨리는 입술로 말했다.

감사합니다. 감사합니다. 구해 주셔서 감사합니다. 다만, 죄송한데 제 딸아이를 병원으로 데려가 주시면 안 될까요?

여성은 딸을 부탁한다는 말을·억지로 잇다가 기절했다. 이예가 도와줄 거라 믿어 의심치 않으면서.

하지만 이예는 손길을 뻗을 수가 없었다.

아이는 죽어 있었다.

이 여성은, 딸아이를 지키고자 잔해 더미 속에서 딸을 품에 꼭 끌어안고 있던 이 여성의 모성애는, 그럼 어떻게 되는 거지?

순간, 아주 오래전에 잊었다고 생각했던 광경이 기절한 여성과 죽은 아이의 위로 겹쳐진다.

비명을 지르는 백성, 약탈당하는 마을, 곳곳에서 자행되는 방화며 겁탈. 무너지는 나라.

그리고 눈물을 흘리던 항아.

"……제길."

바득!

이예는 이를 갈면서 몸을 일으켰다. 고개를 털어 환상을 지웠다.

무슨 생각을 하는 거냐. 지금은 싸움에 집중해야 한다. 월궁으로 갈 수 있는 길이 바로 눈앞까지 왔는데. 잡생각 따윈 버려.

이예는 스스로에게 의지를 되뇌며 소중을 시위에다 걸었다. 동궁을 허공 어딘가로 겨누었다.

눈으로 보이지 않지만, 감이 말한다.

저 너머에 용이 있노라고.

허무를 다시 드러내며 지호를 집어삼키려 하니, 녀석의 눈에다 단단히 화살을 박아 놓으라고.

그리 한다면 내단을 빼앗기도 훨씬 수월할 테지.

지호가 우려했던 바가 결국 드러나려는 것이다.

하지만,

'그 뒤에는?'

다른 생각이 문득 든다.

'이걸 쏘면 어떻게 되는 거지?'

허무는 이쪽으로 향할 것이다. 이목을 끈 사이에 지호는 무슨 수를 쓸 테지.

하지만 그다음에는?

용이 움직이면 더 큰 쓰나미가 몰려오지 않을까? 그럼 이 마을은?

'이 여인은?'

이곳은 어떻게 되는 거지?

이곳도, 그때처럼 그렇게 되는 건가?

잃어버린 나의 나라처럼……?

짧은 순간, 수많은 갈등이 오고 간다.

이예는 차마 시위를 놓을 수가 없었다. 동아줄을 만드는 게 세상 무엇보다 중요했지만, 그렇다고 당시와 똑같은 일을 이 손으로 벌일 수는 없었다. 옥황상제와 똑같은 인간이 될 수는 없었다.

설사 그렇게 해서 항아를 만난다고 해도, 그녀가 웃어 줄까?

꽈아악.

부러질 듯이 팽팽하게 잡아당긴 시위에 바짝 힘이 들어간다. 하지만 아주 잠깐 이예는 그걸 놓을 생각을 하지 못했다.

그 순간, 용의 그림자가 꿈틀거린다. 다시 저쪽에서부터 쓰나미가 몰려오기 시작했다.

아주 먼 거리인데도 불구하고 일반 사람의 육안으로도 확연히 보일 정도로 거대한 쓰나미. 족히 십여 미터는 넘을 것 같다.

그걸 발견한 생존자들은 다시 비명을 지른다. 허겁지겁

뒤돌아서서 도망치려 하지만, 쓰나미가 다가오는 속도를 뿌리칠 정도는 되지 못한다.

더불어 용의 그림자는 어둠 속으로 숨어들며 허무가 다시 피어나기 시작한다. 녀석을 맞추려면 기회는 지금밖에 없었다.

위는 용의 그림자. 아래는 쓰나미.

소중의 촉이 쓰나미의 거친 기세보다도 더 날카롭게 반짝인다. 대체 어디로 쏴야 하는 걸까?

이예는 한참의 고민 끝에,

퉁……!

손을 놓았다.

소중이 기다란 궤적을 그렸다.

*　　　*　　　*

지호는 허무 속에서, 어쩌면 단순한 몸짓에 지나지 않을지 모르는 싸움을 계속했다.

여의봉을 들고, 화안금정을 뜨며, 백발을 휘날린 채 허무를 베고 또 벤다.

허무는 계속 찢겨 나갔다.

틈이 벌어지고, 피가 폭포수처럼 튄다.

하지만 그 뒤에 다시 나타나는 건 또 허무.

허무를 물려도 허무가 나타나고, 허무를 부숴도 허무가 나타난다.

더구나 이 안에서는 모든 감각이 정지가 되니 제대로 움직이고 있는지조차 알 수 없었다.

하지만 지호는 오로지 전진만 시도했다.

축지를 연속으로 밟아 나간다.

벽이 나타나면 그걸 부순다. 여의봉을 꽂아 그대로 그어 버리면서 전진을 시도한다. 어딘가에 있을지 모를 끝을 향해 계속 나아간다.

그럴 때마다 허무는 더 크게 약동한다.

체내에서 바늘을 들고 마구잡이로 날뛰는 기생충.

허무에게는 그렇게밖에 느껴지지 않으리라.

어떻게든 기생충을 소화시키기 위해 몸부림을 치지만, 쉽게 통하지 않는다.

간간이 용암을 잔뜩 응축시킨 불길을 쏘아내 보려고도 하지만 번번이 속수무책이 되고 만다.

근두운이라는 방어막은 절대 쉽사리 깨지는 게 아니어서 지호가 마음껏 활개를 치는 데 가장 혁혁한 공을 세웠다.

그렇게 얼마나 파고들었을까?

계속되는 허무의 물결, 저 너머로 언뜻 무언가가 보인다.

감각이 희미하게 모여드는 곳.

마치 그것은 아무것도 없는 밤하늘에 홀로 떠 있는 태양처럼 아주 붉고, 뜨겁고, 단단히 뭉쳐져 있었다.

'찾았다!'

화안금정에 화색이 어린다.

저것이야말로 허무의 중심. 핵.

바로 놈의 내단이었다!

족히 수만 년은 넘게 살아왔을 용의 내단은, 익히 지호가 수없이 먹었던 것들과는 비교도 할 수 없을 정도로 거대했다.

고층 빌딩보다도 더 큰 내단이라니.

도대체 저 안에는 얼마나 많은 에너지가 담겨 있을까?

화산과 지진의 에너지를 응축시키고 남섬부주에 있던 남은 영물을 모두 삼킨 것이니, 아마 어떻게 표현이 가능한 수치는 아닐 것이다.

아마 월궁에 오르는 동아줄 수천 개를 만들고도 한참이나 남을 테지.

지호의 눈가에 처음으로 탐욕이 어렸다.

저것을 가질 수 있다면.

저것을 오롯이 내 것으로 가질 수만 있다면……!

「성아.」

―응?

「먹어.」

지호는 여의봉을 세게 던졌다.

쐐애애애애애애애애액!

여의봉은 한 줄기 빛이 되어 허공을 마구 누비다가, 곧 거대한 푸른색 몸집의 청룡이 되어 아가리를 크게 뒤로 젖힌다.

허무가 지호를 탐했듯이, 이번엔 지호가 허무를 탐한다.

그러자 이번에는 다급해진 것은 허무였다.

갑자기 내단을 따라 어마어마한 불길이 솟구친다. 용암을 누를 대로 누른 불꽃.

하지만 청룡은 손에 쥔 여의주를 부려 비바람을 일으켰다.

비바람이 불꽃을 잠재우는 동안, 청룡은 그사이로 미끄러지면서 내단을 세게 베어 먹었다.

키이이이이이이이익!

허무가 크게 몸을 뒤튼다.

그러자 지호와 청룡을 둘러싸고 있던 칠흑빛 허무가 사라지면서 흙탕물이 범벅으로 뒤섞인 심해가 나타나고, 짜증으로 붉게 빛나는 놈의 눈동자가 나타났다.

그리고 다시 엄습하는 용암 덩어리.

쿠르르르르르르르르르르르르—!

1,000도를 가뿐히 넘는 어마어마한 열기는 심해의 압력과 뒤섞이면서 더 큰 파괴력을 자랑한다. 지호는 달아날 틈도 없이 격류에 휩쓸려 해저 가장 깊숙한 바닥에 처박히고 말았다.

쿨럭……!

지호는 전신의 뼈란 뼈는 모두 으스러지는 고통에 각혈을 하고 말았다. 용암의 열기 때문에 피부는 아예 흉측하게 짓눌려 형체도 알아볼 수 없었다.

콰드드드드드드득.

녀석이 몸을 다시 움직인다. 해저 밑으로 흐르고 있던 몸체가 일어나면서 지진과 함께 낙석 더미가 몰려온다.

지호는 마치 바람 빠진 풍선처럼 힘없이 나뒹굴었다. 녀석은 기회라 여겼는지 붉은 눈동자를 꿈틀거리면서 허무로 범벅이 된 용암을 다시 토해 내려 했다.

「성아!」

—응……!

그 순간, 지호도 가까스로 균형을 잡으며 손을 앞으로 뻗어 투창 자세를 갖췄다. 어느새 청룡이 여의봉으로 돌아와 다시 날카로운 빛을 뿌린다.

나후를 잡았을 때와 똑같은 자세.

이미 여의주의 위치는 확인했다. 지호는 화안금정으로 여의주가 있는 곳을 찾아 여의봉의 끝을 겨누었다.

녀석은 용암을, 지호는 여의봉을.

이 상처뿐인 싸움을 끝내기 위해 칼날을 겨누며 동시에 던지려는 그때,

콰콰콰콰콰콰콰콰콰!

갑자기 하늘에서부터 수만 개의 빛줄기가 폭우처럼 허무와 지호의 머리 위로 쏟아진다.

이예의 화살. 소증이다.

"이 새끼가!"

지호는 낯을 잔뜩 구기며 하늘로 고개를 들었다.

*　　　*　　　*

쉴 새 없이 쏟아지는 빛줄기.

하늘 꼭대기, 우주가 엿보이는 열권 지역. 발아래로는 드넓은 태평양이 보인다. 이예는 그곳에서 아래쪽으로 화살을 쐈다.

용의 그림자와 쓰나미. 두 가지 선택지 중에서 이예가 고른 건 쓰나미였다.

덕분에 마을은 무사할 수 있었다.

하지만 그건 시작에 불과했다.

다시 시작된 지호와 허무의 격전 때문에 격랑이 몰아치기 시작했다. 심해는 뒤집힐 대로 뒤집히면서 연거푸 해류를 자극했다.

결국 이러한 파장은 일본뿐만 아니라 태평양 전역을 자극했다.

당연히 연안 지방 전체가 위험에 잠겼다.

가장 가까운 일본, 필리핀, 쿠릴 열도, 알류산 열도를 중심으로, 그 뒤를 따라 오스트레일리아와 멜라네시아 군도가, 그다음에는 태평양의 여러 섬들이, 마지막에는 멕시코 서해안 지방을 따라 아메리카 전체를 덮친다.

오대양 중 가장 큰 크기를 자랑한다는 태평양이 뒤집히고, 이에 인접한 모든 국가들이 초토화될 수도 있는 어마어마한 재앙이었다.

당연히 계속되는 지진과 쓰나미를 막고자 각 국가는 비상 대피령을 내렸다. 이재민들이 속출하면서 곳곳에서 무정부 상태에 가까운 소요 사태가 일었다.

결국 이예가 나설 수밖에 없었다.

'어차피 용이 몸을 숨긴 이상, 지호 녀석을 도와 봤자 방해만 되겠지. 그렇다면……!'

이예는 지호가 다른 곳에 신경 쓰지 않도록 도와주기 위해서 지호가 있던 열권에 나타나 격랑에 휩싸인 태평양으로 화살을 쏴 댔다.

잘게 쪼개진 수백, 수천만 개의 빛줄기.

궤적 하나하나는 의지를 갖고 쓰나미에 내리꽂혔다.

지호와 허무를 방해했던 빛줄기는 이중 일부에 지나지 않았다.

콰콰콰콰콰콰콰콰!

덕분에 연안 지방을 쑥대밭으로 만들 것 같던 격랑은 육지를 덮치기도 전에 모조리 잠잠해졌다.

하지만 그럴수록 이예의 심력도 계속 메말라 갔다.

'조금만. 조금만 더……!'

격랑을 하나라도 놓치는 순간 섬 하나가 박살 난다.

그뿐만이 아니다. 망망대해를 가로지르던 대형 크루즈나 유조선이 뒤집어질 수도 있다.

그렇게 되면 2차, 3차로 이어질 연쇄 피해는 도저히 짐작도 가지 않는다. 끝도 없이 퍼질 기름과 몸살을 앓을 수많은 생명을 생각하면 정신이 아찔하다.

하지만 그런 이예의 노고에도 불구하고, 격랑은 도저히 그칠 기미를 보이지 않는다.

심해를 뒤흔들고, 해저 지형을 송두리째 뒤바꾸는 지호와 허무의 싸움은 시간이 지날수록 더 격해진다. 대형 화산이 폭발하기라도 했는지 바다 위로 안개가 자욱하게 껴서 시야를 가리기까지 한다.

그렇게 얼마나 많은 화살을 쐈을까?

단전이 메마른다. 현기증이 돈다. 입 안이 바싹 마르고 식은땀에 몸이 축 무거워진다. 시위를 당기던 손도 너무 닳아서 피투성이가 되었다.

아주 오랜 옛날, 수많은 마신과 요괴를 쓰러뜨리면서도 이만큼 지쳐 본 적이 없다.

있다면…… 아홉 개의 태양을 떨어뜨릴 때였을까?

이상하게 묻어 두려 했던 과거가 하나둘씩 떠오르면서 눈앞을 아른거린다.

너무 지쳐 버린 걸까.

육체가 피로에 젖으면 정신이 흔들리기 마련이다. 그래도 억지로 정신을 쥐어짜니 감각이 마비된다. 환각이 아른거려 시야를 어지럽게 만든다.

그래도 이예는 이를 악물었다.

조금만. 조금만 더. 조금만 더 쏘면 된다.

그런 생각으로 지친 마음을 달래며 다시 등에 매단 화살통으로 손을 가져가 활을 빼 시위에다 건다.

하지만,

팅!

"……!"

손바닥이 상처로 가득해지던 것처럼 시위도 결국 닳을 대로 닳아 끊어져 버린 것이다.

하필이면!

하필이면 이때……!

이예가 놀란 나머지 끊어진 시위를 다시 엮으려는데, 때마침 새로운 격랑이 불어닥친다.

지호와 허무가 마지막 접전이라도 벌이려는 건지, 이쪽에서도 확연히 보일 만큼 어마어마한 크기의 물기둥—용틀임—이 대기권 근방까지 치솟았다.

용틀임이 내려앉으면서 해수면을 외곽으로 밀어내기 시작한다. 여태까지와는 비교도 할 수 없을 정도로 거대한 쓰나미가 일어나려 한다.

"젠장……!"

동궁을 쓰지 못하면 소증이라도 써야 해. 이예는 그렇지 않아도 바닥난 지 오래인 단전을 억지로 쥐어짜 공력을 소증에다 실으려 했다.

울컥!

하지만 시위처럼 몸도 결국 버티지 못한다.

기혈이 배배 꼬이면서 주화입마가 벌어진다. 눈이 붉게 달아오르면서 입가를 따라 핏물이 격하게 토해진다.

손이 부르르 떨리던 그때,

"여태 수고 많았다."

갑자기 등 뒤에서 익숙한 목소리가 들린다.

이예는 화들짝 놀라 고개를 돌렸다. 시야가 일그러져 얼굴을 확인할 수 없지만 누군지는 알 수 있었다.

지호였다.

"너……!"

허무와 싸우고 있어야 할 놈이 여기에 있으면 어떻게 해!

이예는 그런 말을 하고 싶었지만, 제대로 나오질 않았다.

하지만 지호는 전혀 그쪽으로 시선을 주지 않았다.

그저 아무것도 없는 허공 한가운데에다 강하게 발을 내디뎠다.

두우우우우우우우우웅.

마치 범종을 울리는 것 같은 어마어마한 울림 소리.

메아리가 곳곳으로 퍼져 나간다. 태평양을 따라 곳곳에 울린다.

시야에 닿는 모든 곳을 지호의 권능 아래 속박한다.

우보.

세상을 집어삼키려는 홍수를 잡기 위해 우가 밟았다는 선술.

지호는 화안금정이 닿는 태평양 전역을 자신의 손바닥

위에 올려 두고자 했다.

격랑, 해류, 심해. 그것만이 아니다. 생태계는 물론 바다 위로 퍼지는 안개와 쓰나미와 용틀임까지 묶는다.

족히 수천 미터는 넘을 태평양의 모든 것들.

옥죄고, 누르고, 비틀며, 잠재운다.

가가가가가가가가각.

수천 개의 소용돌이를 마구 쏟아 내며 난잡하게 흐르던 해류가 정지한다. 자신을 강제하려는 보이지 않는 힘에 반발하려 꿈틀거린다.

하지만 그걸 허락지 않으려는 우보와 어떻게든 빠져나오려 하는 해류.

반발이 예상했던 것보다 훨씬 거세다. 우보를 부수기 위해 몇 번이고 거세게 부딪치는 탓에 지호는 몇 번이고 비틀거렸다.

그럴 때마다 지호는 균형을 잡으면서 걸음을 옮기려 했다. 우보는 모두 일곱 번의 걸음으로 이뤄지니, 걸음을 옮길수록 위력도 강해질 테니.

하지만 다음 걸음을 내딛기가 쉽지 않다.

오히려 하려 하면 할수록 내공이 흔들리면서 이마에 핏대가 서게 만든다. 이대로 바다를 묶는 것만 해도 고역이다.

결국 해류가 조금씩 우보의 권능을 밀치며 밖으로 나오려던 그때에,

스윽!

갑자기 다음번 발걸음이 옮겨진다.

두우우우우우웅.

마치 시간이 멈춘 것처럼 들썩이던 해류가 정지한다.

지호가 화들짝 놀라 뒤를 돌아본다.

이예가 손으로 자신의 등을 받치고 있었다. 휘청거리지 않도록. 걸음을 옮길 수 있도록. 뒤에서 이를 악문 채 자신을 밀고 있다. 힘을 실어 준다.

"가라."

이예는 힘들어 죽겠다는 듯 살짝 인상을 찡그린다.

지호는 피식 웃더니 환하게 밝아진 화안금정을 하고서 앞으로 내달렸다.

해류가 왔던 길로 되돌아간다.

해수면을 수없이 갈라놓던 온갖 소용돌이가 갈기갈기 찢어져 포말에 묻혀 가라앉기 시작한다. 쓰나미가 거짓말처럼 멈춘다.

태평양은 언제 그랬냐는 듯이 잠잠해졌다.

"아, 조금 힘드네."

지호가 근육이 빳빳하게 굳어 버린 어깨를 푼다. 그래도 쓰러질 것처럼 힘들어하지는 않는다. 전력 질주라도 한 것 같은 모습이다.

이예는 지호에게서 손길을 거두면서 멍한 표정이 되었다.

정말 그 격랑을 모두 잠재웠다고?

자신 역시 우보를 직접 겪어 봤지만 그때와는 또 사뭇 달라졌다. 대체 세계수에서 뭘 보고, 뭘 겪었기에 그새 이렇게 달라진 거지?

아니, 사실 이예를 자극하는 건 정작 따로 있었다.

뒤도 돌아보지 않고 우보를 밟던 모습.

그 모습이 마치 아주 오래전, 무슨 일이든 뒤도 돌아보지 않고 뛰어들던 옛 자신의 모습을 떠올리게 만들었다. 타락하기 전 자신의 모습.

이예의 묘한 눈빛을 본 것일까.

지호는 몸을 다 풀다가 이쪽을 보더니 가볍게 툭 한 마디를 내뱉었다.

"너 좀 달라진 것 같다."

"무슨 소리냐?"

"그게……."

지호가 무슨 말을 하려는 순간, 별안간 갑자기 인상을 굳히며 앞으로 나섰다.

"물러서. 온다."

그 순간, 어두운 열권을 따라 허무가 피어난다.

크오오오오오오!

허무의 한가운데, 붉은 눈동자가 일어나면서 거친 포효가 하늘을 거세게 뒤흔든다. 감히 자신을 무시하고 사라져버린 지호에 대한 분노가 가득 담겨 있었다.

잠깐 잊고 있었지만, 아직 모든 게 끝난 건 아니다.

녀석이 있어서는 임시방편에 불과하다. 어떻게든 처치해야만 한다.

지호는 여의봉을 다시 꺼내 들었다. 하지만 우보를 펼쳐 체력이 부족해서야 더 싸우는 것도 힘에 부쳤다.

열권의 칠흑빛과 허무의 먹물빛이 마치 물과 기름처럼 섞이지 못하고 일그러진 하늘. 그 속에서 총총히 빛나야 할 별무리 대신에 붉은 재앙처럼 번뜩이는 녀석의 눈동자가 지호를 직시한다.

─그대는 대체 누구냐. 왜 나의 잠을 방해하는가?

녀석이 의지를 담아 메시지를 보낸다.

지호는 얼굴을 와락 일그러뜨리면서 신의 목소리로 소리쳤다.

"이 몸이 그대의 잠을 방해한 것이 아니다. 그대가 먼저 이 몸의 영역을 침범한 것이니."

―내가, 영역을 침범했다……?

"감히 그 더러운 입으로 이 몸을 탐하려 하지 않았더냐!"

지호가 내뿜는 분노가 열권을 뒤흔든다. 지호의 영역에 귀속된 하늘은 허무를 물리치기 위해 거대한 소용돌이를 그려 낸다.

기세와 기세가 부딪친다.

―생명이 살고자 먹이를 먹는 건 당연한 일. 나 역시 살고자 먹으려 했을 뿐이다.

"잘도 뻔뻔하게 지껄이는구나."

―변명 따위가 아니다. 기가 부족한 이 세상에서 내가 살기 위해서는 막대한 기가 필요하다. 하지만 이미 세상에는 그만한 힘이 모두 없어진 지 오래지.

"그래서 이 몸을 탐하겠다?"

―살고자 함이다.

"탐욕이겠지! 추태겠지!"

지호의 화안금정이 열권과 허무를 가로질러 녀석의 눈동자에 꽂힌다.

─이해를 바라지는 않는다. 나는 살아야 하니. 이보다 더 기나긴 세월을 계속 더 전전해야 함이니.

지호는 여의봉을 꽉 쥐면서 상체를 앞으로 숙이며 입술을 달싹였다.

「수고롭겠지만…… 한 번 더 부탁해.」

「해 보지.」

이예가 미미하게 고개를 끄덕인다.

지호가 싸움에 집중할 수 있도록 어떻게든 재앙을 끊어 보겠단 뜻. 시위가 끊어진 상태이긴 했지만 다른 수라도 궁구할 생각이었다.

지호는 다시 한 번 녀석의 약점을 공략해 볼 속셈으로 칠흑을 건너, 허무의 눈동자를 지나, 허무 속에 숨어 있는 여의주를 찾았다.

청룡이 한 입 베어 물고 지나간 자리가 보인다.

저기를 공략할 수 있다면 무슨 수가 보이리라.

지호가 곧바로 축지를 밟으려는 순간,

두근!

갑자기 심장이 거칠게 뛰었다.

"흡……!"

"왜 그러나?"

이예가 눈을 부릅뜨며 불렀지만, 지호는 아무런 대답도 할 수가 없었다.

심장이 가슴 밖으로 튀어나올 것처럼 크게 뛴다.

두근! 두근! 두근! 두근!

피가 혈관을 따라 빠르게 돈다. 심장이 꽉 죄일 듯이 아프다. 숨이 턱 하고 막힌다. 머리가 하얘진다.

그런데도 화안금정은…… 허무의 여의주에 못 박힌다.

그리고,

화아아아아아아아악!

갑자기 단전에서부터 뭔가가 치솟아 오른다.

한 입 삼켰던 허무의 여의주. 그 기운이 체내를 가득 감싸며 의식까지 잠식했다.

그리고 지호에게 뭔가를 비췄다.

허무 너머에 있는, 여의주에 담겨 있는 것을.

*   *   *

'이건?'

지호는 몸이 다시 괜찮아졌는데도 불구하고 눈을 동그랗게 떴다.

자신이 보고 있는 것.

이건 꿈이었다.

이미 자신에게는 너무나 익숙한 꿈.

검은 머리를 한 사내, 옛날의 손오공과 전쟁고아로 자란 소녀, 정위의 이야기.

두 사람이 바로 지호 앞에 있었다.

'어떻게 된 거지?'

지호는 지금의 상황을 도무지 이해할 수가 없었다.

손오공과 정위. 이따금 연속적으로 이어지던 꿈이라 조금 이상하긴 했지만, 그래도 손오공이 그리는 옛날이야기로만 여겼었다.

하지만 이게 어째서 허무 너머에 있는 거지?

녀석과 무슨 관련이 있는 걸까?

그럼 이건 단순한 꿈이 아닌, 허무가 나타날 것이란 걸 암시한 예지몽이란 뜻인데.

지호의 의문이 이어지는 동안, 꿈이 막을 올렸다.

정위가 사내가 이끄는 일족에 들어온 지도 벌써 5년이 지났다.

시간은 많은 걸 변하게 한다.

어린아이였던 정위는 무럭무럭 자라 앳된 티를 조금씩 벗고 있었다. 이따금 일족 내에 남자들 중 나이가 어린아이들은 정위를 볼 때마다 얼굴을 붉히기도 했다.

하지만 정위는 그런 쪽으로 전혀 관심을 두지 않았다.

말문이 트였다지만 애초 그녀는 말이 많은 성격이 아니었다.

하루에도 세 마디 이상 말하는 경우가 드물었고, 그마저도 필요할 때만 꺼내는 게 전부였다.

그래서 언제나 혼자였다.

다가오는 사람들을 보이지 않는 벽으로 가리고, 홀로 사색을 즐겼다. 평소에는 홀로 책을 읽거나 밤만 되면 달빛 아래 산책을 하곤 했다.

이따금 전사들이 전투에 나설 때면 다른 여인들과 같이 전사들의 옷을 수선해 줄 때도 있었지만, 그마저도 대화의 틈바구니에 섞일 생각이 없어 보였다.

하지만 일족 누구도 여기에 대해 채근하거나 불만을 이야기하지 않았다.

정위의 시선이 늘 어디로 향하는지를 잘 알고 있었다.

"이거?"

절레절레.

"그럼 이건?"

도리도리.

"이것도 별로야?"

끄덕끄덕.

"……하아! 어렵네."

칠흑처럼 어두운 검은 머리칼과 흑요석처럼 반짝이는 검은 눈동자. 사내는 길게 한숨을 내쉬었다.

이미 발치에는 인형이며 예쁘게 생긴 돌멩이, 옷처럼 여자들이 좋아할 만한 것들이 놓여 있었다.

하지만 이번에도 정위의 마음에 드는 물건은 찾지 못한 모양이었다.

사내는 언제나 전쟁을 치르고 돌아오면 전리품을 몇 수레에 걸쳐 가져왔다. 그중에서 정위를 위해 가장 좋은 것들만 따로 빼놨지만, 번번이 퇴짜를 맞을 뿐이었다.

그럴 때면 사내는 비 맞은 강아지마냥 축 늘어졌고.

이유를 아는 다른 사람들은 웃을 뿐이었다.

정위는 정말 사내가 가져오는 물건이 싫은 게 아니었다.

오히려 좋아했다. 누구의 접근도 허락지 않는 비밀스러운 그녀의 방에는 언제나 사내가 가져온 물건들로 가득했으니까.

그런데도 저렇게 행동하는 건 사내가 언제나 자신에게 관심을 기울여 줬으면 하는 마음에서였다.

아무리 어른스러운 척하더라도 아이는 아이.

눈치라고는 눈을 씻고 찾아봐도 찾을 수 없는 사내로서

는 절대 알 수 없는 게 소녀의 마음이었다.

정위는 사내 몰래 작게 웃으면서 생각했다.

다음에는. 다음번에는 내가 선물을 해 줘야지.

사실 정위는 얼마 전부터 손재주가 좋은 마을 사람들을 꼬셔서 뭔가를 만들고 있었다. 처음으로 손에 바늘을 쥐어서 다치기도 많이 다쳤지만 그래도 제법 모양은 그럴듯하게 만들어지고 있었다.

과연 그걸 받고 나면 어떤 표정을 지을까?

이름을 말해 줬다는 것만으로도 세상을 다 가진 듯이 기뻐했던 사내이니 더 크게 기뻐해 주겠지.

그때만 생각하면 미소가 짙어진다.

엄마. 아빠. 미안. 나 그래도 절대 엄마 아빠를 잊은 건 아니니까 화내지 마. 알았지?

하늘에서 자신을 보고 있을 부모님에게 작게 속삭이면서 정위는 시간이 가길 기다렸다.

그렇게 다시 시간이 지났다.

언제나와 마찬가지로 전쟁에 나선 사내와 전사들이 돌아온다는 소식이 마을에 전해졌다. 사람들은 마을 밖까지 마중 나왔다.

가장 앞에는 정위가 뭔가를 꼭 끌어안은 채 사내를 기다렸다.

품에 안은 것은 장갑이었다.

귀한 양가죽을 얻어다가 기워 만든 장갑.

듣자 하니 요즘 들어 날씨가 추워져서 전투를 치르기가 많이 힘들다고 했다. 그래서 조금이라도 따뜻해지라고 급하게 만들었다.

비록 바느질이 서툴러서 박음질이 비뚤비뚤하기는 했지만. 그래도 기뻐해 줬으면 좋을 텐데.

그렇게 행복한 마음을 품고 눈을 반짝이던 때, 저 멀리 길 밖으로 뭔가가 보이기 시작한다.

그런데 평소와는 조금 다르다.

승리를 거머쥐고 위풍당당하게 돌아오는 모습은 똑같다. 그런데 뒤를 따라오는 건 으리으리하게 전리품을 가득 실은 수레가 아니었다.

가마였다.

그것도 아주 귀한 단풍나무로 만든 꽃가마.

단단한 체구를 가진 여덟 명의 장정들이 가마채를 서로 어깨에 이고, 가마 위로는 알록달록한 색깔을 가진 종달새 다섯 마리가 돌아다닌다.

"어머! 이게 뭐래! 신녀님께서 직접 오시다니!"

"신녀님이다! 신녀님이 오셨다!"

"아이고! 신녀님!"

꽃가마의 정체를 알아본 마을 사람들은 하나같이 함박웃음을 터뜨리더니 바닥에 넙죽 엎드렸다.

정위만 혼자 서서는 두 눈을 깜빡, 깜빡, 거린다.

일족 사람들이 왜 이러는지를 알 수가 없다.

제아무리 흉측한 군대가 쳐들어와도, 주변 마을에서 조직적으로 압박을 가해도 눈 하나 깜빡하지 않고 당당하게 굴던 사람들이다.

그런데 당연하다는 듯이 고개를 숙이다니. 그것도 아주 기뻐하는 기색이 역력했다.

무엇보다 사내. 사내는 위험 요소가 없나 호위를 하면서도 이따금 꽃가마 쪽으로 시선을 던졌다. 아주 행복해하는 미소를 지으면서.

저 미소. 미소가 이상하게 마음을 무겁게 눌렀다.

"저게…… 뭐예요?"

정위는 장갑을 만드는 데 옆에서 도와줬던 옆집 아주머니에게 물었다.

"아, 정위는 오늘 처음 뵙는 거니 잘 모르겠구나."

아주머니는 피식 웃더니 이상한 소리를 해 댔다.

새를 다룰 줄 안다느니. 마을을 수호해 주는 사람이니. 하늘을 대변한다느니.

도통 알아들을 수가 없는 말이었다.

하지만 마지막 말이 정위의 심장에 강하게 와 닿았다.

"그리고 우리 대장의 약혼자란다."

툭.

품에서 장갑이 떨어졌다.

"에구머니나! 먼지가 묻으면 안 되는데!"

아주머니가 재빨리 주우며 장갑에 묻은 먼지를 탈탈 털었다.

하지만 정위의 시선은 꽃가마에 단단히 박힌 채 떨어질 생각을 않았다.

아저씨한테 약혼자가 있다고?

정위는 전혀 생각지도 못한 사실에 머릿속이 뒤죽박죽이었다.

"네가 정위구나. 반가워. 그 사람한테서 이야기는 많이 들었단다. 아주 귀여운 아이라던데. 정말 예쁘구나."

그 사람. 너무나 정다운 말투다.

신녀라는 사람은 무척이나 아름다운 사람이었다.

꽃가마에서 내릴 때에는 저대로 톡 하고 터지는 게 아닐까 싶을 정도로 여리여리했다. 하늘하늘한 옷은 부드럽게 펄럭이고, 백옥 같은 피부며 자두 같은 입술은 잡티 하나 없이 매끄럽다.

꽃가마 위를 날아다니던 아름다운 다섯 마리 종달새가 신녀 주변을 맴돈다. 신녀가 위로 손을 올리자 그 위에 조용히 앉아 좋다며 마구 지저귄다.

비록 면사를 쓰고 있어 얼굴을 알아보기 힘들지만, 너무나 예쁘다는 걸 알 수 있었다.

행동 하나하나가 우아하고 기품이 흘러넘친다. 부드러운 미소에서는 따스함마저 풍긴다.

무엇보다 사내와 아주 잠깐 바라볼 때.

면사 너머로 행복 가득한 미소를 짓고 있다는 걸 알 수 있었다. 사내도 마찬가지로 행복에 찬 미소를 폈다.

그에 비하면 나는…….

정위는 자신이 입고 있는 옷차림을 보고 아랫입술을 질끈 깨물었다.

꼬질꼬질하게 때 묻은 살결. 거죽을 덮어 꿰맨 팔뚝. 작기만 한 키.

신녀에 비하면 너무나도 보잘것없는 것투성이.

비교하는 게 가당찮다.

사내에게 어울리는 사람은 이런 못난이보다는 저렇게 아름다운 사람이겠지.

그 순간, 속에서 울분이 터졌다.

아냐! 나도 원래는 예쁜 비단옷을 입었다고! 예쁜 보석도 있었고! 예쁜 새도 많았어! 공주였다고! 지금 난! 난! 진짜 내가 아니라고!

진짜 나라면 저 사람보다 예쁠 텐데!

정위는 억울한 나머지 뒤로 돌아 후다닥, 하고 도망쳐 버렸다. 그녀가 떠난 자리엔 눈물방울이 뚝, 뚝, 하고 바닥에 떨어졌다.

"저, 정위야!"

신녀가 화들짝 놀라 그녀를 불렀지만, 정위는 뒤를 돌아보지 않았다.

졸졸졸, 시냇물이 흐르는 냇가.

정위는 밤만 되면 사색을 즐기던 자신만의 비밀 장소에 앉아 팔로 다리를 감싸고 얼굴을 허벅지에 묻었다.

눈물이 펑펑 쏟아진다.

지난 5년 동안 흘리지 않았던 눈물이 한꺼번에 터지는 것 같았다.

그녀는 처음으로 원망했다.

떠나 버린 아버지를. 눈을 감은 어머니를. 허무하게 쓰러진 숙부들을. 뿔뿔이 흩어져 소식조차 알 수 없는 형제들을.

원래 자신은 이런 곳에 있으면 안 되는 사람이었다.

강(姜)이라는 곳이 있다.

높은 영산에서 맑은 샘물이 흘러나와 토지가 비옥하고 나무가 우거져 사람이 살기 아주 좋은 곳이었다.

실제로도 그랬다.

농작물은 언제나 풍년이었고, 과실은 달았다. 남자들은 일당백의 용사들이었고, 여자들은 교양이 넘치는 숙녀였다. 아이들은 걱정을 몰랐고, 노인들은 언제나 존중을 받았다.

그런 치세가 가능했던 건 전부 정위의 아버지 덕분이었다.

아버지는 정말 모르는 게 없는 사람이었다.

어떻게 하면 농작물이 잘 자라는 줄 알고, 하늘을 보고 기가 막히게 점을 쳤고, 다친 사람이 있으면 감쪽같이 치료를 해 줬다.

정위는 그런 아버지가 너무 좋았다. 그리고 그런 아버지의 딸로 태어난 게 너무 자랑스러웠다.

모든 게 행복한 삶. 즐거운 삶.

모두가 자신에게 웃어 주고 호의를 베푼다.

정위는 그게 당연한 줄 알았고, 영원히 자신의 것인 줄로만 알았다.

하지만 어느 날 재앙이 닥쳤다.

청동 갑옷과 푸른 창을 지닌 이상한 차림의 병사들. 그들은 용감했던 숙부들을 죽이고 마을 사람들을 인질로 삼았다. 농작물을 불태우고 마을을 짓밟았다.

아버지가 홀로 그들을 막아 보려 했지만 그럴 수가 없었다.

하늘에 거뭇거뭇하게 피어나는 용.

용이 손을 흔들면 비바람이 몰아쳤다. 아가리를 벌리면 이상한 어둠이 생겨나 모든 걸 삼켰다.

결국 용을 이길 수 없었던 아버지는, 어린 정위를 품에 끌어안은 채 말했다.

"미안하구나. 미안해. 너에게 이런 시련을 주어
서. 부디. 부디 이 못난 아비가 없더라도 행복하게
살려무나."

그것을 끝으로 의식을 잃었다.

정위가 다시 눈을 떴을 때, 주변에 있는 거라고는 무너진 마을밖에 없었다. 다른 어느 마을보다도 거대한 성세를 자랑했던 일국(一國)이 무너지는 건 순식간이었다.

마을을 수없이 돌아다녀도 아버지와 가족들의 흔적을 찾을 수 없었다. 모두 어디론가 사라지고 없었다.

이대로 죽는 걸까?

몇 날 며칠, 먹는 것도 잊은 채 멍하니 먹구름이 잔뜩 낀 하늘만 바라보고 있을 때.

"괜…… 찮니?"

누군가가 말을 걸어 줬다.

까만 철 투구로 머리를 가린 이상한 사람.

왜, 였을까.

그때 울음을 터뜨렸던 건.

분명 이 사람이 청동 갑옷을 입은 원수들과는 다르다는 걸 알고 있었으면서도.

"으아아아아아앙!"

"우, 울지 마라. 나, 나는 도와주려……!"

어쩌면 본능적으로 느꼈는지도 모른다.

살았다는 안도감과 먼저 가 버린 형제들에 대한 미안한 마음. 그리고 이 사람만 곁에 있다면 다시 행복해질 수 있을지도 모른다는 사실을.

"으아아아아아아앙!"

그 사람은 한참 울음을 터뜨리는 정위를 앞에 두고 어쩔 줄 몰라 했다. 그러다 자신의 행색이 아이를 겁먹게 했다고 착각하고 재빨리 투구를 벗었다.

그때 정위는 자기도 모르게 눈물을 뚝 그쳤다.

새카만 머리. 황금색 눈동자. 걱정스러운 얼굴.

너무나 아름답고, 너무나 조각 같고, 너무나 사랑스러운 눈동자에 비친 자신의 모습을 보고 더 이상 울 수가 없었다.

"나는 ……란다. 너의 이름은 뭐니?"

사내가 던진 질문.

언제나 행복으로 흘러넘쳤던 삶.

정지되었던 그 삶은, 그 사내를 만난 순간 다시 돌아가기 시작했다.

"여기 앉아도 될까?"

정위가 한참 동안 웅크리고 앉아 눈물을 흘리던 때, 익숙한 목소리가 들렸다. 그 사람이었다.

어깨가 움찔 떨린다. 여기는 어떻게 안 거지? 아무한테도 말 한 적 없는데?

"아직 생각이 많나 보네. 그럼 이따 다시 올게."

사내는 정위가 말이 없자 혼자 있고 싶은 걸로 착각하고 돌아서려고 했다. 정위는 얼결에 손을 뻗어 사내의 옷자락 끝을 집었다.

사내가 포근하게 웃으면서 돌아본다. 호선을 그리는 황금색 눈동자를 보고 다시 움찔했지만 가지 말라는 듯 다시 잡아당긴다.

결국 사내는 정위 옆에 나란히 앉았다.

"신녀님이 싫은 거니?"

도리도리.

오늘 처음 본 사람이 싫을 리 없다. 미울 순 있어도.

"그럼 어멈 말이 맞았구나. 나도 들었어. 네가 어떤 심정일지."

정위는 자기도 모르게 흠칫 놀랐다. 어멈은 사내의 부탁으로 그동안 정위를 돌봐주던 아주머니다. 손장갑도 같이 만들었던.

정위의 눈동자가 흔들린다. 내, 내 맘을 알았다고?

"내가 신녀님과 결혼해서 가 버리면 외로울 것 같아서 그런 거지?"

그런 거 아니거든, 멍청아!

그러고 보니 잊고 있었다. 이 남자가 얼마나 둔한지를.

정말이지 타인을 배려하고 오지랖 넓은 건 하늘을 찌르면서.

"나는 네가 우리 결혼을 같이 축하해 줬으면 좋겠어. 안될까?"

정위는 사내의 눈동자를 빤히 바라봤다.

예나 지금이나 전혀 달라지지 않은 눈. 오지랖 넓고, 둔하고, 걱정 많고, 그러면서도 마을 사람들을 위해서는 불같이 변할 수 있는 눈.

밝고, 아름답고, 선하다.

그러면서도 정위가 혹시 안 좋은 말이라도 하면 어떨까 걱정하는 것도 느껴진다.

정말 어쩔 수 없다니까.

피식. 정위는 보일 듯 말 듯한 미소를 짓더니 자리에서 일어나 엉덩이를 탈탈 털었다. 사내도 엉겁결에 따라서 일어나지만 웃음을 보이지 않으려 몸을 홱 돌린다.

"몰라. 하는 거 봐서."

그러면서 왔던 곳으로 돌아간다.

사내는 정위의 화가 풀렸나 안 풀렸나 알지 못해 전전긍긍하며 뒤를 따랐다. 정위는 골탕 먹일 속셈으로 일부러 돌아보지 않았다. 웃음이 좀 더 진하게 맺힌다.

아, 그리고 보니 깜빡한 거 있지.

사내는 정위가 잠깐 걸음을 멈추자 움찔 떤다. 뭔가 또 잘못된 건 아닌가 하는 걱정을 보인다.

"왜, 왜 그러니?"

정위는 새침하게 품속을 뒤져 손 장갑을 내밀었다.

"이거. 선물."

사내는 뭔가 싶다가 곧 얼굴이 환했다.

생각했던 대로 밝은 미소였다.

정위는 사내의 손을 꼭 잡고 마을로 돌아왔다.

마을은 이미 신녀의 방문과 사내의 승전을 위한 연회가 한창이었다.

남녀노소 가릴 것 없이 옹기종기 모여 술잔을 나누며 시끄럽게 떠들어 대고, 악사들은 신명 나게 줄을 뜯고 피리를 분다.

신녀는 그런 연회 중심에서 홀로 춤을 추고 있었다.

우아하게 돌며 손을 허공에 그릴 때마다 길게 늘어뜨린 소매가 부드럽게 펄럭인다. 신녀를 따라다니던 다섯 마리 종달새도 어우러져 마치 한 폭의 그림을 보는 것 같이 아름다웠다.

정위는 넋을 잃고 한참이나 신녀의 춤을 바라봤다.

아름답다.

다른 말은 나오지 않았다.

그저 그 생각만 감돌았다.

저래서 이 사람이 좋아하는 거구나. 역시 이길 수가 없겠네.

사내도 같이 마당으로 들어가 신녀와 어우러졌다. 선남선녀의 춤은 보기에도 너무나 잘 어울려서 마을 사람들 모두가 박수를 치며 즐길 정도였다.

그때 두 남녀 사이로 불꽃이 펑, 펑, 하고 튀었다.

불꽃은 두 갈래로 나뉘어서 하나는 붉은색이 되어 신녀 주변을 맴돌고, 다른 하나는 칠흑색이 되어 사내 주변을 감쌌다.

두 남녀와 두 개의 빛. 한없이 조화롭게 넷이 어우러지다가 두 빛이 확 하고 터지면서 뭔가로 변한다.

붉은빛은 날개를 가진 거대한 새가 되어 신녀의 머리맡을 돌아 축복을 내리고, 칠흑빛은 기다란 몸집을 지닌 용이 되어 위용을 과시한다.

"오오오오오. 수호신이 나타나셨어! 수호신이!"

"신조(神鳥)다! 신조!"

"저건 응룡이야, 응룡! 와아아아!"

오랜 옛날부터 일족을 지켜 준다는 영험한 두 마리의 신수.

신조는 항상 신녀의 곁을 맴돌아 일족이 번성할 수 있도록 무한한 축복을 내리고, 응룡은 사내와 함께 전장을 질타하여 승리만을 가져다준다던가.

저 두 사람이 있고 저 두 신수가 있기에 일족은 언제나 번성과 승리를 누릴 수 있었다. '강'이 무너지고 난 뒤에 천하를 누릴 수 있었던 건 모두 그들 덕분이었다.

사람들은 이렇게 자신들에게 주어진 영광과 평화가 영원토록 이어질 것이라 믿어 의심치 않았다.

그들의 덕을 기리고, 그들의 업을 노래했다.

때문에 보지 못했다.

홀로 뚝 떨어져서 연회에 어우리지 못하는 아이를.

저 용이 어째서 여기에……!

말문이 턱하고 막힌다.

정위는 소리 없는 비명을 질렀다.

"적이다! 유웅이 나타났다!"

한창 연회가 무르익던 중. 갑자기 어디선가 터진 고함 소리는 마을을 순식간에 쑥대밭으로 만들었다.

"노인과 여자와 아이들은 전부 대피시키고! 남자들은 전부 날 따라와! 어서! 빨리!"

사내는 병사들을 지휘해서 갑옷과 무기를 추스르게 하는 한편, 호위 무사들은 신녀를 보호하기 위해 에워싸면서 조심스레 물러나기 시작했다. 두 사람은 작별하기 전에 애틋한 입맞춤을 나눴다.

신조는 노약자들을 보호하고자 뒤로 빠지고, 응룡은 사내와 함께 적이 나타났다는 쪽으로 움직였다.

정위는 그걸 보며 소리치고 싶었다.

안 돼! 어떻게든 말려야 해! 저대로 가면 위험해!

하지만 이상하게 정위는 발이 땅에서 떼이지 않았다.

용을 본 순간 머릿속이 새하얘져 움직일 수가 없었다.

6년 전에 무너졌던 나라가 떠오른다. 소중했던 나의 마을. 아버지의 백성들. 형제들의 고향.

그 위에서 재앙을 내리고 허무를 삼키던 용.

이곳도 그렇게 되는 게 아닐까. 기시감에 두려움이 확 몰려와 아무것도 할 수가 없었다.

"결국 이딴 선택을 해야만 했던 거냐, 희(姬)!"

"나의 오랜 벗, 려(黎). 그대만은 나를 이해해 줘야 하지 않겠나?"

바다처럼 푸른빛이 감도는 청동 갑옷과 창을 든 병사들이 대지를 질타한다. 여기에 검은빛을 자랑하는 철검을 든 전사들이 투지를 불태우며 맞선다.

전장은 순식간에 아수라장이 되었다.

푸른빛이 해일처럼 덮쳐 오고, 여기에 검은빛이 예리한 날을 드러내며 기파를 뿌려 댄다.

대지가 울린다. 하늘이 떨린다.

함성과 함성, 비명과 절규가 세상을 가득 메운다.

그 중심에서 사내, 려는 이를 악문다. 평생토록 함께해 왔던 철검을 꽉 쥐다가 이내 뭔가를 결심한 듯 투구를 쓴다.

이제 그에겐 우정을 논하며 술잔을 기울이던 친구는 없

었다.

오로지 일족을 위협하는 적만이 있을 뿐!

파바밧!

그는 한 줄기 바람이 되어 단숨에 위쪽으로 쇄도했다.

여기에 능선 위에서 려를 내려다보던 희는 씁쓸하게 웃었다. 방금 전, 평생토록 유일하게 자신을 인정해 주던 벗을 잃었다.

그러면서도 한편으로는 마음이 놓였다.

드디어 이 하늘과 땅과 세상의 주인이 될 자가 누군지 가릴 수 있게 되었으니!

하지만 희는 려와 직접 부딪치지 않았다.

려는 수미산에서 제일가는 검술을 자랑한다. 책상물림인 자신이 상대할 수는 없었다.

하지만 그에겐 려에 못지않은 예리한 무기가 있었다.

모략.

"응룡. 나의 부름에 답하라."

희가 허공으로 손을 뻗는다. 그가 아끼던 검은 구슬, 현주가 둥실 떠오르며 밤하늘을 닮은 칠흑빛을 토한다.

그 순간,

카아아아아아악!

려는 달려오다 말고 갑자기 포악한 뭔가가 덮쳐 오는 느낌에 훌쩍 뛰어 뒤로 물러섰다.

"너⋯⋯?"

방금 전 그가 달리던 자리에는 나무가 모두 으스러지고 지반이 움푹 내려 앉아 모래안개가 자욱하게 퍼졌다. 아마 피하지 않았다면 그대로 쓸려 나갔겠지.

하지만 려가 놀란 건 그것 때문이 아니었다.

모래 안개를 헤집으며 나타나는 모습. 칠흑빛의 몸. 반들거리는 비늘. 눈물을 뚝, 뚝, 흘리는 용. 응룡이었다.

—미안하다. 정말 미안하다.

응룡은 몇 번이고 미안하다는 말을 반복했다. 눈가에선 눈물이 쉴 새 없이 쏟아졌다. 응룡의 역린을 결박한 뭔가가 그의 자유를 통제하고 있었다.

응룡이 몸을 뒤튼다. 희를 감싼다.

려는 이를 악물고 그를 노려봤다.

희는 손바닥에 영롱한 빛을 뿌리는 여의주를 든 채로 어깨를 으쓱거린다.

"여와가 주더군."

"⋯⋯!"

"자, 그럼 응룡이여. 먹어라."

카아아아아아악!

응룡이 아가리를 젖힌다. 어마어마한 크기답게 허무가

피어난다. 그 뒤로 응룡이 점차 사라진다.

　　—미안하다. 정말……!

"바보 같긴."

려는 슬픔에 젖은 응룡의 붉은 눈동자를 보며 웃었다. 철 검이 아래로 축 처진다.

"친구 사이에는 미안하다는 말 하는 거 아니야."

　　—아……!

곧 허무가 려를 덮쳤다.

툭.

실타래가 끊어진 손장갑이 힘없이 바닥에 떨어졌다.

달그락. 달그락.

탄탄한 신진철로 만든 수레 감옥.

그 속에는 려가 단단히 결박된 채로 갇혀 있다. 손에는 수 갑을, 발에는 족쇄를. 목에는 날카로운 칼이 달린 형틀을.

조금이라도 자세가 숙여지면 바로 칼날에 상처를 입는 다. 이미 바닥에는 피가 흥건하게 젖어 있었다.

백성들은 하나같이 길바닥으로 나와 눈물을 터뜨렸다.

가면 안 된다고. 이대로 떠나면 안 된다고.

려는 괜찮을 거라며 그런 이들을 위해 미소를 지었다.

곧 청동 갑옷을 입은 병사들이 강제로 군중을 해산시켰

다. 려를 실은 수레가 출발했다.

흩어지는 백성들 속에서.

정위는 이를 악물었다. 주먹을 꽉 쥐었다. 6년 전의 일을 또 되풀이하고 말았다. 자신의 운명을 저주했다.

자신을 이리로 내몬 응룡을 저주했다.

"용서하지 않을 거야. 용서하지 않을 거야……!"

손톱이 파고든 손바닥에서 피가 흘렀다.

"어째서냐! 어째서 이딴 짓을 저지른 것이냐, 응룡!"

아무도 보이지 않는 곳에서.

희는 분노를 터뜨렸다.

승리를 거머쥐고도, 그토록 바라던 수미산의 주인이 되고도 한 순간에 모든 것을 '잃어버리게 된 그는 응룡에게 저주를 퍼부었다.

*　　　*　　　*

'대체 뭐지, 이건?'

지호는 자신 앞에 스쳐 지나간 꿈들을 보며 혼란에 젖었다.

단순히 오래된 손오공의 과거라고 생각했던 꿈은 손오공

의 것이 아니었다. 이건 정위라는 어느 정체 모를 아이의 꿈이었다.

그리고 려.

그도 손오공이 아니었다. 손오공은 그저 닮기만 했을 뿐, 전혀 다른 사람이었다. 하얀 머리가 아닌 까만 머리였을 때 짐작해야 했던 것인데.

그럼 대체 그는 누구였을까?

다른 건 몰라도 이것만은 확실하다.

려라는 사람은, 절대 자신과 무관하지 않다는 것.

그리고…….

―그대였구나.

꿈속에서 봤던 응룡이란 용이, 바로 이 용이란 사실을.

허무 속에서 피어나는 붉은색 눈동자에 지호가 담긴다. 슬픔이 차올라 눈물이 이슬처럼 맺힌다.

―오랫동안 기다렸다. 오랫동안. 아주 오랫동안…….

비록 그때와는 비교도 할 수 없을 정도로 너무나 커져 버린 덩치였지만, 저 눈빛만큼은 달라지지 않았다.

―꼭 전하고 싶었다. 그날의 일을 사죄하고 싶었다. 아! 미안하군. 친구 사이에는 미안하다는 말을 하지 않는 거랬나?

끝없는 세월을 지나고, 까마득한 시간을 넘어,

　　—**보고 싶었다.**

웅룡은 친구였던 이에게 미소를 지었다.

붉은 눈동자가 호선을 그린다.

그리고,

스르르—

감긴다. 눈꺼풀이.

닫힌다. 허무가.

본 것만으로도 충분하다는 듯, 이미 더한 미련은 없다는 듯, 편히 눈을 감는 녀석을 본다.

지호는 난감하다는 듯이 볼을 긁적였다.

"저기 미안한데. 사람 잘못 본 것 같은데?"

웅룡은 눈을 감다 말고 놀라 갑자기 확 떴다.

그러길 잠시. 곧 가느다란 호선을 그린다.

　　—**여전하구나. 그대는.**

그리고 완전히 눈이 감겼다.

허무가 흩어져 사라졌다.

파스스스스스.

존재하되 존재하지 않던 존재가 사라진 자리로 금색 입자들이 하나둘씩 생겨난다. 그것은 마치 밤하늘에 맺힌 별무리처럼 보이기도 하고, 땅으로 소복소복하게 쌓이는 눈처럼 보이기도 했다.

여의주다.

응룡이 지난 세월 동안 살고자 먹고 쌓았던 에너지의 응집체.

하지만 주인이 사라지자 원래의 자리로 돌아가려는 듯 사방으로 흩어진다. 이대로 두면 자연 속에 녹아 사라지고 말겠지.

'성아.'

—응?

청룡이 심연 속에서 슬그머니 머리를 내민다. 초롱초롱하게 눈을 반짝이는 모습이 너무 귀여워 자기도 모르게 웃음을 터뜨렸다.

'먹을래?'

—헤헤헤헤헤헤. 그래도 돼?

'그런데 너무 많지 않을까?'

도리도리.

—아냐. 아냐! 괜찮아! 다 먹을 수 있어!

'살 찔 것 같은데?'

—아니야! 아니야! 아껴서 먹으면 돼!

청룡은 보라는 듯이 팔 근육을 보였다. 탱탱했다.

'그럼 너무 급하게 먹으면 안 돼? 체하니까.'

—응응!

지호는 여의봉을 꺼내 허공에다 던졌다.

여의봉은 빛무리에 휩싸이다 청룡으로 변하더니 단숨에 하늘을 따라 그대로 미끄러졌다. 기다란 몸으로 똬리를 틀면서 입을 크게 벌린다.

흩어지던 빛무리들이 일제히 기나긴 궤적을 그리기 시작한다.

열권을 따라 수천수만 겹으로 이뤄진 궤적들은 마치 밤하늘을 수놓는 유성군(流星群)으로만 보였다. 실로 장관이었다.

그리고,

—잘 먹겠습니다. 앙!

유성군의 중심에서, 청룡이 변화하기 시작했다.

콰득. 콰드드득.

몸집이 풍선처럼 부풀어 오른다. 근육이 잔뜩 성이 난 것처럼 혈관을 마구 드러내며 몸을 감싸고 있던 비늘을 모두 뜯어낸다.

후두둑. 후두둑. 푸른 보석 같던 비늘이 아래로 수없이 쏟아진다. 대신에 비늘이 사라진 자리로 보다 짙은 푸른 빛깔을 자랑하는 남색 계통의 비늘이 돋는다.

마치 이전의 비늘이 해변의 푸른색 같았다면 지금은 심

해를 담은 검푸른 빛깔이다.

이전보다 더 두껍고, 더 넓으며, 더 단단하고, 더 짙으며, 더 투명하다.

3배 이상 커져 가는 몸집만큼이나 발톱도 더더욱 굵어지고 날카로워진다. 네 개였던 발톱은 하나가 더 돋아나 전설 속에서나 전해지는 곤룡의 오조(五爪)가 되었다.

그리고 그 위에 든 여의주는 다른 어느 때보다도 영롱한 빛을 토했다. 허무의 칠흑빛이 더해져 짙은 황색을 드러낸다. 밤하늘이 순간 환하게 밝아지는 게 아닐까 싶을 정도였다.

붉은 눈동자는 마치 태양을 품은 것처럼 이글거려 지상을 굽어본다.

해와 달이 합쳐졌을 때는 덩치를 불리는 느낌이었다면, 지금은 그보다 몇 단계 이상 초월한 존재로 변하는 것 같았다.

"아."

응룡은 태곳적부터 살아왔던 생물. 천계의 그 어떤 신이와도 비교도 할 수 없을 정도로 까마득한 세월을 살았다. 상고 시대에도 수미산의 주인을 가릴 만큼 대단했던 녀석이기에, 당연히 그 뒤로도 품었을 힘은 상상을 초월한다.

청룡은 그런 응룡을 고스란히 계승했다.

의지를, 힘을, 업을.

이미 청룡은 평범한 용의 범주를 넘어서고 말았다.

마치 애벌레가 나비로 거듭나려는 듯, 뱀이 더 튼튼해지고 크기 위해 허물을 벗듯, 솔개가 절벽에 수없이 부딪쳐 더 단단한 날개와 부리를 가지려 하듯.

청룡은 새로운 존재로 거듭났다.

신룡.

이미 그 자체로 새로운 신으로서 거듭나기 위해 준비하는 것이다.

쏴아아아아아.

청룡이 여의주를 높이 든다.

한 차례 바람이 불더니 구름이 모여든다. 그 아래로 바다가 출렁이면서 푸르른 물결을 드러낸다.

용은 비바람을 부리고 바다를 다스리는 신수.

그중에서도 정점을 찍었으니, 이제 그 권능을 빌어 모든 것을 제자리로 돌리려 한다.

바다는 이미 지호와 응룡의 격투로 한 차례 난장판이 되었던 바. 뒤집어진 심해와 소용돌이치는 해류를 원래의 자리대로 되돌린다.

격랑이 몰아쳤던 해수면에는 잔잔한 파도를, 길을 잃어 난파 직전까지 갔던 수많은 배에는 새로운 길을.

밤하늘을 보다 환하게 밝힌다.

태평양 위로 뜬 달은 다른 어느 때보다 화려하게 빛이 나고, 매연으로 잘 보이지 않던 수많은 별들도 오늘만큼은 수줍게 밖으로 나와 금방이라도 떨어질 것처럼 시리게 반짝인다.

모든 것이 원래대로 돌아간다. 응룡이 눈을 뜨기 직전으로. 허무가 피어나기 전으로.

아니다.

보다 더 아름답게 바꾼다.

길을 잃었던 배는 만선이 되도록, 쓰나미를 보며 걱정하던 연안 지방의 사람들에게는 탄성이 나오도록. 그리고 별을 보며 사랑을 속삭이던 연인에게는 아름다운 추억을, 바쁜 하루 일상에 시름을 젖던 이들에게는 작은 감동을 선사한다.

그렇게 세상을 바꿔 나간다.

청룡은 자신이 여기에 있다는 걸 세상 사람들에게 보여 주겠다는 듯, 다른 어느 때보다 화려하고 영광된 빛을 발한다. 세상을 굽어본다.

그리고 지호 역시 새로운 변화를 맞는다.

청룡이 모두 흡수하려 했어도 응룡이 남긴 에너지는 너무나 많다.

지호는 그걸 모두 빛으로 환원시켰다.

부족한 신위를 메울 수 있도록 차곡차곡 쌓아 나간다. 비커에 물을 채운 것처럼 금세 차오른다.

화아아아아아아—!

지호는 빛무리에 휩싸였다. 청룡이 그랬던 것처럼 체내에서부터 뭔가가 변해 간다.

두두둑. 두둑.

뼈가 부서지고, 근육이 갈라지고, 살갗이 찢어진다.

아니, 그 정도가 아니다.

육신뿐만 아니라, 그 속에 있는 영혼까지 변해 간다.

두 번째로 맞는 환골탈태.

손오공에 의해 신체(神體)를 완성하고 그 뒤에도 수없이 더해진 기연으로 많은 변화를 겪었다지만, 이것은 그것과는 비교도 할 수 없는 변화, 아니, 진화였다.

영혼이 낱낱이 해체되었다가 다시 조립된다. 그 위에 알맞은 가죽이 만들어진다.

뼛속부터 발끝까지, 처음부터 모든 것들이 찢어지고, 부서지고, 흩어졌다가, 다시 모이고, 조립되고, 결집된다. 천천히 완성된다.

영원처럼 길다면 길고, 찰나처럼 짧다면 짧은 시간 속.

모든 향유를 끝내고 지호가 다시 눈을 떴을 때에 느낀 감정은 하나였다.

'가벼워.'

정말 '나'란 존재가 살아 있는 게 맞나 싶을 정도로, 죽은 게 아닐까 싶을 정도로 너무나 가볍다. 아예 이 세상에 존재하지 않는 느낌이다.

그러면서도 느낀다.

'나'라는 존재를. '이 세상'이라는 존재를.

자타(自他)의 경계가 허물어지면서 세상 모든 것들이 느껴진다. 손끝으로, 발끝으로, 머리끝으로. 체내 구석구석으로 예리해진 감각을 따라 모든 것들이 전해진다.

마치 이 세상, 그 자체가 된 기분이다.

실제로도 그랬다.

이데아의 영역을 넘어, 현상으로만 존재하는 이 세상에 완전히 녹아내렸다. 그리고 세상도 지호라는 거대한 틀에 단단히 얽매였다.

세상의 일부이면서도 전체인 존재.

무량.

혹은 무한.

지호는 자신 안에 담긴 그런 수많은 감각과, 수많은 생명과, 수많은 물질과, 수많은 시공과, 수많은 세상과, 수많은 우주와, 수많은 가능성을 엿보았다.

영혼과 육신의 합치(合致).

정, 기, 신. 영, 혼, 백이 하나가 된 형태.

신(神).

그토록 바라던 지고의 영역에 드디어 한 발을 들인 것이다.

"하아아아아."

지호는 길게 한숨을 토했다. 그것은 그의 숨이되, 생명의 숨결이었고, 영혼의 씨앗이었다.

드디어 신위를 완성했건만.

크게 기쁠 줄만 알았지만, 막상 이루고 나니 별것 아닌 것 같다.

마치 이제야 제대로 된 옷을 입은 기분이랄까?

여태 제천대성이라는 거대한 영혼을 품고도 그만한 실력을 내비치지 못했으니, 어른이 아이의 옷을 입고 낑낑대고 있었던 꼴인 셈이다.

하지만 그렇기에 더더욱 반갑기도 하다.

기나긴 잠에서 깨어나 이제야 제대로 뛸 수 있게 되었으니.

마치 그 옛날의 제천대성처럼!

지호는 고개를 들어 여느 때보다 환하게 빛나는 달 쪽으로 손을 뻗었다.

그의 속성은 빛.

권능을 빌어 달빛을 이 손에 담는다.

하늘하늘한 달빛이 실타래처럼 소복하게 쌓였다.

    ＊ ＊ ＊

 모든 완성이 끝난 뒤.

 지호는 청룡을 다시 거둬들이고 이예가 있는 곳으로 축지를 밟아 나타났다.

 이예는 지호를 보다가 흠칫 놀랐다.

 그에게서 은은하게 흩날리는 기운이 무엇인지 알아본 것이다.

 "너……?"

 "어. 덕분에."

 "그랬군."

 이예는 피식 웃어 버린다.

 한때는 자신도 가졌던 것이었건만. 지금은 잃어서 되찾을 수 없게 된 것.

 그런데도 질투가 나지는 않는다.

 도리어 축복을 해 주고 싶다.

 그새 작은 정이라도 든 걸까?

 "그런데 많이 피곤해 보인다, 너?"

 "어디서 생난리를 치던 누구 덕분에 말이다."

 이예는 팔짱을 끼며 코웃음을 쳤다.

 "그렇게 부실해서 어디 항아를 만날 수나 있겠어?"

순간, 이예의 눈에 이채가 어렸다.

"그럼……?"

지호는 웃으면서 손을 펼쳐 보였다.

손바닥 위로 금색 실이 올라와 저들끼리 빽빽하게 뭉치더니 단단한 줄이 된다. 그믐의 달빛과 응룡의 내단을 섞어 만든 동아줄.

동궁을 쥔 이예의 손길에 바짝 힘이 실렸다.

밤이 내린다. 달이 걸린다.

구름이 걷히며 달빛이 천천히 내려온다.

그것은 마치 멀리서 보면 어느 전래동화에서처럼 달에서 내려온 동아줄로만 보였다.

달빛이 내려앉는 자리.

"준비 됐냐?"

이예는 말없이 고개를 끄덕였다. 두 눈이 달빛보다 더 환하게 이글거렸다.

그 순간, 지호와 이예는 달빛을 붙잡았다.

38장

월궁

감았던 눈을 뜨자 전혀 새로운 세상이 나타난다.

넓은 평원.

아름다운 꽃들이 바람에 살랑살랑 흔들린다. 부드럽고 향긋한 꽃 내음이 물씬 풍긴다. 한쪽에 숲처럼 우거진 계수나무는 보석처럼 반짝거린다.

하늘에는 꽃만큼이나 예쁜 별이 총총 박혀 있다. 별은 지상에서 보던 것보다 훨씬 가까웠다. 그 때문에 마치 보석을 뿌린 것처럼 자꾸 반짝여 눈이 멀 것만 같았다.

그리고 그 아래.

저 멀리, 높다랗게 선 누각이 보인다.

돌로 만든 담장으로 둘러싸인 커다란 누각.

"드디어."

이예는 떨리는 목소리로 첫 걸음을 내디딘다.

"드디어…… 왔구……나."

울음기를 꾹 누르는 어조로 언제나 바라 마지않던, 수천 년 동안 갈망했던, 기원을 입에 담는다.

"월…… 궁."

이예는 당장에라도 월궁에 찾아갈 기세였다.

하지만,

"이예."

지호가 나지막한 목소리로 부른다.

이예는 걸음을 마저 옮기려다 뚝 멈춘다. 흔들리던 눈동자도 겨우 멈춘다. 후우, 가볍게 숨을 고르고 냉정을 되찾아 지호를 돌아본다.

"그래. 거래는 거래겠지."

"네가 말했던 해결책이란 게 뭐지?"

곧 꺼질 손오공의 운명을 깰 수 있는 해결책.

"이것이다."

이예는 손을 활짝 펼쳤다.

우우웅.

손바닥 위로 화살 하나가 떠오른다.

하지만 이예가 가진 하얀 화살, 소중과는 달랐다.

검고 붉은 색이 뒤섞인 아주 짧은 화살. 보통 편전이라고 알려진 애기살이다.

"이게 뭐야?"

"저승으로 가는 열쇠다."

"뭐?"

지호의 눈이 휘둥그레진다.

"나는 식견이 짧아 사람에게 주어진 명을 다루는 법을 모른다. 복잡하게 얽힌 인과의 고리를 끊는 법도 몰라. 하지만 한 가지만은 확실히 알지."

이예의 눈이 요요히 빛난다.

"죽은 사람은 저승으로 간다."

"저승……."

"그렇다면 저승으로 향할 제천대성의 고리를 끊으면 될 것 아닌가? 그 옛날, 제천대성이 저승을 뒤집어 사생부에서 자신과 수하들의 이름을 지웠던 것처럼."

그러다 살짝 입꼬리를 올린다.

"물론 저승의 한 축을 이루는 지옥은 통천교주로 인해 시끄러운 게 사실이다. 하지만 녀석의 의식은 네가 만든 꿈 안에 갇혀 있지 않나? 그리 어렵지는 않을 거다."

이예는 어색하게나마 웃고 있었다.

비록 적으로 만나고 생사대적까지 갔다지만, 그래도 며칠 동안 함께하면서 마음이 많이 풀렸다. 더구나 응룡을 잡으면서 손속을 섞기도 했다.

여전히 경계하는 마음을 완전히 푼 것은 아니지만, 그래도 그가 결코 나쁜 사람이 아니라는 건 안다.

약속을 이리 지키지 않았나.

무엇보다 이예는 자신에게 기원을 이루게 해 준 지호에게 진심으로 감사하고 있었다.

"도대체 이런 걸 어떻게 갖게 된 거야?"

지호는 애기살을 받으며 같이 웃었다.

"아주 오래전에 알유라는 신을 잡아 빼앗았던 거다. 잊고 있었다가, 통천교주가 배신을 할 때를 대비해 보험으로 꺼내 놨었지. 이렇게 쓰일 줄은 몰랐지만."

지호는 애기살을 거두며 월궁 쪽으로 턱짓을 했다.

"그럼 마무리해야지?"

멀리서 보던 것보다 월궁은 훨씬 컸다.

달리 광한궁이라고도 불리는 곳.

지키는 사람 하나 없이 정문은 굳게 닫혀 있어 담장이라도 넘어야 하나 싶었는데, 지호와 이예가 다가가자 저절로 문이 열렸다.

끼이익.

월궁까지 길게 반석이 깔린 길이 나타난다.

"저거 우리더러 알아서 오라는 거지?"

"한 놈은 죄인을 데리러 온 놈이고, 다른 한 놈은 듣도 보도 못한 주인이니 경계를 안 하면 이상하겠지."

"그런가?"

지호는 피식 웃으면서 대문을 통과했다.

사실 따지자면 월궁을 다스리는 것은 옥황상제의 비인 상희와 그들의 딸인 12선녀라지만, 엄연히 월궁의 주인은 지호였다.

빛은 엄연히 해와 달보다 이전에 있는 것. 당연히 더 높은 신위일 수밖에 없다.

하지만 그런 주인이 나타났는데도 불구하고 환대는커녕 배웅 한 번 나오지 않는다는 건, 모멸 찬 대우일 수밖에 없다.

더구나 화안금정 너머로 보이는 것은,

'어마마마, 놈들이 바로 정문을 통과했다 하옵니다!'

'어서 궁위병을 움직여 그들을 제압해야 하는 것이 아닌지요?'

'감히 어마마마와 저희들의 허락도 없이 달의 주
인을 자청하던 자입니다! 동승신주의 아랫것들은 차
마 입에 담기도 어려운 망발까지 지껄일 정도가 아
닙니까!'

'관직도 받지 못한 지금도 그러할진대, 곧 완전한
자리를 거머쥐고 나면 어찌 나올지, 딱 그림이 그려
지지 않습니까?'

'언젠가 아바마마의 자리까지 위협할 자입니다.'

'더구나 그 자의 영혼은 제천대성.'

'절대 믿을 수가 없는 자니, 이참에 선을 확실하
게 그어 자신의 처지를, 신분을, 자격을 일러 주는
게 좋을 듯합니다.'

'무엇보다 옆에 있는 것은 옛날의 그 이예.'

'막내 아이를 그리 엉망으로 만들고, 아홉이나 되
는 오라버니를 죽여 아바마마의 은덕까지 등진 배은
망덕한 자!'

'이런 천둥벌거숭이 같은 것들이 결국 끼리끼리
만난 것이니.'

'그 속내가 어떨지는 보지 않아도 뻔하옵니다.'

'이 월궁에 재앙을 부를 것입니다.'

11명이나 되는 여인들이 저들끼리 쑥덕거리면서 옥좌에 앉은 여인을 바라본다. 살짝 나이가 들어서인지 후덕한 이미지가 강한 이다.

그녀가 바로 상희. 옆에서 어머니라며 떠들어 대는 것들은 선녀들이다.

"하! 이것들 좀 봐라?"

지호는 고개를 외로 꼬았다.

아무리 반갑지 않은 손님이고, 불청객이라는 이예를 동반했다지만 이건 경우가 아니지 않은가.

가뜩이나 응룡과의 일로 슬슬 열이 받아 있던 차에 알아서 속까지 박박 긁어 주니 짜증이 치밀었다.

"왜 그러나?"

이예가 멀뚱한 표정으로 묻는다.

지호는 눈살을 찌푸리면서 걸음걸이 속도를 더했다.

"야. 너 내가 세상에서 제일 싫어하는 게 뭔지 아냐?"

"뭔 소리냐?"

"두 개가 있거든? 그중에 하나가 나한테 단무지 먹으라는 새끼고."

지호는 어느새 궁궐 문 앞에 섰다.

"다른 하나가 뒷다마 까는 새끼."

지호는 문을 세게 발로 찼다.

콰아아아아아아아앙!

문을 얼마나 세게 걷어찼는지 문짝이 통째로 뜯겨, 아니, 옆에 있던 벽까지 아예 박살이나 저만치 안쪽까지 날아간다.

게다가 사방으로 튄 문짝 파편은 천장에 매달린 화려한 야광주를 박살 내고, 단단한 기둥을 부러뜨리고, 성스러운 무늬가 그려진 창문을 부숴 버렸다.

천계를 포함해 가장 아름다운 실내 장식을 자랑한다는 월궁의 내부는 삽시간에 먼지와 쓰레기가 난무하는 쑥대밭이 되고 말았다.

졸지에 안쪽에서 근엄한 모습으로 지호와 이예를 맞이할 작정이었던 상희와 선녀들, 그리고 궁위병들은 때아닌 날벼락에 안색이 시퍼렇게 질린 채 도망치거나, 자라목이 되어 구석에서 오들오들 떨어야 했다.

저벅. 저벅.

"여어! 안녕하슈?"

지호가 껄렁껄렁한 자세로 먼지 가득한 궁내로 들어선다. 이예는 비교적 예의 가득한 모습으로 들어서서 누가 적이고 누가 아군인지 구분이 안 들 정도였다.

열한 명의 선녀들은 옥좌에 앉은 상희를 보호하고자 에워싸고 있으면서도 지호 쪽을 보면서 오들오들 떨었다. 그러면서도 두 눈은 살의를 담아 한껏 지호를 노려본다.

반면에 궁위병들은 월궁의 주인들을 지키고자 칼을 빼 들며 지호에게로 겨눈다.

채채채채챙!

"이 이상은 다가서지 못한다!"

"이곳은 상희 마마께서 계신 곳이다! 어서 예를 갖추지 못할까!"

하나하나가 생전 무림에서 뛰어난 활약을 펼쳤던 것이 인정되어 특별히 월궁으로의 입조가 허락된 자들. 그들의 위세는 하계의 팔왕과 비교해도 손색이 없었다.

하지만,

"꿇어."

쿵!

지호의 싸늘한 한 마디에 공기가 무겁게 가라앉는다.

궁위병들은 어깨 위에 떨어진 무게에 몸을 휘청였다. 그 래도 버티겠다는 일념으로 이를 악문다. 두 눈은 핏대가 잔 뜩 서서 충혈된다.

짜식들, 힘들어서 다리도 후들거리는 주제에 가오는. 지 호는 그들을 보면서 피식 웃었다.

"꿇으라니까?"

쾅!

이번에는 단단한 바닥뿐만 아니라 벽이 부서질 정도로 엄청난 압력이 더해진다.

그들은 패대기쳐진 개구리 꼴이 되어 바닥에 널브러졌다. 컥, 하고 토해 낸 구토물에는 피가 잔뜩 섞여 있다. 사지가 마구 꺾인 게 저마다 뼈가 박살이 난 듯했다.

그래도 죽을 정도로는 안 했으니까 괜찮겠지. 뭐, 죽어도 상관없고. 지호는 싸늘한 얼굴로 그들 사이를 통과했다.

"대체 누가 깽판을 부리러 왔는지 모르겠군."

뒤에서 이예가 피식 바람 빠지는 소리를 낸다. 그러면서 팔짱을 끼는 게 이 재미난 상황을 아주 대놓고 감상하려 한다.

결국 지호는 옥좌가 있는 계단을 하나씩 올랐다.

"저, 저, 저, 무, 무, 무엄한……!"

선녀들은 오들오들 떨면서도 끝까지 도끼눈을 떴다. 몇몇은 아예 달려들기도 했다.

하지만 지호는 파리 치우듯이 옆으로 치워 버렸다.

꺄아아아악! 아아아악! 선녀들은 온갖 비명 소리를 내면서 바닥에 볼썽사납게 뒹굴었다. 하나하나가 눈이 돌아갈 만한 미녀들이라 애처롭게 느껴질 법도 하건만. 이미 지호는 두 눈이 회까닥 돌아간 지 오래였다.

결국 지호는 옥좌가 있는 마지막 계단까지 올랐다.

상희는 팔걸이를 손으로 꽉 쥐었다. 그녀는 왈가닥 같은 선녀들과 다르게 정중한 인상이었다. 지호를 두려움에 찬 눈빛으로 보면서도 아랫입술을 질끈 깨물며 절대 물러서려 하지 않는다.

상제의 비라는 자리에 결코 떨어지지 않는 기품 있고 엄숙한 태도.

하지만 그마저도 지호의 눈에는 '꼴값 떤다'로 보였다.

옥좌 바로 앞에 서서 상희를 내려다본다.

"정녕 달의 주인께서는 흉신이 되려 하시나요?"

상희는 처음으로 입을 뗐다. 두 눈이 표독스러워진다.

"뭐? 흉신?"

"그대가 곧 빛의 자리에 앉을 것이라고는 하나, 저는 엄연히 만물을 다스리는 상제의 아내. 그리고 월궁의 주인이에요. 반면에 그대는 상제의 신하가 될 사람일진대, 이렇게 무례해도 되는 것인가요?"

"무례?"

"그래요. 무례하군요. 달의 주인이라면 주인답게 체통을 지키도록 하세요. 그리고 저자는 왜 이곳에 있는 건가요? 저자는 오래전 대라천에 중죄를 저지른 죄인. 함께하는 것만으로도 격을 스스로 깎는 행위라는 것을 어찌 모르는 건가요?"

상희는 한껏 지호를 노려봤다. 한 번 말문이 열리자 봇물 터지듯이 속내가 나온 것이다. 더구나 지호가 아무 말도 없이 가만히 보고 있으니 겁을 먹었다고 여겼다.

지호는 웃음도 안 나왔다.

이예가 고작 이따위 것들에게 휘둘렸다는 사실이 우스웠고, 자신의 사위였던 이를 죄인 취급하는 장모의 속 좁음이 기가 막혔다.

"감히 천것 따위가."

지호를 따라 신의 목소리가 음산하게 울려 퍼진다.

상희는 그나마 여태껏 가볍게 흐르던 분위기가 반전하자 안색이 새파랗게 질리고 말았다. 보이지 않는 손이 숨통을 꽉 조이는 것 같았다.

고통을 느끼는 건 그녀만이 아니었다.

이예를 제외한 이 자리에 있는 모든 이들.

선녀들과 궁위병들은 몸을 오들오들 떤다.

그들은 뇌리를 가득 메운 화안금정에 단단히 구속되고 말았다. 머리가 새하얗게 질린다. 영혼이 이대로는 죽는다며 비명을 질러 댄다.

"감히 천것 따위가 잘도 망발을 지껄여대는구

나.”

“무, 무슨……!”

**“응당 예를 취해야 하는 것은 이 땅에 선 너희
들이고, 예를 받아야 하는 것은 이 땅의 주인인
이 몸이거늘. 그 위에 기생하는 것들이 잘도 이딴
망발을 잘도 지껄여 대고 있으니, 상제의 무능함
이 얼마나 큰지 여기서도 아주 잘 알 것 같구나.”**

“……!”

**“꼴도 보기 싫으니 사라지거라. 마음 같아서는
어깨 위에 있는 것들을 잘라 상제에게 보내 이에
대해 책임을 묻고 싶으나, 그러기엔 이 손에 그대
들의 천박한 피가 묻을까 싶어 심히 두렵도다.”**

상희는 이를 악물었다. 옥황상제의 아내가 된 뒤로 이런
치욕을 겪어 본 게 언제였을까.

단연코 없었다.

옥황상제와 어깨를 나란히 한다는 태상노군조차 자신에
게는 예를 지킬 정도였는데.

“오, 오만한……!”

상희는 마지막 남은 용기로 이를 따지려 했지만, 지호는
그마저도 묵살시켰다.

“잊지 말거라. 이 몸은 빛의 주인이기에 앞서.”

지호가 싸늘하게 웃는다.

"제천대성이라는 것을."

"⋯⋯!"

그제야 상희는 떠올렸다.

눈앞에 있는 이가 누구의 환생이고, 누구의 의지를 이었는지를.

감히 자신을 욕보인다며 천계의 36개 하늘을 몽땅 뒤집고, 서왕모와 옥황상제의 면전에다 음식을 던지며, 태상노군의 수염을 불태우던 천둥벌거숭이.

하지만 그 오만함만큼이나 강한 힘을 지녔기에 결국 어느 누구도 깊이 따지지 못하고 승복해야만 했다.

제천대성이란, 별호나 관직 따위가 아니다.

하늘을 누르는 위대한 성인.

옥황상제가 자신과 어깨를 나란히 하는 자라며 경외심에서 붙여 준 존칭이었다.

그는 결코 옥황상제의 아래가 아니었다.

"그러니 썩 꺼지거라. 이 몸의 땅에서."

축객령에 상희와 선녀들은 결국 옷 하나 챙기지 못하고 맨몸으로 내쫓겨야만 했다.

"후우! 속이 다 시원하네."

지호는 쓸쓸한 옥좌에 덩그러니 앉아 길게 한숨을 내쉬었다.

폐허가 된 궁 내부가 보였지만 적당히 청소를 하면 쓸 만하다 싶었다.

이예가 피식 웃으면서 다가왔다.

"근데 이래도 되나? 너 역시 엄연히 자리가 보장된 신. 제천대성이면서 빛이라는 신위를 갖고 있지. 결국 상제와 마주해야 할 텐데, 꽤 피곤해지지 않을까?"

지호는 어깨를 으쓱거렸다.

"뭐, 어때? 귀찮으면 나중에 때려치우지 뭐."

손오공도 그랬는데, 뭐.

전혀 미련이 없다는 투다.

이예는 그런 지호를 보면서 웃을 수밖에 없었다.

*   *   *

지호와 이예는 월궁의 심처에 위치한 계단을 따라 아래로 내려갔다. 내려가면 내려갈수록 이예의 발걸음은 점점 무거워지고, 심장도 가빠졌다.

그리고 드러나는 지하 감옥.

감옥은 큰 규모에 비해 빛 한 점 들어오지 않고 사람도 없어 을씨년스러운 분위기만 감돌았다.

"어…… 마마마세요?"

그때 저 안쪽에서 가냘픈 목소리가 들린다.

순간, 이예의 몸이 뻣뻣하게 굳는다. 심장이 더 크게 뛰었다.

"뭐해? 안 가면 나 먼저 간다?"

지호가 짓궂게 웃으며 앞장서려 하자, 이예는 재빨리 손을 뻗어 그를 막았다.

그러다 가볍게 숨을 고르고, 천천히 안으로 들어선다.

감옥 가장 안쪽 구석에는 한 여인이 갇혀 있었다.

가냘픈 체구의 여인.

얼마나 많은 세월을 혹사당한 것인지 깡마른 체구에 거적때기 같은 옷을 입고 있었다. 특히 발끝에는 도망치지 못하도록 벽면과 쇠사슬이 연결된 족쇄가 채워져 또 한 번 지호의 분노를 샀다.

여인은 어머니와 자매들이 아닌 낯선 사내의 등장에 깜짝 놀랐다. 그러다 옆에서 천천히 걸어 나오는 다른 사내의 얼굴을 본 순간, 굳어지고 말았다.

"아아……!"

다시는 볼 수 없을 거라 생각했던 얼굴.

덧없이 흐르는 세월 속에서도 혹여나 잊을까, 하루에도

몇 번씩이나 그리고, 그리고, 또 그리면서 애타게 찾던 얼굴.

꿈에서나 그리던 임의 얼굴이, 그곳에 있었다.

"어째서. 어째서 오셨나요?"

"그냥."

지나가던 길에 들렀다는 듯 툭 내뱉는 말투.

"그냥. 보고 싶어서 왔소."

이예는 항아를 보면서 활짝 미소를 지었다.

*　　　*　　　*

흔히 신이라 하면 위대한 존재라고 생각한다.

만인의 숭배와 존경을 받으며, 하늘 위에 있는 옥좌에 앉아 세상을 굽어다 보고 제 마음대로 다스린다고 생각한다. 악인에게는 벌을 주고, 선인에게는 결실을 가져다준다고 믿는다.

그래서 선인들은 수백 년이라는 기나긴 세월을 버티면서도 오로지 신이 되고자 애쓴다.

하지만 정작 신에게 물어보면,

'뭣도 모르는 멍청한 소리지.'

이렇게 말할 것이다.

신, 나타는 언젠가 누군가가 물었던 말을 떠올리며 콧방귀를 뀌었다.

신이란 일종의 톱니바퀴다.

세상이란 거대한 시계가 제대로 굴러갈 수 있도록 만드는 톱니바퀴.

하나라도 빠지게 되면 삐그덕거리면서 멈출 수가 있다.

그렇기에 신이란 존재는 세상을 구성하고 운영하는데 있어 없어서는 안 될 요소이며, 언제나 지상에서 시선을 거두지 않는다.

'정말 살기 좋은 세상이야.'

'왜 아니겠는가. 평생토록 오늘 같으면 얼마나 좋겠나!'

하늘에서 지상을 굽어보듯. 마치 소설에서 3인칭 시점으로 내용을 보듯.

나타는 언제나와 같이 지상을 굽어보고 있었다.

황금물결로 가득한 논밭. 뛰어다니는 아이들. 담소를 나누는 어른들. 참을 들고 나오는 아낙네.

모든 것이 정겨운 세상이다.

이를 두고 어느 누가 몇 년 전까지만 해도 환란으로 몸살을 앓던 세상이라 생각할 수 있을까.

나타는 흐뭇하게 그들을 보다 장면을 다른 곳으로 돌렸다.

　'와아아아아! 신녀님이다!'
　'신녀님! 신녀님, 제가 어제는요……!'
　'비나이다. 비나이다. 부디 우리 아이에게 축복을
　주소서.'

땟국물이 좔좔 흐르는 아이들이 가득한 곳. 지난 환란으로 부모를 잃은 고아들을 모은 장소다.

하지만 아이들은 하나같이 살이 토실토실하게 올라 간만에 자신들을 찾은 손님에게 모여 떨어질 줄 몰랐다.

그럴 때면 손님을 따라온 호위 무사가 위험하다며 떨어지라고 하지만, 도리어 손님이 괜찮다면서 손사래를 치고 아이들을 정성으로 안는다.

단발을 올린 비녀. 웃음 가득한 미소. 하얀 소복.

성스럽다, 는 생각이 물씬 풍기는 여인이다.

신녀.

그녀야말로 오늘날 다시 한 번 혼란에 빠질 뻔했던 이 땅에 평화를 가져다주고, '명'의 기초를 세운 이였으니.

이 땅에 빛이 사라져 어둠만이 잠잠하던 때. 신인이 세상에 내려와 해(日)와 달(月)을 되찾아 주고 다시 하늘로 돌아가셨으니, 사람들은 '일월(日月)'이라는 단어를 하나로 합쳐 '명(明)'이라 하였다.

덕분에 '명'은 신인을 기리는 종교의 이름이자, 수백 년만에 대륙을 하나로 엮은 통일국가의 국명이 되었다.

그 중심에는 신인의 연인이었다는 신녀가 항상 있었으니, 백성들이 황제보다도 그녀를 더 칭송하는 건 당연할 수밖에 없었다.

지금도 보라.

백성들이 먼발치에서나마 그녀의 얼굴을 보고자 버선발로 뛰어나온다. 한창 손이 바쁜 시기인데도 불구하고 그녀의 손마디 한 번 잡아 보려 한다.

신녀는 그러다 혹여 백성들이 인파에 휩쓸려서 다치기라도 할까 싶어 걱정스러운 마음에 그들을 달랬다.

그럴수록 백성들은 황송한 나머지 넙죽 엎드리거나 신녀에게 폐를 끼치지 않기 위해서 질서를 지키는 등, 일사불란한 모습을 보였다.

땀에 젖은 백성들의 손을 일일이 어루만져 주면서도 입가에 웃음꽃을 지우지 않는 신녀의 모습에서는, 옛날 얼음꽃 같았다던 소문의 모습은 일체 찾아볼 수가 없었다.

'잘하는구나. 아주 잘해.'

나타는 매일 같이 신녀를 확인했다.

혹시 그녀가 다치는 것은 아닐까, 하는 노파심에.

하지만 그녀를 보면 볼수록 입가엔 흐뭇한 미소가 걸린다.

비록 자신의 신도는 아니라고는 하나, 저런 사람이 하나 있는 것으로 세상엔 평화가 도래하니.

'한데, 어딘지 모르게 낯이 익은 영혼이란 말이지.'

나타는 고개를 갸웃거리다 이내 피식 웃어 버렸다.

여태 자신이 세상을 관조하며 지켜봤던 영혼이 어디 한두 개일까.

그래도 어렴풋하게나마 기억에 남아 있는 걸 보면 아마 영웅이라 불리거나, 선인을 지낸 적이 있던 이의 영혼이겠지.

하긴 그 정도가 되지 않으면 어찌 이런 일들을 능숙하게 해낼 수 있을까.

'또한, 이렇게까지 잘할 줄 누가 알았을까.'

나타는 신녀 이나은은 물론, 그녀를 점지한 지호도 내심 기특하기만 했다.

처음에는 걱정이 많았던 게 사실이었다.

절교가 해와 달을 떨어뜨리고 신통을 끊었을 때만 하더

라도 천계 내에는 정말 위험할지도 모른다는 위기의식이 팽배했다.

상대는 통천교주인 데다가, 이예까지 가세했으니.

반면에 이쪽에서 준비한 패라고는 딱 하나, 제천대성의 환생뿐.

하지만 그마저도 영혼 외에는 믿을 구석이 없는 다른 세상 출신의 평범한 인물. 당연히 천계의 시름이 깊을 수밖에 없었다.

하지만 제천대성의 환생은 보라는 듯이 자신에게 주어진 숙명을 해냈다.

해와 달을 되찾아 환란을 극복하고, 통천교주를 꿈속에 가둬 절교의 계획을 좌절시켰다. 고향인 남섬부주로 돌아가면서도 이나은이라는 인연을 뿌려 남은 혼란을 마저 수습케 했다.

이를 두고 어느 누가 메시아(구세주)가 아니라 할 수 있을까?

덕분에 제천대성의 환생이라는 이유만으로 별 탐탁지 않아 하던 원로원의 늙은 신들이 합죽이가 되고 말았으니.

그를 적극 천거한 나타의 위상이 나날이 올라가는 것도 당연했다.

'하지만 여전히 마음을 놓을 수가 없으니.'

나타는 동승신주를 보면 마음이 놓이다가도 다시 남섬부주를 보면 자기도 모르게 인상을 찡그렸다.

쉭.

보고 있는 광경이 바뀐다.

모두가 웃음에 가득 찬 동승신주가 아닌 매연과 콘크리트 숲이 가득한 남섬부주가 나타났다.

그 아래. 달빛으로부터 내려온 동아줄을 잡는 제천대성의 환생과 이예가 보였다.

'다시 동승신주로 넘어가고 싶어 하는 마음은 알겠지만, 이예와 손을 잡은 것은…….'

한 명은 한 세상을 구한 구세주이고, 다른 한 명은 천계를 노리던 배덕자.

도무지 어울리지 않는 조합이다.

원수로 만났어도 전장을 함께 겪다 보면 우정이 피는 경우가 있다지만, 그래도 걱정이 되는 건 어쩔 수 없다.

제천대성의 환생은 아직 경지에 비해 정신적 깊이가 깊지 못하다. 하물며 성격은 손오공과 비슷해서 자기 마음이 따르는 대로 행동을 하는 경우가 대부분이다.

그래서 더 수행을 쌓으라 했던 것인데.

하지만 그곳에서 응룡이 나타날 줄 어디 누가 짐작이나 했을까.

어쩌면 이것도 거스를 수 없는 인과의 실 때문인가 싶어 시름은 점점 깊어져만 갔다.

"하아아아아!"

나타는 그저 아무런 사고도 나지 않기를 바랐다.

문제는 그런 노파심이 언제나 잘 들어맞는다는 것이겠지만.

"원수님? 원수님!"

누군가 자신을 애타게 찾는다.

나타는 명상에 잠겨 자신의 몸과 영혼에 각인된 세상을 굽어다 보다 말고 눈을 떴다.

흐릿했던 시야가 하나로 잡힌다.

하계가 아닌 천상을 비춘다. 한평생 자신의 옆에서 궂은 일을 도맡아 하던 하급 신이었다.

"원수님! 대체 뭘 하고 계시기에 대답이 없으신 겁니까? 혹시 또 동승신주를 보고 계셨던 겁니까?"

"그렇다만?"

"아이고. 지금 그러실 때가 아닙니다!"

수하가 답답하다는 듯이 발을 동동 굴렀다.

"지금 밖에! 밖에 아주 난리가 났습니다!"

"왜?"

"상희 마마와 열한 공주님들께서 지금 월궁에서 내쫓겨 천계가 발칵 뒤집혔습니다!"

"……!"

나타는 결국 노파심이 현실로 터졌다는 사실에 정신이 아찔했다.

"갑옷을…… 내 갑옷을 가져오너라."

수하는 재빨리 벽면에 걸려 있던 황금 갑주를 가지러 부리나케 뛰었다.

나타는 아랫입술을 깨물며 자리에서 일어났다.

*　　　*　　　*

제천대성의 후예가 월궁을 점거했다!

이 소식은 천계를 이루는 36개의 하늘 전체로 금세 퍼지고 말았다.

당금 제천대성의 후예는 동승신주를 구하고 빛의 신위를 얻었다 하여 천계에서 가장 많은 주목을 받았던 인물이었다.

태초에 있었던 빛의 신이 묘성과 나후로 갈라진 이후, 빛을 오롯이 지녔던 인물은 여태 아무도 없었으니.

하물며 그것이 제천대성의 후예임에야.

그래서 혹자는 이를 두고 천계에 재앙을 가져올 잘못된 처사라고 비판을 하였고, 또 다른 누군가는 빛과 같은 지고한 신위는 제천대성과 같은 인물이 앉아야 제대로 지킬 수 있다며 환영을 했다.

그런 수많은 우려와 기대를 한 몸에 받고 있던 인물이었건만.

사고는 바로 그 뒤에 터지고 말았다.

천계의 지원으로 말미암아 빛의 신이라는 지고한 자리에 앉을 수 있었던 자가, 감히 은혜를 망각한 채 상희와 열한 선녀에게 멸시를 주었던 것이다.

"그자는……! 그자는 감히 제 목을 잘라 상제에게 줘야 한다고 윽박을 질렀어요……! 감히 은혜도 모른 채, 상제에게 반역의 뜻을 보였다, 이 말입니다! 감히 그 옛날의 제천대성처럼!"

상희가 눈물을 흘리며 내뱉은 한 마디는 수많은 장수들의 심금을 울렸다.

아아, 상희가 누구던가!

옥황상제의 비이자, 달의 여신으로서 뭇 많은 장수와 대신들의 고달픈 마음을 어루만져 주었던 고맙고도 감사한 분이 아니던가.

그런 존귀한 분의 눈물은 천계의 가슴에 멍으로 남을 수밖에 없었다.

하물며 그자가 옛 반역자인 이예와 손을 잡았다는 사실이 알려진 순간, 분기한 대신이며 역정을 내는 장수가 한두 명이 아니었다.

"놈은 우리를 이용한 것이다!"

"애초 처음부터 절교, 연옥과 짜고 감히 빛의 신위를 손에 넣을 생각이었던 것이다!"

"보라! 이예가 저 자와 함께 손을 잡고 천계로 오르는 교량인 월궁을 점거하지 않았는가!"

"이것은 하계의 천한 것들이 천계를 장악하고자 짠 연극."

"아마 곧 우마왕을 비롯한 동주칠마왕은 물론, 절교와 연옥 모두가 월궁으로 올라 천계를 침범할 것이니!"

"천계의 신하들아! 상제의 은덕을 받은 이들아! 세상을 관조하는 신들아! 모두 들고 일어서라!"

"저들에게 지고한 존재가 무엇인지 알려 주어야 한다!"

소문은 계속 부풀고 부풀어 결국 '선인들이 천계를 침범하려는 계획이었다'고까지 변질되고 말았다.

이에 천계가 바쁘게 돌아가기 시작했다.

찰그락. 찰그락.

걸을 때마다 갑주에 맺힌 미늘이 움직여 뼛속 시린 차가운 소리를 내고, 양쪽 허리에 걸린 크고 작은 다섯 개의 칼은 날카로운 예기를 드러낸다.

어디 그뿐이랴.

왼팔에는 붉은 방패를, 오른손에는 푸른 청동 단창을 들고, 등에는 길쭉한 두 개의 장창이 교차되어 있어 마치 전장에 나서는 장수를 떠올리게 한다.

너무 많은 병기를 패용하고 있어 우스꽝스럽다고도 여길 수 있는 광경이지만, 그를 마주한 어떤 누구도 그딴 생각을 하지 못했다.

도리어 존경 가득한 눈빛으로 길을 비켜 예를 갖춘다.

어찌 아니 그럴 수 있을까.

그야말로 천계의 모든 장수와 병사들의 정점에 서서 오랜 세월 36개의 하늘을 지켜 온 무적의 군신이거늘.

중단원수 나타 태자.

사천왕 중 북방을 다스린다는 다문천 탁탑천왕의 아들이자, 차기 삼대신이라 꼽힌다는 삼신장의 일원.

그의 등장에 장수들은 하나같이 희열에 들떴다.

"중단원수께서 나타나셨다! 역시 그 천둥벌거숭이 같은 돌 원숭이 놈을 잡으시려는 거야!"

"혹여 중단원수께서 지난 인연 때문에 고민하시는 게 아닐까 했었는데. 다행이군."

"암. 그렇고말고. 저분이 누군가? 아무리 제천대성과 우의를 나누셨다고는 하나, 공사에 두 눈이 머실 분이 아니시지!"

회의를 위해 사범천으로 오르는 길목.

곳곳에서 장수며 병사들이 모여 훈련을 하는 모습이 보인다.

얼마 전까지만 해도 비상 대기를 하다 통천교주가 잠들었다는 말에 확 풀렸었건만.

그들은 다시금 의욕에 가득 차 있었다.

감히 은혜도 모르고 천계를 욕보인 반역자를 토벌해야 한다는 의념 하나로!

그때 젊은 장수 열댓 명이 나타 앞에 서 예를 갖췄다.

그들은 바짝 긴장한 기색이 역력했지만, 그러면서도 의연함을 잃지 않았다.

"중단원수께 간청이 있나이다."

"뭔가?"

"부디 반역자를 토벌하는 데에 있어 저희도 같이 동참할 수 있도록 허락해 주십시오."

"허락해 주십시오."

"허락해 주십시오."

“…….”

투구 아래, 그림자가 져 보이지 않는 나타의 잘생긴 얼굴이 살짝 일그러졌다.

이들이 보인 열의.

그것이 말하는 의미를 왜 모를까.

탐욕이다.

사심이다.

천계의 통치 아래에 유일한 단점을 꼽으라 한다면, 너무 오랜 세월 동안 평화가 유지되어 젊은 장수들이 공을 세울 기회가 너무 없었다는 점이었다.

제천대성과 이예가 반역의 기치를 들었다고 알려진 지금.

이때야말로 이들이 공을 세울 수 있는 유일한 기회가 되지 않겠는가.

물론 이 점만 본다면 젊은 혈기를 보인다고 넘길지도 모른다.

하지만 나타는 이들의 시커먼 속내가 우습기만 했다.

'절교가 지옥의 군세를 이끌고 쳐들어온다고 할 때에는 그렇게 피해 다녔으면서. 정작 적이 하나로 줄어 버리니 너도 나도 자처해서 선봉을 서겠다고 나서는구나.'

물론 이들은 진짜 제천대성이 나타났어도 몸을 사렸을

것이다.

하지만 상대는 제천대성이 아닌 그의 후예. 신이 되었다지만 아직 제천대성보다는 한 끗발 떨어진다고 평가를 받는다. 이예 역시 신격이 박탈당해 재량이 옛날에 비할 바가 아니다.

그렇다면 이보다 공을 세우기 좋은 기회는 없으리라 여겨지겠지.

'도처에 승냥이가 도사리는구나.'

평화가 너무 길었던 것이다. 평화가…….

하지만 생각은 생각으로 그칠 뿐. 입에 담지는 않는다.

"그대들의 청원은 고려해 보도록 하지."

곧 장수들의 안색이 환하게 밝아지더니 예를 갖추고 물러섰다.

나타는 이상한 열의에 잠긴 장수들과 병사들을 가만히 둘러보다,

"……."

다시 말없이 걷기 시작했다.

목적지는 아버지 다문천왕이 다스리는 북쪽 하늘.

27인의 재상이 의논을 나누는, 도당이 있는 장소. 가장 험악한 승냥이 무리들이 도사리고 있는 곳이었다.

도당(都堂).

본래는 옥황상제가 통치를 하는 데 있어 도움을 주는 자문기관이었지만, 그가 천 년이 넘도록 칩거에 들어가면서 이제는 행정, 군사, 재정에 걸쳐 최고 의결기관이 된 집단이다.

27인의 재상들이 안쪽으로 함몰된 둥근 원형 의석에 앉아 의제를 두고 논의를 나눈다.

의석은 총 3열로 구성된다.

상석(上席)에는, 옥황상제와 함께 삼대신이라 불리는 태상노군, 영보천존을 필두로 한 사천왕과 삼계공.

중석(中席)에는, 행정부를 대표하는 두 수상, 군권을 장악한 삼신장, 원로원을 대표하는 남북이로, 사방을 관장하는 사방신.

하석(下席)에는, 바다를 다스리는 사해용왕, 바람을 관장한 풍파파와 손이랑, 구름을 부르는 추운동자, 강을 지배하는 하백, 산을 거니는 동악대제 등 자연계 신들.

물론 이것은 편의에 따라 나눈 것일 뿐.

각 재상은 이미 한 분야에 있어 최고위에 올랐으며, 만인의 추앙을 받는 존재들이다. 따라서 의결권과 투표권도 동등하게 각 1표씩 행사한다.

하지만 이것은 과반수에 가까운 신들이 하나의 파벌을 이뤘을 때, 그들의 입김이 상상을 초월한다는 걸 의미하기도 한다.

'또 이런 식인가?'

문을 열고 들어간 순간, 대궐 안에 있던 모든 시선들이 이쪽으로 향한다.

하지만 의석을 반으로 나눴을 때, 대부분의 재상들은 좌측으로 밀려 뭔가를 신중하게 논의 중이었다. 반면에 우측은 한산하기만 하다.

"오셨는가?"

재상들이 뭉친 좌측의 중심 속.

그곳에는 다른 재상들보다도 족히 머리가 2개 이상은 큰 어마어마한 거구의 장년인이 앉아 있었다. 묘한 박력감이 주변을 따라 흐른다.

북쪽 하늘을 다스린다는 다문천왕.

사사로이는 나타의 아버지이자, 도당 내 최대 파벌의 수장이라 할 수 있는 자.

그리고…… 나타의 최대 정적(政敵)이기도 했다.

"기다렸소. 어서 앉으시구려."

다문천왕은 여느 아비와 마찬가지로 나타를 향해 따뜻한

미소를 지었다.

하지만 나타는 묵묵히 목례만 취하고 우측에 위치한 자신의 좌석에 앉았다.

문가에서 보는 것보다 훨씬 한산했다.

"흐흐흐. 개판이지?"

옆에서 누군가 말을 건다.

햇볕에 그을린 피부. 어깨에는 각각 '풍(風)'과 '뇌(雷)'가 새겨진 칠흑빛의 날개를 달았다. 인중까지 내려오는 머리카락 사이로 번뜩이는 눈매가 익살맞다.

뇌공(雷公) 뇌진자.

신벌이라는 천둥과 벼락을 주관하는 신이다.

평소 술을 좋아하고 행동이 경박해 위신이 떨어진다는 평가도 있었지만, 엄연히 휘하에 1만8천에 달하는 정병이 소속된 뇌부를 두고 있어 막강한 권력을 자랑했다.

또한, 나타와는 오랫동안 의견을 같이한 동지였다.

"이게 전분가?"

"뭐, 그렇지. 어쩔 수 있나."

뇌진자는 장난스럽게 어깨를 으쓱였다. 하지만 입가에 맺힌 쓸쓸함은 지울 수가 없다.

"이랑진군은? 분명 온다고 약조 받았는데."

"녀석은……."

"이랑진군께서는 서우화주에서 발생한 대홍수에 대한 건으로 치수를 위해 잠시 자리를 비우셨습니다."

대답은 뇌진자가 아닌 맞은편에 위치한 축융에게서 나왔다. 입가에 잔뜩 비웃음을 달면서.

사방 중 남쪽과 사계의 여름을 다스리며, 한편으로는 다문천왕의 왼팔이기도 한 사람.

"구망은?"

나타는 다시 뇌진자에게 묻는다. 하지만 좁혀진 눈살은 축융에 향해 있었다.

"구망은 다급히 원로원에서 찾아 그리로 가셨소."

"동악대제는?"

"동악대제는 오악 중 하나가 불에 탔다는 말을 듣고 부리나케 자리를 비우시더만."

"하면 손이랑은?"

"허! 이를 어쩌나. 손이랑 역시 급히 볼일이 있다며 오지 못한다고 통보를 하셨는데. 으으음! 어찌 이리도 불참을 하신 분들이 많으신 겐지. 쯧쯧! 이리도 중요한 시기에 다들 어쩜 그리도……."

축융은 어쩔 수 없다는 듯 고개를 절레절레 흔들었다. 하지만 비틀린 입술은 지우지 못한다.

뱀처럼 간교한 눈빛이 말한다.

이제 어찌할 것이냐?, 고.

아니, 웃고 있는 건 축융만이 아니다.

녀석을 따라 반대 측에 있는 모든 재상들. 아니, 승냥이 들이 일제히 송곳니를 드러내며 웃고 있었다.

마치 웃을 줄만 아는 인형극의 놀이처럼.

다문천왕은 그런 승냥이들에 둘러싸인 채 가만히 팔짱을 끼고서 웃고만 있을 뿐이었다.

하지만 그 모습이 제자리에서 산악을 호령하는 범을 보는 것만 같아, 속이 부글부글 끓었다.

"이대로 정녕 제 손발을 전부 자르려 하시는 겁니까?"

아랫입술을 질끈 깨물며 다문천왕을 노려보자, 축융이 벌떡 일어나 소리쳤다.

"그게 무슨 망발이오! 손발을 자른다니!"

"제 말이 어디 틀렸습니까?"

"틀렸다마다! 누가 들으면 다문천왕께서 재상들을 겁박한 걸로 알겠습니다. 도당 회의에 참석을 하고 안 하고는 재상 고유의 권한인 것을!"

"그게 겁박이 아니면 대체 무엇이란 말입니까! 서우화 주에 대홍수가 갑자기 왜 났을까요? 조용하던 원로원은 또 왜 이 시기에 불렀을까요? 손이랑은 또 왜 말없이 사라졌을까요? 이게 모두 다 우연이란 말입니까?"

그때,

"우연이 아니라면?"

시끄럽던 도당 사이로 다문천왕의 목소리가 나지막하게 울린다.

모든 이들의 시선이 그곳으로 향한다.

역시나 자애로운 미소.

"우연이 아니라면. 허허허허. 그렇다 한들 그게 다 무슨 소용이오? 어찌 손을 쓸 수도 없을 텐데."

그의 말이 맞다.

우연이 아니라 한들, 당장 힘이 없는 나타가 무엇을 할 수 있을까.

이미 명분과 칼, 두 개 모두 저곳에 있는데.

결국 이리되고 말았다.

끝까지 버텨 보려 했지만, 저들은 승냥이 무리와도 같아서 이미 자신을 너덜너덜해질 때까지 물어뜯어 버렸다.

남은 건 목숨 줄뿐.

그리고 이제 그걸 마저 끊기 위해 승냥이 무리들의 대장, 범이 어슬렁어슬렁 다가온다.

'당신은 끝까지……!'

나타는 주먹을 꽉 쥐었다.

여태껏 참고 또 참았다.

하지만 이랑진군은 물론, 그동안 뜻을 함께했던 구망과 동악대제 등을 배제시키려 하자 드디어 울분이 터지고 말았다.

저들은 지금 이것을 기회라 여기는 것이다.

제천대성의 후예에 대한 건을 빌미 삼아 자신들이 명분을 취할 기회라고!

당금 다문천왕이 재상들 대다수를 회유하고 있는데도 불구하고 아직 옥황상제의 자리에 앉지 못한 것은, 실질적으로 정권을 쥘 수 있는 군권이 부족하기 때문이다.

삼신장(三神將).

상고 시대 이후에 태어나 오랜 세월에 걸쳐 혁혁한 공을 세워 대장군 반열에 오른 젊은 세 장수가 있다.

나타, 뇌진자, 이랑진군.

이들은 젊은 장수와 병사들 사이에서 큰 인기를 자랑하며, 천계의 여러 백성들로부터 많은 지지를 받는다.

덕분에 삼신장은 군권의 대다수를 틀어쥔 채, 다문천왕 진영이 집권할 수 없도록 아슬아슬한 균형의 추 역할을 할 수 있었다.

그러던 것이 절교가 지옥의 군세를 몰고 침공을 시도하면서 모든 게 틀어져 버렸다.

삼신장이 대신 내세웠던 제천대성의 후예가 큰 활약을

펼친 것이다.

반면에 옛날부터 제천대성을 아니꼬운 눈길로 바라봤던 다문천왕 진영으로서는 비상이 떨어진 격이 되었다.

천계 내 삼신장에 대한 지지가 나날이 올라갔다.

거기다 제천대성의 후예가 마침내 빛의 자리를 완성해 천계에 입조했을 때, 그가 삼신장의 편에 서리라는 것은 불에 보듯 뻔한 일.

아슬아슬하던 균형이 삼신장 쪽으로 확 쏠리고 마는 것이다.

그런데 마지막에 와서 일을 그르쳐 버렸다.

이예와 손을 잡고, 응룡의 업을 이었다.

이예가 누구던가?

과거 옥황상제의 아들들을 시해한 죄인이다.

또한, 응룡이 무엇이던가?

옛날 마신과의 전쟁에서 수미산을 차지하는 혁혁한 공을 세웠다가 마지막에 천신 진영을 배반하여 바다 속에 유폐되었던 역적이다.

그런 둘과 함께하다니.

거기다 마지막엔 옥황상제의 비인 상희를 겁박하는 데에 이르렀다. 천계는 물론, 옥황상제에 대해서까지 불순한 의도까지 드러내고 말았으니.

당연히 다문천왕이 이런 기회를 놓칠 리가 없었다.

아니, 어쩌면 배후에서 무슨 수를 써 이런 상황을 유도했을지도 모른다.

어찌 되었건 다문천왕은 이를 빌미로 나타가 갖고 있던 모든 손발을 하나하나씩 잘라 나갔다. 결국엔 이런 지경에까지 내몰았다.

입이 있어도 허공에만 외치게 되고, 손이 있어도 귀를 가리질 못하며, 눈이 있어도 저들이 하는 행태를 가만히 보고 있을 수밖에 없게 된 상태.

살아도 산 것이 아닌, 손발 없이 아등바등거리기만 하는, 죽은 것이나 마찬가지인 상태로 만든 것이다.

그래 놓고서, 다문천왕은 아들에게 이렇게 말했다.

이것이 너의 아비인 내가 있는 자리다.

네가 아무리 날뛰어 본다 한들, 이 아비의 손바닥 위를 나올 수 있을 것 같으냐?

그러니 그곳에서 지켜보고 있으려무나.

이 아비가 어떻게 네가 만들고 쌓은 것들을 하나하나 으스러뜨리는지.

그리고 어찌 이 하늘을 손에 쥐는지!

꽈아악.

"당신이 그러고도……!"

나타가 이글거리는 눈빛으로 다문천왕을 노려본다.

하지만 다문천왕은 웃기만 한다. 아직 덜 자란 자식을 보듯이. 자애롭게.

그리고 아직 세상 물정 모르는 아들에게 하나하나씩 가르쳐 준다.

아비가 사는 세상을. 아비가 걷는 길을.

"제천대성의 후예가 쌓은 공이 크다고는 하나, 이미 그가 씻을 수 없는 반역의 길을 걸은 것은 자명한 바. 이를 더 이상 묵고할 수 없어, 도당 회의에서 그에 대한 결론을 내리겠소."

다문천왕이 무미건조한 눈빛으로 도당을 훑어본다.

"하백."

"말씀하시지요."

간교하게 생긴 사내가 일어선다. 강의 신.

"휘하에 병력이 얼마나 되오?"

"한…… 오천쯤?"

"그들을 동원하시오. 지원 병력을 더해 오천을 더해 주겠소."

하백이 눈을 반짝이며 고개를 숙인다.

"명을 받드나이다."

"오광."

"예."

강건한 인상의 중년 사내가 일어선다. 동해 용왕이다.

"과거 제천대성과 인연이 있다 하지 않았소?"

"그렇습니다."

오광의 눈이 차갑게 번뜩인다.

"기회를 드리겠소. 형제들과 함께 다녀오시오."

"이 은혜, 잊지 않겠습니다!"

"풍파파."

"예에."

허리가 굽은 노인이 고개를 숙인다. 바람의 신.

"이들을 지원해 주시오."

"예에에에."

다문천왕이 명령을 내린 이들을 돌아본다.

"통천교주와 옛 제천대성 이후 처음으로 생긴 반란이오. 월궁을 탈환해 다시는 천계를 거스르는 자가 없도록 일벌 백계해야만 할 것이외다."

"명을 따릅니다."

"명을 따릅니다."

일사불란한 상명하복 관계.

마치 옥황상제가 신하들에게 내리는 명령을 대신하는 듯하다.

이미 여기 어디에서도 의결 기관 형태인 도당의 본래 모습은 없었다. 오로지 한 사람에게 권력이 집중된 조직일 뿐이었다.

"그리고 이 사안이 마무리될 때까지, 제천대성의 후예를 천거한 나타와 뇌진자의 관직을 박탈하고 가옥에 유폐시켜, 그와 어떤 관계가 있는지를 명명백백하게 조사할 것이오."

그날.

나타와 뇌진자는 삼신장 직위를 박탈, 가옥에 유폐되었다는 소식이 천계에 널리 퍼졌다.

그리고 일만에 달하는 병력이 월궁으로 진군했다.

＊　　　＊　　　＊

철컹.

나타는 정병들이 에워싸 단 한 발자국도 나설 수 없는 자신의 가택에서 가만히 눈을 감았다.

'이제 어쩌면 좋지? 그 아이에게 많은 짐이 부담 될 것인데.'

아직 여러모로 부족한 면이 많았기에 처음 빛의 자리를

단번에 손에 쥐려 할 때도 강제로 만류를 했던 것인데.

아직 신위에 대한 정비를 끝내기도 전에 그 많은 정병들을 상대하게 되었으니.

하물며 무슨 일을 하든지 완전을 기하는 다문천왕의 성격상, 절대 지호가 빠져나올 수 없도록 견고하게 계략을 짰을 게 분명하다.

나타는 도무지 답답한 가슴을 추스를 길이 없었다.

정녕…… 정녕 이렇게 아무것도 하지 못하고 당하기만 해야 하는 걸까?

'그 아이가 잘 해낼 수 있을까……?'

*　　　*　　　*

지호는 상고 시대 이후 처음으로 만난 이예와 항아를 보는 순간 가슴이 뭉클거렸다.

보고 싶어서 왔다는 말.

그것은 처음 지호가 서은영을 만나러 갔을 때에 이예가 하라던 것과 똑같은 말이었다.

아마도 그 말은 한평생 이예의 가슴속에서 담겨 있던 말이었을 테지.

그리고 그건 항아도 같은 생각이었던 모양이었다.

옛 부군을 잊고 원래대로 돌아오라는 어머니와 자매들의 끈질긴 회유와 압박에도 불구하고, 빛 한 점 들지 않는 지하 감옥에 유폐되었으면서도 언제나 그리던 임.

까마득한 세월이 지나고도 절대 잊지 않은 두 사람의 애틋한 연정이 있었기에 이런 작은 기적이 있었던 게 아니었을까?

사랑이라는 작은 기적이.

덕분에 지호는 자신의 입장도 다시 한 번 되돌아보는 계기를 갖게 되었다.

짧은 인연에도 불구하고 몇 년이 지나도록 오매불망 자신을 기다리는 이나은.

언제나 먼발치에서 자신을 바라보는 서은영.

두 사람 사이에서 이것도 저것도 아닌 우유부단하기만 했던 결정을 이제 내려야 하는 게 아닐까?

그렇게 잠시 동안 고민 아닌 고민을 하는데,

"아아! 사랑해요!"

"나 역시 사랑하오. 항아."

들썩. 들썩. 쿵떡. 쿵떡.

얇은 벽 너머로 들리는 들썩이는 19금 가득 찬 소리.

달에서 토끼가 떡방아를 찧는다더만.

"……그 떡방아가 이 떡방아였냐! 젠장! 잠 좀 자자고,

이것들아!"

지호는 자다 말고 베개를 벽에다 집어던졌다.

이튿날.

지호는 퀭한 얼굴로 방을 나섰다.

"젠장."

작게 욕지거리를 내뱉는데, 맞은편 방에서 이예와 항아가 찹쌀떡처럼 찰싹 달라붙어서 걸어 나온다. 도무지 떨어질 줄 모른다.

"오늘도 아름답구려, 항아."

"아앙. 몰라요. 서방님도 참."

어쭈? 둘 다 하루 사이에 신수가 훤해지셨다? 누구는 날밤을 깠는데?

"좋냐?"

지호가 비딱하게 고개를 외로 꼰다.

그제야 지호를 발견한 두 사람은 흠칫 놀라다 배시시 웃었다. 마치 봄철에 녹는 눈처럼 풀어진 얼굴들이 너무나 잘어울린다. 그게 더 배알이 꼴린다.

"고맙다. 덕분이야."

"감사드려요. 정말. 제천대성이 아니셨다면 저희가 어떻게 이리 만날 수 있었을지……."

하루 사이에 두 사람은 정말 많은 대화를 나눴다.

이예가 걸었던 길. 항아에게 있었던 일. 어긋났던 운명. 배척 받았던 삶. 오로지 기다리기만 했던 세월. 그 수많은 세월은 이루 전부 말로 표현할 수 없을 정도로 깊고 넓었다.

그렇기에 지호에 대한 두 사람의 감사하는 마음은 너무나 깊었다.

지호가 아니었다면 이런 건 꿈도 못 꿨을 테지.

항아는 다른 어느 때보다도 아름답다. 언제나 차가운 모습만 보이던 이예는 엷은 미소를 폈다.

세상에서 가장 행복한 연인의 모습.

그들의 마음이 지호에게까지 전해진다.

막상 이렇게 되니 지호도 더 이상 타박하기가 머쓱해졌다.

"아, 뭐 그런 거 갖고……."

지호는 낯이 간지러워 고개를 비스듬히 돌리며 볼을 긁적였다.

그러다 피식 웃어 버린다.

처음에는 적으로 만났을지언정 그래도 바라던 기원이 이뤄졌다는 건 축하할 일이다. 더 이상 그를 미워하는 마음도 없고.

무엇보다 저승으로 가는 열쇠도 받았으니.

이제는 서로 원하던 것도 이뤘으니 이만 헤어져야겠지.

"그럼 너네들 이제 앞으로 어떻게 할 거야?"

"일단 머물 곳부터 찾아봐야겠지. 세상 어딘들 비바람 피할 곳 하나 없을까."

이예와 항아는 서로를 보며 다시 웃었다. 임과 함께라면 어딘들 못 있을까.

"여기 써."

"뭐?"

이예가 살짝 놀란 눈으로 지호를 본다.

"여기 쓰라고."

지호는 고래등만 하게 으리으리한 대궐을 둘러봤다. 복도는 끝이 보이지 않을 만큼 길고, 거기에 달린 문짝 수도 너무 많다. 회랑 벽 곳곳에 걸린 장식들도 너무 화려하고.

"어차피 난 여기 올 일 잘 없어. 끽해야 한두 번일까. 그러니 그냥 두면 뭐해? 파리만 날릴 바에는 너희들이 그냥 지내."

이예와 항아의 눈이 동그래진다. 그러다 항아의 눈가에는 눈물이 살짝 맺힌다. 이예는 그녀를 안아 주면서 지호에게 뭐라고 말하려 했다.

"너······!"

"아, 됐고."

지호는 손사래를 쳐 말허리를 잘랐다.

"너랑 내가 무슨 사이라고 고맙다느니 하는 닭살 돋는 말 나눠? 하여간 그냥 지내. 파리 안 날리게 청소나 잘 해 놔."

이예는 그래도 하고 싶은 말이 많은지 벙긋거리다 이내 피식 웃어 버렸다.

그래. 다른 말이 뭐가 필요 있을까.

"깨끗하게 잘 쓰지."

"그래그래. 명색이 공짜로 머무는 데 그 정도는 해야지. 안 그래?"

지호는 장난스럽게 대꾸하고는 단전 속에서 공력을 서서히 끌어 올렸다.

우우우웅.

전신이 우윳빛 광휘에 잠긴다.

"그럼 나 간다."

지호는 짧은 작별 인사와 함께 몸을 돌렸다.

서로 손에 깍지를 낀 채 이쪽으로 손을 흔드는 이예와 항아를 보니 이나은이 더 보고 싶어졌다.

팟!

짧은 빛무리와 함께 지호가 사라졌다.

그가 있던 자리로 잔잔한 달빛이 맴돌았다.

＊　　　＊　　　＊

우선 동승신주로 가자. 몇 년이고 기다리고 있을 이나은에게 미안하다고 하고, 도와줬던 사람들에게도 고맙다는 말을 하자. 그리고 저승으로 가자. 오공을 살릴 수 있는 비밀을 찾는 거다.

지호는 천리안을 열어 달 아래쪽을 투시했다.

남쪽이 아닌 동쪽으로. 남섬부주가 아닌 동승신주를.

화아아아악.

망막을 따라 무언가가 맺힌다.

황금빛 들판. 숲이 우거진 산. 만연에 웃음을 띤 사람들. '명'이라 적힌 펄럭이는 깃발.

동승신주다.

그렇게도 넘어가고 싶던 곳.

지호는 거기서 멈추지 않고 이번에는 예지안도 열었다. 익숙한 무언가를 찾아 뒤지고 또 뒤진다.

마치 인공위성이 특정 위치를 계속 확대하듯이. 예지안이 가리킨 한 지점을 딱 찍어 시야를 점차 내린다.

그리고,

'찾았다.'

이나은이 그곳에 있었다. 익숙지 않은 옷을 입고서 사람들 사이에 둘러싸여 미소를 짓는다.

시간이 지났어도 예나 지금이나 여전히 아름답다.

달라진 게 있다면 머리가 조금 길어졌구나.

지호는 그곳을 향해 동아줄을 내렸다.

달빛이 천천히 내려가 그녀의 머리맡으로 떨어진다.

이나은의 주변에 있던 사람들이 그녀를 가리키며 뭐라고 떠들어 댄다. 그녀를 비춘 달빛이 너무 아름답다고 소리친다.

이나은은 눈을 휘둥그렇게 떴다가 천천히 달 쪽을 올려다본다.

착각일지도 모르지만, 지호와 그녀의 시선이 마주친다.

그렇게 지호가 동아줄을 붙잡고 아래로 내려가려는데,

　　—그리 말로 다 못할 중죄를 저지르고 아무런 가책도 못 느낀단 말인가? 아아. 과연 제천대성의 후예로다. 그 낯짝이 두껍기 이를 데가 없구나.

갑자기 다른 의지가 불쑥 천리안을 뚫고 들어온다.

그러자 반전되는 광경.

천리안은 더 이상 동승신주가 아닌 하늘을 비췄다.

월궁이 있는 달보다도 높이 있는 하늘.

더 이상 푸른 하늘이 아닌, 새카만 우주가 가득 펼쳐진 칠흑빛의 하늘을.

그곳에는 평화롭기만 한 동승신주와 전혀 다른 광경이 비쳐지고 있었다.

푸른 청동 갑옷을 입고 저마다 손에 기나긴 창을 든 병사들이 헤아릴 수도 없을 정도로 수없이 늘어섰다. 족히 일만은 넘을 듯한 군세(軍勢). 그리고 군세 앞으로 세상을 짓누르는 어마어마한 기파가 소용돌이치고 있었다.

간교한 인상의 사내. 비슷한 분위기를 풍기는 네 형제. 허리가 살짝 굽은 노파.

거대한 영혼이 하나도 아닌 여섯.

그들은 모두 신이었다.

그것도 모두 고위에 올랐을 만큼 대단한 기세를 자랑하는 신!

'하백, 사해용왕, 풍파파?'

전지의 문으로 그들의 정체를 알아본 지호의 눈이 부릅떠진다.

천계의 내로라하는 재상들이 여긴 왜?

—그러고 보니 절교는 그대를 가리켜 광마라고
불렀다지? 다른 건 몰라도 그것 하나만큼은 그들
이 정확하게 만든 모양이구나. 흉신이로다, 흉신
이야.

그중 병력을 이끄는 듯한 중년인, 하백이 차갑게 웃으며
손을 아래로 가리키고는 뭐라고 소리쳤다.

그러자 일만에 달하는 군세가 일제히 월궁 아래로 쏟아
지기 시작했다.

그 순간, 천리안이 뚝 끊겼다.

빛무리와 함께 사라졌던 지호의 몸이 다시 월궁에서 나
타났다.

"광마!"

"젠장! 나도 알고 있어!"

이예의 다급한 외침에 지호는 그와 함께 축지를 밟아 월
궁 지붕 위에 섰다.

와아아아아아아!

일만에 달하는 군세가 일제히 지상으로 쏟아지는 광경은
과히 장관이었다. 더구나 그들이 일제히 지르는 함성에 월
궁이 우르르 떨렸다.

아니, 달 전체가 울렸다.

보통 사람이라면 주눅이 들 법도 한 모습.

하지만 지호는 그러기는커녕 도리어 '짜증'이 났다.

갑자기 천계의 재상들이 왜 다짜고짜 병력을 투입하는 건지 의아했지만, 이제는 알 것 같다.

이 녀석들, 자신을 천계의 영역을 강제로 점거한 반란군으로 규정하고 있다. 상희가 그렇게 내쫓겼으니 어떤 보복을 단행하리란 예상은 어느 정도 했지만, 그렇다고 아예 적으로 여길 줄이야.

"그렇게 경고했건만."

이 새끼들, 감히 날 졸로 본다 이거지? 그렇게 경고를 했는데도 들어먹질 못하다니.

지호의 눈이 화안금정으로 물든다.

"감히 이 몸의 것을 탐해?"

격한 감정에 휩싸인 신의 목소리가 새카만 하늘을 따라 울려 퍼지며,

콰아아아아아아아아앙!

지호는 거친 폭음과 함께 빛살이 되어 단숨에 군세 쪽으

로 쇄도했다.

그것은 두 눈이 머는 게 아닐까 싶을 정도로 너무나 찬란하고, 아름다우며, 눈부신 황금색 빛이었다.

그리고,

콰르르르르르르르르르르릉!

군세 전체가 파죽지세로 거침없이 내려오다 말고 갑자기 전면에서 무언가가 터져 나갔다. 선봉을 서고 있던 정병들의 눈에는 단순히 한 줄기 황금색 빛이 날아드는 것으로만 보였다.

그야말로 빛의 속도.

어? 하고 헛바람을 들이키는 순간, 황금색 빛으로 이뤄진 파도가 선두를 휩쓸었다. 그들은 비명을 지를 새도 없이 그대로 녹아 사라졌다.

그리고 후열에 따라오던 정병들이 뭔가 이상하다는 사실을 깨달았을 무렵에는, 황금색 빛줄기가 군세를 정확하게 이등분하는 중앙을 통과하고 있었다.

쿠쿠쿠쿠쿠쿠쿠쿠쿠!

"컥!"

"으아아아아아악!"

정병들이 모조리 피를 토하며 튕겨 나간다.

순수 황금색으로 이뤄진 빛의 물결, 혹은 파도에 휩쓸린 정병은 모습조차 보이지 않는다. 조금씩 거리가 떨어져 휩쓸리지 않았던 이들도 어떻게 막을 새도 없이 칠공으로 피를 토하면서 튕겨 나간다.

일만의 군세 중 어느 누구도 지호를 볼 새도 없었다.

시야를 가득 메우는 것은 오로지 두 눈이 멀 정도로 시린 섬광뿐.

눈부신 빛무리 사이 어딘가에 있을 지호를 찾으려 감각을 돋우려 해도, 이미 그사이에 황금색 물결이 그들의 가슴팍을 으스러뜨려 행동 불능 상태로 만들어 버린다.

거기서 그치지 않는다.

퍼버버버버버버버버벙!

거센 빛의 물결은 그 어떤 방파제도 용납지 않았다.

단단한 청동 창이 부러진다. 투구가 박살 난다. 갑주가 산산조각 나 사방으로 흩어진다. 핏물이 쏟아진다. 피투성이가 되어 얼굴을 알아보기 힘든 병사들이 소나기처럼 떨어진다.

일만에 달하는 정병들이 내뿜던 기세는 어느새 황금색 물결에 잠식되어 혼란에 빠진다. 너무나 압도적이라 싸울 의욕마저 꺾어 버린다.

황금색이 닿는 곳은 잇달아 붉고 검은 폭발이 일어나기를 반복했다.

방금 전까지만 해도 공을 세울 기회에 의기양양했던 이들의 안색이 창백하게 질린다.

"제…… 천대성……!"

어디서 누군가가 내뱉은 한 마디는 군세 전체를 혼란의 도가니에 통째로 밀어 넣었다.

제천대성.

그 단어가 주는 의미가 너무나 컸으니!

그 이름이야말로 과거 홀로 천계를 휩쓸고 다니던 걸어 다니는 재앙의 이름이 아니던가!

결국,

"도, 도망쳐……!"

"으아아아아아! 비켜어어어어어!"

"나와! 나오란 말이야아아아아!"

겁에 질린 병사들이 일제히 돌아서서 달아나려 한다. 자리를 이탈해 후열과 뒤엉키면서 삽시간에 전열이 흐트러지고 말았다.

그런데도 황금색 물결은 마치 간교한 뱀처럼 군세 사이를 마구잡이로 누비고 있으니!

달아나려는 자와 흩어지려는 자들 간에 뒤엉킴이 혼란을 가중시킨다.

아수라장.

단순히 쇄도한 것만으로 일만의 군세를 뒤엎을 줄이야!

뒤에서 명령만 내리고 일만의 정병이 제천대성의 후예와 이예를 제압하고 월궁을 점거하는 걸 가만히 지켜볼 심산이었던 하백, 풍파파, 사해용왕으로서는 입이 다물어지질 않았다.

지호가 가진 무력은 이미 그들의 예상을 훨씬 상회하고 있었다.

그 옛날, 처음 제천대성이 천계를 휘저을 때와 비교해도 절대 뒤지지 않았다!

하지만 재상들은 쉽사리 움직일 수가 없었다.

황금색 물결이 너무나 빨라 따라잡을 엄두가 나지 않는다. 아니, 그보다 자신들도 저기에 휩쓸려 똑같은 꼴이 될지 모른다는 위기감이 팽배했다.

결국 지호는 일만에 달하는 대군을 일점 돌파, 가장 후미에 있던 재상들에게까지 다다랐다.

그리고 뻗는 손길.

"컥!"

하백은 눈 깜짝할 새에 자신의 목덜미를 틀어쥐는 손길에 숨통이 턱 하고 막혔다. 그의 시야에는 불꽃처럼 화려하게 타오르는 황금색 빛무리 사이로 튀어나온 핏대 가득한 팔뚝이 보였다.

스르르.

마치 나비가 허물을 벗듯이 황금색 물결이 물로 씻은 듯이 사라진다.

그 아래에는 지호가 화안금정을 차갑게 번뜩이면서 하백을 노려보고 있었다. 녀석이 저항할 수 없게 기맥에 공력을 불어넣어 경혈을 옭아맨다.

입꼬리가 잔혹하게 올라가며 송곳니가 훤히 드러난다.

"내가 경고했지? 까불지 말라고. 꼭 말로 안 하고 쥐패야 알아듣냐?"

화안금정이 차갑게 번뜩인다. 그 눈빛이 너무 매서워 하백은 자신도 모르게 덜덜 떨었다.

본능이 경고했다.

이 놈은 단순히 제천대성의 후예 따위가 아니라고.

진짜 제천대성. 그 자체라고!

"그 손 놓지 못할까!"

"감히 천계의 재상을 해하려 드는 것이냐? 네놈도 신이 되었으니 그게 뭘 의미하는지 모르지는 않을 터!"

사해용왕과 풍파파는 행여 하백이 다칠까 싶어 선뜻 나서지 못하면서도 지호가 빠져나가지 못하도록 주변을 삥 에워쌌다.

하백은 거기에 조금이나마 자신감을 얻었다.

그래. 자신은 천계의 27명밖에 안 되는 재상이다.

신이 된 이상 쉽게 죽지도 않을 뿐더러, 해코지를 가해서야 그때는 정말 천계 전체를 적으로 돌리는 것밖에는 되지 않는다.

과거 제천대성도 천계에서 깽판은 났어도 함부로 살생은 못하지 않았던가.

녀석도 그러리라 여겼다.

아니, 아무리 제천대성을 이었다고 하더라도 일말의 상식이란 건 있겠지.

하백은 부들부들 떨면서도 억지로 웃었다.

"나, 나, 나에게 해, 해, 해코지를 하, 하, 하면 처, 처, 천계를 적으로 도, 도, 돌리는 거, 것이다……!"

잠시간 지호에게서 대답이 없다. 가만히 노려보기만 한다.

하백은 협박이 어느 정도 통한다 생각했다. 얼굴에 화색이 돈다.

"그, 그, 그러니 지, 지금이라도 이걸 노, 놓으면 내, 내, 내가 친히 나서서 다, 다문천왕께 중재를 서, 서 주마……!"

물론 그럴 생각 따윈 없다. 지금은 이 위기부터 벗어나, 후에 천계에서 더 많은 장수와 병사들을 이끌고 제대로 지호를 짓밟을 생각이었다.

하지만,

"아, 너희 아직 모르는구나."

"⋯⋯?"

지호가 피식 웃더니 한쪽 입꼬리를 말아 올린다.

"나, 원래 오공보다 더 막 나가는데."

"⋯⋯!"

하백이 놀란 얼굴로 무슨 말을 하기도 전에,

우두두둑.

하백이 혀를 빼꼼 내밀면서 머리통이 뒤로 돌아갔다.

상황을 지켜보던 사해용왕과 풍파파는 소스라치게 놀라고 말았다.

하백이 누구던가?

오랜 세월 강을 다스렸던 신이다.

비록 심술궂고 바람기가 많아 종종 소문난 미녀를 공물로 바치라는 등 문제도 많이 일으켰지만, 그래도 천계를 대표하는 재상 중 한 사람이었다.

특히 그가 이끄는 수정군 오천 병사는 날래기로 당해 낼 자가 없다고 알려질 정도였다.

하지만 그런 수정군을 박살 내고, 하백의 목까지 꺾어 버렸다.

어떻게 저항 한 번 제대로 못한 채로.

"도…… 망…… 치……! 크윽……!"

반쯤 돌아간 하백의 머리통이 부르르 떨리면서 턱주가리를 겨우 움직인다.

설사 선인이라 해도 즉사했을 부상. 하지만 신이란 일종의 '개념'이기 때문에 믿는 신도가 단 한 명이라도 존재하는 한 당연히 존속할 수밖에 없다.

그렇기에 신은 불사(不死)며 불멸(不滅)이다.

하백 역시 마찬가지.

오랜 세월을 살아오며 세상 사람들 중 그 이름을 모르는 사람이 거의 없었다.

하지만 그렇다고 해서 마냥 좋은 것만은 아니다.

죽지만 않을 뿐이지, 몸에 받은 타격은 다른 어느 생명체와도 똑같으니.

때에 따라서는 살아도 차라리 죽는 게 낫다고 여길지도 모른다.

지난 반만년 동안 여의봉 안쪽에 봉인되었던 저 72마신들처럼!

머리통이 돌아가는 부상과 함께 이미 그의 육신을 구성하는 성분 대부분이 황금색 물결에 오염이 되었던 바. 이미 하백은 살아도 산 몸이 아니었다.

그저 할 수 있는 거라고는, 이 무지막지한 자에 대해서 천계에 급히 알리라며 동료들에게 경고를 하는 것뿐.

"풍파파!"

사해용왕이 하백의 뜻을 알아채고 크게 소리친다.

파아아아아아아아앗!

바로 그때 풍파파가 허공으로 몸을 높이 날렸다.

단순히 겉으로 보기에는 느릿느릿할 노파에 불과하지만, 사실 그녀는 바람을 다룬다. 당연히 속도에 있어서는 천계 내에서도 최고였다.

지호는 축 늘어진 하백을 이예가 있는 쪽으로 던지고 풍파파를 쫓기 위해 다시 화안금정을 닮은 황금색 물결에 잠겼다.

"어딜 가려 하느냐!"

"풍파파는 손가락 하나 건드리지 못할 것이다."

그때 사해용왕이 단숨에 지호에게로 달려든다.

동해의 오광은 등에서 쌍검을 꺼내 지호를 내려쳐 벼락을 떨어뜨리고, 서해의 오흠은 권격을 내질러 어마어마한 태풍을 날렸다. 남해의 오윤은 거기다 부채를 흔들어 폭우를 쏟아 낸다.

뇌우를 동반한 태풍이 월궁 위 새카만 하늘을 발기발기

찢어 놓는다. 지호를 잇달아 두들긴다.

쿠르릉! 쿠릉! 쿠르르르르르르르릉!

지호가 뇌우와 폭풍에 휘말려 연신 떠밀려 간다.

그를 둘러싼 황금색 물결이 쉴 새 없이 흔들리면서 사이사이로 차갑게 표정을 굳힌 지호가 모습을 보인다.

북해의 오순은 이때가 기회라 생각, 아예 원래의 모습인 용으로 돌아가 태풍을 타고 단숨에 안쪽으로 치달았다. 아가리를 크게 쩍 벌린다.

사해용왕은 풍파파가 천계로 돌아가 구원병을 요청할 수 있도록 시간을 벌 생각이었다.

바다를 다스리고 비구름을 부른다는 용왕이나 되어서 합공을 한다는 게 체면상 쪽팔리는 일일 수도 있다.

하지만 네 용왕의 머릿속에는 그런 체면치레 따윈 쓰레기통에 버린 지 오래였다.

오로지 지호를 찍어 누른다는 생각뿐!

과거 그들이 제천대성 때문에 얼마나 많은 고생을 했던가.

맏형인 오광 같은 경우에는 갑자기 아무 말도 없이 손오공이 용궁으로 쳐들어와 깽판을 놓고 여의봉을 강탈하다시피 가져갔었다. 그러고는 쓸 만하다면서 다른 용왕들의 용궁도 죄다 털어가 버렸으니.

덕분에 오윤은 봉황의 깃털을 꽂은 투구를, 오흠은 만년 한철을 천 년 동안 두들겨 만든 황금쇄자갑을, 오순은 한 번 착용하면 만 리를 난다는 보운리를.

그들 형제들이 가장 아끼는 보패는 물론, 보물 창고까지 죄다 털렸었다.

그러면서도 천축행 때는 미안하다는 한 마디 없이 마구 부려 먹기를 하질 않나.

어찌 보면 옹졸하다고 여길 수도 있는 일들이었지만, 그들에게 있어서는 평생 씻지 못할 치욕이었다.

아니, 가능하다면 그때의 앙갚음을 모두 되갚아 주고 싶은 심정이었다.

하지만 지호에게 있어 그런 자질구레한 사연 따윈 그들이 알아서 손오공과 풀어야 할 일. 자신과는 아무런 상관이 없었다.

무엇보다 그는 용왕들조차도 까마득한 선조나 다름없는 응룡도 한 차례 겪지 않았던가.

녀석이 품고 있던 허무에 비하자면 이런 것 따윈,

콰르르르르르르르르르!

간지럽게만 느껴질 뿐이다.

지호는 오순이 자신을 씹어 삼키려던 걸 도리어 아래턱을 붙잡아 그대로 힘을 주어 밑으로 찍어 눌렀다.

그러자 용의 아가리가 크게 찢어지면서 꼬리 부근까지 단번에 상처가 길게 이어진다.

단순히 힘만으로 용을 '찢어' 버리는 어마어마한 악력.

그 기세가 너무 대단해 남은 세 용왕은 막내가 죽기 일보직전까지 가는 중상을 입었다는 사실을 뒤늦게 알아차렸다.

"막내야아아아아아아아!"

"오수우우우우운!"

"이 노오오오오오옴!"

세 용왕이 저마다 슬픔과 분노를 토해 내며 뇌우와 폭풍에 힘을 더 강하게 싣는다.

하지만 한 번 탄력을 받기 시작한 황금색 빛줄기는 더 이상 밀려나지 않고 도리어 틈새를 비집고 들어갔다.

그 속에서 지호는 주먹을 날려 일격(一擊)에 뇌우를 머금은 먹구름을 모두 찢어 버리고, 이격(二擊)에 폭풍을 짓밟아 단숨에 흩어 버렸다.

그리고 삼격(三擊)에 이르렀을 때,

"컥!"

이미 두 번째 희생양인 오윤의 머리통을 덮쳐 가고 있었다.

오윤은 비명을 지르다 말고 얼굴을 덮어 오는 손길에 헛

숨을 들이켰다. 아등바등거릴 새도 없이 이내 두개골을 으스러뜨리는 악력에 머리통이 호박처럼 으깨졌다.

퍼어어어억!

"제길!"

"젠자아아아아아아앙!"

오광과 오흠은 직접 부딪쳐서는 승산이 없다는 것으로 판단, 단숨에 녀석과의 거리를 최대한 벌렸다.

오광은 동쪽으로, 오흠은 서쪽으로.

지호가 서로 다른 반대 방향으로 동시에 쫓아오지는 못할 거란 판단에서였다.

하지만 그건 아직도 지호를 제대로 판단하지 못한 그들의 착각이었다.

지호는 녀석을 뒤쫓지 않았다. 대신에 무미건조한 눈빛으로 녀석들을 향해 주먹을 내질렀다.

사격(四擊).

쉬시시시시시시시식!

공간이 떠밀린다.

주먹 끝에서 황금색 불빛이 화려하게 타오르더니 떠밀린 공간을 따라 수십 갈래로 쪼개져 화살처럼 사방으로 흩어진다.

그것은 어찌 보면 현대 과학 병기인 광선포를 닮은 것 같기도 하고, 무림인들이 원거리를 공격할 때에 쓰는 검기 같기도 하며, 달리 이예가 쏘는 소중 같기도 했다.

수백수천 갈래로 나뉘어 허공을 수없이 관통하고, 목표에 닿을 때까지 공간을 정신없이 유린하기 바빴던 소중을!

오광과 오흠은 천지사방, 심지어 사각지대까지 거침없이 파고들어 오는 수많은 빛줄기에 식겁하고 말았다.

막아 볼까 하는 엄두는 전혀 내지도 못한다.

하나하나가 충분히 그들의 심장쯤은 단번에 꿰뚫고도 남을 정도로 어마어마한 위력을 담고 있다.

그래서 피해야 하지만, 빛줄기는 한 번 피한다고 해서 사라지는 게 아니었다.

달리다 말고 교묘하게 방향을 꺾어 다시 이쪽으로 날아오길 수차례 반복한다. 그런 빛들이 겹겹이 쌓이다 보니 피할 공간이 부족해진다.

달아나려 해도 마치 먹이를 노리는 뱀처럼 끝까지 따라오고, 축지를 밟는다고 해도 갈라진 공간 틈 사이를 비집고 들어와 가슴팍에 꽂히려 한다.

숫제 끝없는 미로 속에 갇힌 꼴이 아닌가.

그것도 서늘한 날을 자랑하는 수백 자루의 칼로 만든 미로.

두 용왕은 피하는 내내 입안이 바싹 메말라 갔다.

이미 나타났을 때 입고 있던 멋들어진 용포는 넝마가 된 지 오래. 찢겨진 상처 사이로 핏물이 쉴 새 없이 흘러내리는 데도 지혈할 생각을 못한다.

특히 오흠은 어느샌가 왼쪽 팔이 통째로 뜯겨 나가 서서히 움직임이 무뎌지고 있었다.

피할 곳이 점점 사라진다.

본체로 현현하려 해도 덩치가 커져 봤자 더 맞을 구석만 많아지니 그러지도 못한다.

그야말로 거미줄에 사로잡힌 나비의 꼴.

결국 오광과 오흠은 각각 왼쪽 가슴팍과 명치를 크게 꿰뚫린 채 피를 토하며 아래로 힘없이 추락했다.

쿵. 쿵.

두 사람이 쓰러진 장소는 월궁의 허름한 앞마당이었다.

그래도 여전히 신은 신. 심장이 박살 나고 폐부가 찢어지는 중상에도 불구하고 사해용왕은 겨우 의식은 남아 눈을 뜰 수 있었다.

"괴…… 물 같은……!"

이미 주변엔 그들과 같은 자들이 도처에 널려 있었다.

팔이 날아간 병사, 다리가 으깨진 병사, 머리통의 반이 부서진 병사.

머리가 돌아가 쉴 새 없이 발작하는 하백, 인간의 형상으로 겨우 돌아와 피를 토하는 오순까지도.

월궁을 함락하기 위해 기세 좋게 쳐들어왔던 일만의 정병과 여섯의 재상 중 어느 누구도 제천대성이라는 벽 하나를 넘지 못하고 고꾸라지고 말았다.

신음 소리와 피비린내만이 진동하는 전장 위.

지호가 천천히 내려와 지붕 위에 착지해 놈들을 오만하게 내려다보았다.

언제나 만물을 굽어보다가 도리어 당하는 입장이 된 그들은 모멸감에 몸을 부르르 떨었지만, 어느 누구도 거기에 대해 항변하지 못했다.

오히려 화안금정과 시선이 마주칠까 두려워 고개를 돌리기만 할 뿐.

그 위에다 신의 목소리로 고한다.

"이 몸의 영역을 다시 한 번 더 허락 없이 밟는다면 그 책임을 상제에게 묻겠다고 한 것이 불과 하루 전에 불과하거늘. 천계의 신이란 작자들은 원래 이리 멍청한 것인가? 아니면."

지호가 한쪽 입꼬리를 말아 올린다. 비웃음을 던진다.

"이 몸 하나쯤은 쉽게 처리할 수 있을 거라 여긴 것인가?"

토벌군들은 의표를 정확하게 찌르는 말에 아무 말도 할

수 없었다.

　　"역시 그랬군. 그랬던 것이었어. 이 몸이 우습
　게 보였던 것이었어. 이 몸의 말이, 이 몸의 경고
　가, 이 몸의 분노가 그대들에게는 우스꽝스러운
　광대놀음에 지나지 않았던 것이었어. 제천대성의
　값어치가 이리도 값쌀 줄이야. 하하하하하하하!
　참으로 우습구나! 하하하하하하하!"

웃음소리가 메아리가 되어 쩌렁쩌렁하게 퍼져 나간다.

귀가 떨어져 나갈 것 같은 큰 울림.

영혼이 울리는 고통에 아무도 입을 열지 못한다. 적막만
이 흐른다.

　　"참으로 우습기 짝이 없구나. 상대가 어떠한지
　전혀 예측하지도, 생각지도, 조사해 보지도 않고
　이리 불나방처럼 달려드는 꼴이라니. 쯧!"

처음 신이란 길을 걷기 시작했을 때까지만 해도 지호에
게는 '신'이라는 단어가 주는 의미가 너무 컸다.

그동안 만났던 신들의 면면이 주는 무게가 남달랐기 때
문이다.

나후. 묘성. 나타. 그리고 다른 아수라왕들.

그에 못지않은 존재들도 지호에게 큰 영향을 끼쳤다.

손오공, 동주칠마왕, 우마왕, 이예, 통천교주.

그렇기에 신은 위대하다고 생각했다. 지고한 존재라고만 여겼다.

언젠가 오를 그 자리에 과연 자신이 어울릴까 걱정을 하기도 했다. 비록 시작은 떠밀리다시피 시작했다지만, 제대로 된 결실은 얻고 싶었다.

하지만 정작 이렇게 월궁에 올라와 보니 생각이 많이 달라졌다.

이예와 항아는 그저 피해자에 지나지 않았다.

백성들을 구하고자 해를 떨어뜨린 이예가, 오랜 세월 동안 임을 그리기만 한 항아가, 어찌 죄인이란 거지?

반면에 다른 신들은 어떤가?

상희와 열한 공주는 제 것만 급급하게 여길 줄 아는 소인배였고, 하백과 사해용왕은 체면치레만 소중히 하는 작자들이었다.

그런 녀석들 뒤에 있는 옥황상제며 다른 신들은 두말할 것 없었다.

손오공과 우마왕이 괜히 그런 녀석들이 싫어 거리를 두는 게 아니었던 것이다.

　　"하긴 그러니 한낱 반편이 따위로 전락한 절교에게도 그리도 속수무책으로 당하기만 했던 것일 테지만."

차가운 비웃음.

"놈! 닥쳐라! 우리가 아니었다면 아무것도 못 했을 자가 참으로 오만방자하구나!"

결국 오광이 참지 못하고 소리를 질렀다. 울컥, 피를 토한다. 부서진 심장을 붙잡으며 억지로 몸을 일으켜 화안금정을 올려다본다.

"이 몸이 그대들이 아니었다면 아무것도 못 했을 것이다?"

"그럼 아니란 말이냐!"

화안금정이 가느다랗게 좁혀지며 곡선을 그린다.

"웃기는군. 그대들이 뭘 해 줬다고 그러는 거지?"

"배은망덕한⋯⋯! 그새 잊었는가? 우리들이 뜻을 모아 정토와 도화원을 움직였다. 도당의 의결에 따라 그대를 해와 달의 주인으로 인정하고, 태양의 조각을 모을 수 있도록 도왔⋯⋯!"

"발목만 잡았지."

지호는 코웃음을 쳤다.

"옆에서 구경만 하였지. 정작 조각을 모을 때는 나서지도 않고 있다가, 다 모은 뒤에야 생색을 내려 얼굴을 내비쳤지. 이 몸이 모진 고생을 한 뒤

에야. 겨우."

지금 생각해 보면 아직 멀었다 싶다. 왜 더 깊은 것을 내다보지 못했던 건지.

도화원과 정토가 도왔다고?

그래. 납탑도인과 혜가만 말하는 것이라면 맞을지도 모른다. 그들은 정말 지호를 도와주려 했으니까.

하지만 조각을 얻고자 승냥이 떼처럼 달려들던 선인들을 배제한 건 자신이었다. 도화원과 정토? 그들은 그때 혹여 선계전에 휘말릴까 싶어 숨어 있기 바빴지, 아마?

그리고 그 뒤에는? 어땠더라?

"그리고 패배하였지. 돕겠답시고 나타나 마경만 어질러 놓았던가? 오히려 이 몸이 그대들의 하인을 살려 준 게 아니었나? 그렇다면 이 몸이 고맙다는 말을 들어야 하지 않을까?"

오광은 말문이 턱 하고 막혔다.

"게다가."

지호가 피식 웃으며 차갑게 말을 이어나간다.

"그동안 너희 천계는 뭘 하고 있었더냐?"

"……!"

"방책을 찾을 노력을 하기는커녕, 그저 하늘 한쪽 구석에 처박혀 가만히 앉아 하계의 미천한 것

들이 제대로 해내질 못한다며 혀나 차고 있었겠지."

오광은 아무 말도 할 수 없었다.

"해가 떨어지고 달이 잠들던 일 년. 그대들이 미천하다고 여긴, 그 가엾기 짝이 없는 하계의 작은 것들이 얼마나 모진 고초를 겪고 있었는지, 얼마나 많은 눈물을 흘렸는지, 얼마나 하늘에다 도와 달라며 빌었는지, 그대들은 알기나 하는가?"

"안……!"

"안다고 하지 마라. 가여워하지 마라. 뭔가를 해 보려 했다고 거짓을, 변명을, 구실을 늘어놓지 마라."

"그건……!"

"그래. 그대들도 하고 싶은 말은 많겠지. 하계에 간섭하고 싶었으나 막혔다, 손을 쓸 수 없었다, 의지가 닿지 않았다…… 하지만 그딴 말은 누구나 할 수 있지 않나?"

화안금정에 점차 분노가 어린다. 시린 빛을 토한다.

"그러니 사실을 말해 주지."

차갑게 내뱉는다.

"그대들은 아무것도 하지 않았다."

"……!"

"……!"

신의 목소리에 담긴 웅혼한 힘을 느낀 병사들의 몸이 뻣뻣하게 굳는다. 재상들은 부끄러움에 고개를 들 수가 없었다.

"그대들은 그저 지켜보기만 했을 뿐이다. 아니, 제대로 보지도 않았다. 그저 절교가 자신들의 것을 강탈할까 싶어 그걸 예비하는 데만 급급했을 뿐. 아래는 전혀 돌보지 않았다."

오광은 아니라고 소리치고 싶었다.

네놈의 말은 잘못되었다고. 헛된 말로 심기를 어지럽히지 말라고 하고 싶었다.

하지만 정작 말이 나오질 않았다. 가슴이 답답했다.

"그 가여운 것들을 돌본 것은 그대들이 아니다. 바로 이 몸이다."

순간, 화안금정이 확 하고 커진 듯한 느낌이 든다.

위를 보는 모든 이들의 심장에 화인으로 남는다.

"바로 이 몸이란 말이다. 알겠느냐?"

적막이 흐른다.

아무도 말을 하지 못하는 침묵 속.

오로지 지호의 존재감만이 퍼지며 토벌군과 재상들의 마

지막 남은 의기마저 지워 버린다.

"쓸데없는 듯해도 그대들이 있어 이 세상이 돌
아가기에 무시하고 넘어가려 하였다. 그대들과
이 몸의 사이에 선을 그어 더 이상 신경을 두지
않으려 하였다."

그때 지호가 고개를 들었다.

까만 하늘을 올려다본다.

"하지만 그대들이 먼저 그 선을 넘었으니. 책임
을 묻지 않을 수 없겠지."

오광은 그 순간 떠올렸다.

옥황상제에게 이 책임을 묻겠다던 말.

설마?

"상제에게 책임이라도 묻겠단 뜻이냐, 뭐냐!"

"못할 것도 없지."

"⋯⋯!"

"이미 그대들이 그러라며 스스로 길까지 열어
주지 않았던가?"

명백한 비웃음.

순간, 오광은 뒤통수를 세게 후려 맞은 것 같았다.

지호는 여태 그들에게 하지 않아도 무방할 말을 길게 했
다. 마치 무언가를 꾸미기 위해 시간을 벌려는 것처럼.

'설마? 풍파파!'

그녀가 구원병을 요청하기 위해 천계로 올라가지 않았던가!

"열렸군."

지호가 웃었다. 벌어진 입꼬리 사이로 송곳니가 차갑게 번뜩였다.

까만 하늘 사이로, 거대한 문이 열리고 있었다.

아니, 그걸 두고 단순히 문이라 할 수 있을까.

월궁에서 보이는 까만 하늘은 지상에서 보는 것보다 별이 훨씬 가깝게 보인다. 뚜렷하고, 크고, 색깔까지 선명하게 보인다.

그렇기에 월궁의 지붕 위를 정확하게 가로질러 하늘을 양분하는 거대한 은하수는, 보고 있노라면 경탄이 나올 수밖에 없을 정도로 아름답다.

금방이라도 아래로 쏟아질 것 같은 별빛들. 그런 별빛 수억 개가 오밀조밀하게 모여 강을 이루는 은하수에서 별똥별이 수없이 떨어지기 시작한다.

은하수를 따라 까만 하늘을 가로지르며 수없이 그어지는 궤적들.

거기에 따라 은하수도 점차 더 뚜렷한 빛을 발하면서 아주 조금씩 좌우로 크기를 더해 나간다.

멀리서 보면 마치 대낮에 깜깜한 방문을 열어 빛이 안쪽으로 스며드는 듯한 모습이었다.

문이 열리고 있었다. 하늘의 문이.

하지만 속도가 너무 느리고 빛도 서서히 엷어진다. 쏟아지던 별똥별도 점차 수가 줄어든다.

"거기였던가?"

그런 은하수를 향해, 정확하게는 천계의 궁궐이 자리 잡고 있을 삼원(三垣)을 향해, 지호가 양팔을 뻗었다.

마치 직접 은하수를 붙잡은 것처럼 허공을 잡는다.

그리고 강제로 벌리기 시작한다.

그 순간, 울리기 시작하는 까만 하늘.

콰콰콰콰콰콰콰콰콰!

마치 거친 지각 변동이 일어나듯 하늘이 울린다. 아니, 정확하게는 세상이 울린다.

닫히려는 문과 그것을 강제로 열려는 힘.

당연한 말일 테지만, 체구는 작아도 힘만 따진다면 제천대성을 이길 사람은 천계 내에도 몇 존재하지 못한다.

전설에 따르면 1만3천 근이나 되는 여의봉을 성냥개비처럼 줄여 들고 다닌다고 하지 않던가. 비록 많은 과장이 실렸겠지만, 악력이 대단하다는 사실을 부인할 수는 없다.

결국,

콰아아아아아아아아아앙!

닫히려던 하늘의 문이 열리고 말았다.

이대로 눈이 머는 게 아닐까 싶을 정도로 은하수가 환한 빛을 발하면서 크게 열린다. 거길 따라 헤아릴 수도 없이 많은 별똥별이 쏟아지기 시작한다.

'천문(天門)을 직접 열다니!'

오광을 비롯한 토벌군 전체가 경악을 내지른다.

이예나 통천교주도 수없이 열고자 노력했지만 단 한 번도 강제로 열 수 없었던 하늘의 문이 아니던가!

그렇기에 절교는 해와 달을 떨어뜨려 나후성을 교두보로 세우고, 삼신산을 건너 천계에 닿으려는 너무 어려운 방법을 시도했다.

하지만 지호는 그들의 노력 따윈 모두 가당치도 않다는 듯이 열어 버렸다.

오로지 힘으로.

풍파파로 하여금 천계에 오르도록 만들어 그녀가 들어선 길을 따라 손을 밀어 넣은 것이다.

그녀를 위해 하늘의 문이 열렸던 건 아주 짤막한 시간에 불과했고 열린 틈도 작았지만, 지호는 바로 그 기회를 놓치지 않았던 것이다.

어찌 보면 당연하다 여길 수밖에 없는 걸까.

별빛 역시 엄연히 따지자면 '빛' 의 영역.

그것의 주인이 누구든지 간에 결국 빛이 있기 때문에 제 존재감을 드러낼 수 있다.

해와 달은 물론, 북극성, 묘성, 나후성은 당연한 것이고, 세상에 알려진 수많은 별자리가 다 그러하다.

그렇다면 은하수의 빛도 지호의 관할이 아니겠는가!

"왔던 곳으로 되돌려 주지."

어차피 이대로 둬 봤자 짐짝밖에 되지 않는다.

지호는 토벌군을 향해 손을 뻗어 살짝 한 걸음을 내디뎠다.

우보에 따라 녀석들이 차지하고 있던 공간 자체가 단단히 결박된다. 재상들은 몸이 단단히 옥죄어지는 힘에 신음을 내뱉었다.

그리고 두 번째 걸음과 함께 축지를 밟아 활짝 열린 은하수 쪽으로 달려 나간다.

사라진 지호를 따라 월궁의 앞마당을 빼곡히 채웠던 토벌군도 통째로 사라져 은하수로 녹아내린다.

그때, 달에서 달빛이라는 동아줄이 내려오듯 은하수에서 별똥별이라는 희미한 층계가 내려왔다.

"가시어요."

"······그게 무슨 소리요?"

"가시어요. 가시어야 하지 않습니까."

이예는 항아를 보며 눈을 동그랗게 떴다.

여태 그녀와 함께 지호의 싸움을 지켜보면서 감탄을 멈추지 못하던 중이었다.

처음엔 걱정도 많이 했었다.

지호가 신과 직접 싸워 본 적은 이번이 처음이었으니.

하지만 잘했다. 잘해도 너무 잘했다.

아니, 참 괴물 같다는 생각이 먼저 들었다.

우마왕의 우보 때도 그러더니 이제는 소중마저 훔쳐 갈 줄이야.

소중이 화살의 형태를 띠고 있다지만 근본은 빛.

그것을 고스란히 갖고 와 자기 식대로 고친 걸 보니 참 대단하다 싶었다.

끝을 모르고 성장해 나가고 있으니. 이제는 자신과는 비교도 할 수 없구나 하고 고개를 절레절레 흔들던 차였는데.

항아가 갑자기 하늘의 문을 열고 올라가 버린 지호를 따라가라고 한다.

내가 당신을 두고 어디로 간단 말이오?, 그런 눈빛을 보낸다.

수천 년을 기다려 겨우 이뤄진 만남이다. 그것도 고작 하룻밤만 지냈을 뿐. 더 이상 그녀에게서 떨어지고 싶지도, 그럴 마음도, 그럴 의지도 없었다.

하지만 항아는 그런 지아비의 눈을 가만히 쳐다보더니 손길을 뻗어 왼쪽 어깨에 걸려 있던 활, 동궁을 휙 하고 뺏었다.

이예는 차마 왜 그러느냐고 묻지 못했다.

항아가 슬픈 얼굴로 동궁을 쓰다듬고 있었다.

너무 오랫동안 써서 낡아 버린 활. 곳곳이 상처로 가득하다. 금이 가 때운 흔적도 있다. 시위마저 끊어져 없다.

이것만큼 이예가 살아온 생을 말해 주는 게 또 어디에 있을까.

"당신께서 걸으셨던 길도 이랬을 테지요."

"······."

항아는 지호가 싸우는 걸 끔찍해하면서도 절대 하나도 놓치려 하지 않았다. 그것을 보고 지아비가 걸었던 세월을 보려 했던 것이다.

"그렇다면 이제 당신의 길을 걸으시어요."

"······."

"가고 싶지 않으신가요?"

그러면서 고개를 들어 이예를 올려다본다.

맑기 그지없는 눈망울.

그걸 보면서 생각했다.

아아, 나는 여전히 이 여인을 당해 내지 못하겠구나.

그래. 언제나 자신의 속을 꿰뚫어 보는 저 아름다운 눈망울에 반해 청혼을 했던 것이었지.

저 눈망울을 보고자 이 먼 길을 이 악물고 버텼던 것이었지.

그렇다면 이젠 지켜 주고 싶다.

이 눈망울에 슬픔이 차오르지 않도록.

어차피 항아를 데리고 숨는다고 한들, 천계는 끝까지 그들 부부를 쫓을 것이다. 저들은 한 번 당한 치욕을 절대 잊지 않으니까.

그렇다면 한 번쯤 경고를 하는 게 좋다.

아니, 사실 그런 건 자질구레한 변명에 지나지 않는다.

그저…… 지호를 돕고 싶다.

같이 뛰고 싶다.

응룡과 싸웠을 때. 이예는 지호와 어깨를 나란히 할 때에 아주 잠깐이지만 과거를 떠올릴 수 있었다.

그걸 다시 겪어 보고 싶었다.

녀석은, 친구가 아니던가.

'친구, 라.'

내 백성들을 다치게 만든 적인데도. 연옥을 부순 원수인데도 친구라는 말이 나오다니. 참으로 나도 감성적이게 되었구나.

항아는 그걸 알아차리고 이예에게 같이 가라며 등을 떠민 것이다.

결국 이예의 눈동자가 흔들린다.

항아는 피식 웃더니 갑자기 허공에다 손을 뻗어 안쪽으로 잡아당겼다. 그러자 하늘하늘한 달빛 뭉치가 손에 잡혔다.

"사실 선녀들은 달빛으로 베를 짜 비단을 만들어요. 동아줄은 그중 하나일 뿐이고요."

그러더니 달빛 뭉치를 한데 꼼꼼하게 엮어 동궁의 끝과 끝에 매단다. 그러자 팽팽한 시위가 되었다.

항아는 그걸 이예의 손에 쥐여 주었다.

"은인이시잖아요? 옆에서 같이 싸워 주세요."

"하지만……."

"전장에 나서는 지아비의 발목을 잡을 정도로 어리서은 계집은 아니랍니다."

항아가 빙긋 웃는다.

이예는 결국 그녀의 말에 따를 수밖에 없었다.

"다녀오겠소."

"몸 조심히 다녀오시어요."

이예는 고개를 끄덕이더니 동궁을 어깨에 걸며 몸을 반대로 돌렸다.

그러자 그의 두 눈은 다른 어느 때보다 날카롭게 변하고 있었다.

어느새 그는 과거로 돌아가고 있었다.

기원을 이루기 위해 방랑하던 이예가 아닌, 백성과 연인을 구하기 위해 전장에 나서던 후예(后羿)로.

그는 점차 닫히려는 하늘의 문을 향해 발을 내디뎠다.

수천 년 만의 방문이었다.

쏴아아아악!

사라진 이예를 보며, 항아가 방긋 웃는다. 흐뭇하게.

"예. 이래야 제 남자죠."

＊　　　＊　　　＊

천계에 있는 신 중 가장 오래된 사람은 누굴까?

보통 사람들이라면 복희를 비롯한 상희를 떠올릴 수 있다.

하지만 그 영역을 '현역'으로 줄인다면 딱 한 사람만 말할 수 있다.

천계의 수문장.

수미산이 네 개로 갈라지고 천계가 만들어진 뒤. 지난 반만 년 동안 그는 단 한 번도 제자리를 크게 벗어난 적이 없다고 한다.

　천계를 둘러친 거대한 성곽. 그 중심에 있는 정문에.

　바람이 불 때도, 비가 떨어질 때도, 눈이 내릴 때도.

　더울 때도, 추울 때도, 따뜻할 때에도.

　그는 언제나 당연하다는 것처럼 하늘의 문 앞에 우두커니 서 있는다.

　천계로 통하는 길목, 하늘의 문을 지키고 서서 어느 누구의 접근도 허락지 않는다. 천계의 주민들은 누대에 걸쳐서 알게 모르게 수문장의 보살핌을 받는 것이다.

　지금도 그랬다.

　원래 사람이 아닌 거인이라는 출신답게 12미터에 달하는 엄청난 크기.

　홀러덩 벗어젖힌 상체는 마치 조각을 한 것처럼 단단한 구릿빛 근육으로 꿈틀거린다.

　하지만 가만히 눈을 감고 있어 새가 어깨에서 지저귀고 다람쥐가 허벅지를 타고 올라가도 꿈쩍도 않는다.

　심지어 얼마나 오랫동안 움직이지 않은 건지 아름드리나무처럼 두꺼운 장딴지에는 넝쿨이 주렁주렁 자라 열매까지 맺고 있었다.

모르는 누군가가 봤다면 오랜 세월이 지난 거대한 석상이라고 봐도 무방할 모습.

옥황상제보다도 몇 배는 많은 세월을 살아온 신. 재상들도 존경을 표한다는 신이, 드디어 몇백 년 만에 처음으로 움직이기 시작한다.

쿠쿠쿠쿠쿠쿠쿠.

오랜 세월 자르지 않아 머리를 수북이 덮은 머리카락. 그 사이로 한쪽이 확 하고 열린다.

열린 눈썹 사이로 비치는 눈에서 광망이 터진다.

마침 머리 위를 맴돌고 있던 종달새가 화들짝 놀라 푸드득, 하늘 위로 날아올랐다. 다람쥐며 곤충들도 이상한 낌새를 눈치채고 달아난다.

그리고 조금씩 움직인다.

처음에는 손끝이 부르르 움직이더니 몸 위에 쌓였던 단단한 흙더미가 떨어졌다. 경직된 근육이 조금씩 풀리면서 전신으로 활력이 돌아간다.

"허락 없이…… 희의 땅을 밟으려는 자…… 희를 거스르는 자…… 내가…… 모두…… 벤다……."

발을 움직인다.

쿵!

장딴지를 감고 있던 넝쿨이 마치 종잇장처럼 쉽게 찢어

진다. 뾰족한 가시는 바위보다도 단단한 발바닥에 깔려 으깨진다.

수문장은 잠들기 전에 발치에 꽂아 뒀던 거대한 도끼, 반고월을 뽑아 어깨에 이고, 끌, 시원정을 역수로 쥔 채로 앞으로 걸어 나간다.

태초의 거인, 반고가 처음 눈을 떴을 때에 계란 형태로 똘똘 뭉쳐 있던 세상을 쪼개기 위해서 썼다는 전설 속의 보패들.

그것을 갖고 있다는 것은 그야말로 반고의 의지를 이은 거인족의 최고 수령이란 뜻이었다.

쿵! 쿵! 쿵!

발걸음을 옮길 때마다 이대로 하늘이 꺼지는 게 아닐까 싶을 정도로 굉음이 울리다, 도중에 멈췄다.

시선이 한군데에 집중된다.

그리고,

"크라라라라라라라라라라!"

거대한 포효 소리와 함께 하늘이 들썩이기 시작했다.

그를 중심으로 굉음을 실은 광풍이 동심원 모양으로 불어 닥치면서 주변에 있던 모든 나무를 뿌리째 뽑아 버리고, 땅거죽을 몽땅 뒤집어 초토화시킨다. 하늘 위의 하늘은 모두 갈가리 찢겨 나가 구름이 흩어진다.

그의 포효 소리는 천계 전체로 퍼져 나가 다문천왕의 도당에까지 닿을 정도였다.

사자후!

아주 오랜 옛날, 수문장이 수미산 위를 활보할 당시에 적들을 향해 내질렀다던 포효!

감히 자신의 주인이 터를 닦아 놓은 이곳에 더러운 발길을 들이려는 적을 향한 선전포고였다.

그의 이름, 끽구였다.

39장

새로운 제천대성

화아아아악!

지호는 자신을 둘러싼 빛무리를 지웠다.

그러자 드러나는 광활한 대지.

선선한 바람을 따라 풀잎들이 살랑살랑 흔들리고, 그 위를 따라 나비가 날아다닌다.

꽃향기와 나무 냄새가 그윽한 곳.

말로만 듣던 무릉도원이 아마도 이러할 테지.

무엇보다 드넓은 초원 끝에 웅장하게 세워진 성곽은 보는 이로 하여금 저절로 위압감을 느끼게 만들었다.

"저긴가?"

아주 먼 거리인데도 형체를 알아볼 수 있을 만큼 드높은 높이. 지평선을 가득 채울 정도로 끝을 모르고 이어지는 기나긴 성곽. 꼭대기 위로 나부끼는 힘찬 깃발들.

저곳이 바로 천계의 수많은 주민들과 신들이 살아가는 터전.

천계의 첫 번째 관문, 천시원.

"……돌아왔구나."

이예는 천시원을 둘러보는 내내 만감이 교차하는 얼굴이었다.

마지막으로 봤을 때는 분명 소박한 마을에 지나지 않았을 텐데.

지금은 그저 보는 것만으로도 숨 막히는 대도시다.

이만큼이나 세월이 흘렀구나.

이곳에 소속된 것이, 이곳을 위해 싸우는 것이, 이곳의 사람이라는 것이 자랑스러웠던 때가 있었지.

하지만 그런 충성의 대가는 허망일 뿐이었을지니.

'이제는 내가 저들에게 허망을 되돌려 줘야겠지.'

이예는 눈을 가느다랗게 좁히며 저 성곽 너머 어딘가에 있을 누군가를 떠올렸다.

옥좌에 앉아 오만무도한 얼굴로 만인을 내려다보는 자.

'조금만 기다리시오, 상제. 내가 곧 갈 터이니.'

이예는 한때 자신이 모셨던 주군이었으며 장인이기도 했던 사람을 떠올리며 동궁을 꽉 쥐었다.

바로 그 순간,

웅. 웅. 웅.

항아의 소중한 손길이 닿아 있는 동궁이 파르르 떨린다. 아니, 정확하게는 그녀가 걸어 준 시위가 울렸다.

"……?"

이예는 동궁이 왜 이러나 싶어 인상을 살짝 좁히다 이내 눈을 크게 떴다.

"지호."

여태 왜 이걸 생각 못했을까.

"응? 왜?"

지호는 뭘 하려는 건지 여태 몸을 풀다 말고 돌아봤다.

"뭔가 이상하다."

"뭐가?"

"너무 조용해."

이예의 안색이 딱딱하게 굳는다.

"상제는 아주 음험하고 용의주도하다. 우리가 여기에 온 걸 분명 알고 있을 텐데도 아직까지 아무런 움직임이 없는 것을 보면 뭔가 꿍꿍이가……."

"뭐 어때?"

지호가 피식 웃어 버린다.

"그냥 닥치는 대로 부수면 그만이지."

이예는 놀란 나머지 두 눈을 크게 뜨다가 곧 같이 따라 웃어 버렸다.

지난 세월 동안 겪은 것이 두 눈을 가린 모양이다.

그래. 싸우는 데 뭐가 필요할까.

"일곱 걸음."

"음?"

"그 안에 끝낸다."

지호는 묘한 말을 던지더니 화안금정을 다른 때보다 더 요요하게 빛냈다. 자세를 살짝 숙이면서 다른 때보다 더 많은 공력을 끌어 올린다.

화아아아아아아!

지호를 따라 일어난 기풍(氣風)이 휘몰아친다.

이예는 거기에 휩쓸릴까 싶어 뒤로 주춤 물러섰다.

녀석이 뭘 하려는지 알겠다.

일곱 걸음. 북두칠성의 모양을 따라 걷는 우보를 의미한다. 일곱 번째를 넘어가면 기술이 끝나니 끝내겠다는 의미다.

하지만 그 안에 대체 뭘 할 수 있단 거지?

그 순간, 이예는 한 가지 사실을 떠올렸다.

자신이 연옥을 이끌고 마경을 침공했을 때.

그때 그는 단 일곱도 안 되는 걸음으로 모든 선계전을 정리하지 않았던가. 재상이며 일만 정병을 묶는 것도 한 걸음에 해치웠다.

그렇다면 일곱 걸음을 모두 옮기면 어떻게 되는 걸까?

거기까지 생각이 미치는 순간,

팟!

지호가 첫 걸음을 내디뎠다.

일 보.

천계의 첫 관문, 천시원.

주작대로를 따라 오밀조밀하게 구성된 도시는 천계 내에서도 다섯 손가락 안에 들 만큼 큰 규모를 자랑한다.

"월궁 탈환, 잘 끝낼 수 있을까?"

"하! 이 사람도 참! 그걸 질문이라고 묻나? 당연히 제천대성 따위야 한 번에 콱! 이지."

"그래도 제천대성이 아닌가?"

"말이 제천대성이지, 한낱 짝퉁 아닌가. 짝퉁. 거기다 사해용왕이며 재상만 여섯에, 정병이 일만일세. 나는 오히려 닭 잡는 데 소 잡는 칼 쓴 게 아닌가 불만이구만."

천시원의 주민들은 불과 몇 시간 전만 해도 월궁 탈환을 위해 출전한 대군에 대한 소문으로 떠들썩했다.

절교가 지옥의 군세를 휘몰아치고 삼신산을 건넌다는 소식이라면 또 모를까. 아니, 옛 제천대성만 하더라도 두려워하는 사람이 많을 것이다.

하지만 고작해야 이제 갓 신이 된 초짜라지 않은가.

신위가 빛이라는 최고위라지만 아직 수양이 얕을 것을 감안한다면 무시해도 좋을 정도다.

아니, 이참에 천계에 반발한 놈을 일벌백계하여 본보기로 삼는 게 좋다는 여론까지 있을 정도였다.

절교와 지옥의 군세에 대한 이야기 때문에 한동안 분위기가 뒤숭숭했던 건 사실이었으니. 이참에 한 번 환기시킬 필요가 있었다.

그래서 어느 누구도 걱정하지 않았다.

쿠르르르르르르르—

"음? 비가 오려나?"

"그게 무슨 소린가? 오늘 그런 말은 못 들었는데?"

"그렇지? 그럼 갑자기 먹구름은 왜 끼는 거야?"

바쁘게 길을 오고 가던 주민들은 저마다 도중에 걸음을 멈추고 하늘을 올려다보기 시작했다.

방금 전까지만 해도 쨍쨍한 햇빛이 비쳤건만.

어느샌가 새카만 먹구름이 빽빽하게 모여 모든 빛을 차단시킨다. 마치 밤이 내려앉은 것처럼 천시원 위로 어둠이 내려앉는다.

쿠릉, 쿠르릉, 천둥소리가 조금씩 들리고 습기가 가득 한 바람이 점차 세게 불기 시작한다.

"누가 왕령관에 연락 좀 넣어 봐!"

천시원의 날씨는 철저한 관리 하에 이뤄지기 때문에 공고되지 않은 날씨 변화는 보통 없다시피 한다.

그래서 날씨를 다루는 관청에다 연락을 넣어 보라 한 것이지만,

"어라? 왜 안 되지?"

"뭐? 그게 무슨 소리야?"

"외부와 연락이 안 돼!"

"무슨……!"

우르르르르르르, 콰콰콰콰쾅!

몇몇은 인상을 살짝 찡그리다 말고 하늘 위로 고개를 들었다.

천둥이 하늘 가득히 퍼지며 벼락이 떨어지더니 이내 폭우가 쏟아지기 시작했다. 두 눈을 뜨고 있기가 어려울 정도로 빽빽하고 굵은 빗줄기.

거기다 강풍까지 동반해 서 있기가 힘들 정도였다.

곧 태풍이 도시에 휘몰아치기 시작했다.

콰르르르르르르르릉!

벼락이 수없이 내리꽂히며 잘 닦인 도로며 건물 지붕을 모두 부숴 버리고, 강풍이 가로수를 몽땅 뽑아 날려 버린다. 바닥엔 어느새 빗물이 발치에까지 찰 정도로 올라왔다.

"이게 대체 뭐야!"

"젠장! 누가 저거 좀 그치게 해 봐!"

갑작스러운 수해.

몇몇 주민들은 아예 팔을 걷어붙이고 하늘로 날아오르려 했다. 수해가 더 커지기 전에 선술을 부려 비구름을 강제로 흩으려는 심산이었다.

하지만,

두우우우우우우우웅!

갑자기 영문을 알 수 없는 범종 소리와 함께 단단하고 무거운 무언가가 천시원 위로 떨어졌다.

도시 전체, 아니, 도시를 포함한 일대 공간 전체가 들썩거린다.

어마어마하게 가중된 중력이 하늘로 떠오르던 사람들을 모조리 개구리처럼 패대기쳐 버린다. 그들은 피를 토하면서 믿기지 않는다는 얼굴로 고개를 들었다.

저 하늘. 시커먼 하늘에 누군가가 있었다.

보이지 않는 누군가가, 세상을 뒤엎을 정도로 커다란 무언가가 하늘 위에서 도시를 짓밟고 있었다.

마치 아무렇지 않게 개미집을 밟는 것처럼!

쿠우우우우웅.

도시를 짓누르는 압력이 거세진다.

주민들이 옴짝달싹하지 못하게 보이지 않는 사슬로 칭칭 감아 땅에다 결박시킨다.

도시 중앙. 족히 수십 미터는 될 법한 어마어마한 크기의 구덩이가 생긴다. 멀리서 보면 마치 거인의 발자국으로만 보였다.

쿠우우우우우우우웅.

압력에 더 많은 힘이 실린다.

구덩이가 몇 배나 더 깊게 눌리면서 삽시간에 사방으로 균열이 퍼져 나간다. 마치 무저갱처럼 끝없는 깊이를 자랑하는 균열은 거미줄처럼 서로 얽히기까지 한다.

끝내 도시를 떠받치고 있던 지반 전체가 금방이라도 꺼질 듯이 잘게 갈라지고 만다. 마치 시커먼 바다 위에 둥둥 뜬 작은 돛단배로만 보인다.

주민들은 갈라지는 도시를 보면서 깊은 공포에 잠겼다. 안색이 새하얗게 질려 비명을 질러 댄다.

그런데도 여전히 하늘에서 쏟아지는 폭풍우는 더 거세지기만 할 뿐, 줄어들 기미를 보이지 않는다. 수많은 빗물이 균열 아래로 쏠리면서 거대한 소용돌이를 그린다.

그러다,

쿠우우우우우우우우우우우웅!

조각조각 났던 도시 지반이 완전히 무너져 내린다. 단층을 따라 어떤 것은 아래로 쓸려 내려가고, 또 어떤 것은 위로 솟구친다.

그러다 단층 아래에 흐르고 있던 수맥이 균열 곳곳에서 밖으로 솟구친다. 그나마 남은 형체나마 유지하고 있던 도시의 나머지 부분마저 삽시간에 물바다에 잠기고 말았다.

흔들리는 지반, 쏟아지는 빗물, 갑자기 불어난 홍수.

거대한 번영을 누리던 도시가 무너지는 것은 그야말로 순식간이었다.

하지만 재앙은 거기서 그치지 않았다.

천시원을 뒤덮은 거대한 재앙은 만족을 모르는 짐승처럼 탐욕스러운 이빨을 다른 주변 도시들을 향해, 아니, 천계를 지탱하고 있는 모든 도시들을 향해 드러냈다.

쿠쿠쿠쿠쿠쿠쿠쿠쿠쿠—!

천계 전체가 요동치기 시작했다.

*　　　*　　　*

아비규환인 도시의 하늘 위.

먹구름으로 가려진 그림자가 다시 걸음을 옮긴다.

＊　　　＊　　　＊

천시원을 뒤덮은 재앙이 물이었다면, 다른 곳을 휩쓴 재앙은 불이었다. 화마(火魔)는 천계의 병력이 자랑하는 모든 군영이며 물자와 병기고를 깡그리 쓸어버렸다.

콰르르르르릉! 콰르르르르르르르르르!

"불이다! 화약 창고에서 불이 났다!"

"무기 병고가 폭발했다!"

"병영이 무너졌어! 젠장! 비는! 비는 대체 어떻게 된 거야!"

그들의 머리 위로 드리웠던 그림자가 다시 움직인다.

이 보.

"치, 침입자?"

"저놈은…… 제천대성? 놈! 용왕님들은 대체 어디에 계신 것이냐!"

"감히 우리들을 치려하다니! 간이 배 밖으로 나왔구나!"

백여 마리에 달하는 용들이 일제히 아가리를 벌리며 달려드는 광경은 과히 장관이었다.

수많은 벼락과 돌풍에 휩싸인 용신궁.

지호는 그곳을 향해 양 주먹을 힘껏 내질렀다.

콰아아아아아아아아아앙!

삼 보.

퍼버버버버버버버버벙!

갑작스러운 소란을 정리하고자 하늘에서 수없이 많은 병력들이 떨어진다. 하지만 그들은 지면에 발을 딛기도 전에 갑자기 곳곳에서 불어온 황금색 궤적에 휩쓸렸다.

눈이 타 버릴 것처럼 밝은 빛. 귀청이 나갈 만큼 커다란 폭음. 탄내. 피비린내. 앞을 가리는 매연.

모든 걸 쓸어버리는 회오리바람.

천계의 하늘은 몇 번이고 황금색 빛줄기에 갈가리 찢겨 나갔다.

그렇게 계속 이어지는 걸음, 걸음.

우보를 한 걸음씩 내디딜 때마다 재앙이 불어닥친다.

도시가 물에 잠기고, 군영이 불에 타고, 병력들이 일제히 쓰러진다.

옥황상제가 머무는 현도옥경을 향한 궤적에 노출된 것들은 그 어느 것 하나 잔재를 남기지 못하고 무너져 내려야만 했다.

172개의 도시, 21개의 병영, 18개의 하늘.

그것이 모두 스러지는 데는,

"……사 보."

고작 단 네 걸음이면 충분했다.

* * *

"제천대성이 나타났다 하지 않습니까! 빨리 병력을 소집해야 합니다! 이대로는 너무 늦어요!"

"벌써 궤멸된 도시만 17개에 무너진 하늘은 6개에 육박하고 있습니다! 이대로 두었다가는 천계가 쑥대밭이 될 겁니다!"

"하지만 아직 각하의 명이……!"

"명! 명! 빌어먹을 그놈의 명! 그렇게 명을 찾을 거면 나타 원수부터 임시로 구금 해제를 시키시던가요!"

"지금 그걸 말이라고 하시오!"

이미 도당은 저마다 목소리를 내려는 재상들의 언성으로 시끄럽기만 했다.

제천대성 후예의 침공!

하늘의 문을 열자마자 시작된 녀석의 행패는 과거 필마

온이라는 직분을 받은 데에 대해 불만을 터뜨렸던 옛 제천 대성의 것과 크게 다르지 않았다.

아니, 결과면만 따져 본다면 오히려 더 크다고 해도 과언이 아니었다.

최소한 옛 제천대성은 귀중한 몇 가지만 부수고 다녔지, 이렇게 천계에 있는 모든 걸 쑥대밭으로 만들어 버리지는 않았으니까.

더구나 이동하는 속도는 왜 이렇게 빠른 건지 도저히 제대로 포착하기도 힘들다.

덕분에 병력을 내보는 족족 각개격파를 당한다.

어떻게 병력을 응집시켰다가 한꺼번에 투하를 하려고 해도 그때는 뒤로 내빼 버리니 도로 아미타불이 된다.

무엇보다 가장 골치가 아픈 것은,

"제길! 사해용왕과 하백은 왜 놈에게 붙들려서 더 골치를 썩게 만든단 말인가!"

저쪽에 인질이 있다는 점이었다.

월궁을 탈환하라며 보내 놨던 여섯 재상과 일만 정병. 그중 풍파파만 무사히 돌아왔을 뿐, 나머지는 저들에게 질질 끌려 다니는 신세였다.

아니, 풍파파가 도망친 흔적을 따라 하늘의 문이 강제로 열렸다는 추측도 있으니 그것도 고의라고 봐야겠지.

거기다 침공자는 한 명만이 아니었다.

이예.

과거 천계 내 모든 장수들의 정점에 섰던 이가 있었으니.

비록 신위를 박탈당해 우려할 정도는 아니라지만, 그래도 그가 주는 무게는 남달랐다.

도당 내에 그와 엮이지 않거나, 그의 은혜를 받지 않은 사람은 아무도 없었으니까.

무엇보다 이예가 군부 내에 옛 인연을 찔러 본다면 거기에 혹하는 자들이 몇 있을지도 몰랐다. 수하들 사이에 인망하나는 대단했으니.

그렇다 보니 재상들은 저마다 머리통을 쥐어뜯으면서 갑론을박을 벌였다.

하지만 그들의 논의는 타개책이 아닌 책임 공방으로만 이어진다.

다문천왕의 파벌은 이제 몇 남지 않은 나타 쪽으로, 나타의 파벌은 이 기회를 틈타 다문천왕에게로.

서로를 헐뜯고 비방하는 무의미한 싸움만이 난립하는 가운데.

오로지 이 일을 해결할 수 있는 한 사람의 자리는 텅 비어 있었다.

도당에서 얼마 떨어지지 않은 대저택, 비사문궁.

"내가 여태 당신을 방관했던 이유가 무엇인데! 어찌 천둥벌거숭이가 날뛰는 것 하나 막지 못하는가!"

다문천왕은 골치 아픈 작자를 만나고 있었다.

2미터가 훨씬 넘는 거구인 자신에 비하자면 너무나도 왜소해 톡 하고 치면 부러질 것 같은 노인.

허리가 살짝 굽고, 이마에 주름이 자글자글하며, 피부엔 검버섯이 울긋불긋 폈다. 그런데도 언성은 까랑까랑해서 완고한 노인네의 인상을 물씬 풍긴다.

하지만 다문천왕은 다른 건 뜻대로 할 수 있어도, 이 노인만큼은 함부로 할 수 없었다.

이 노인이야말로 옥황상제와 함께 천계를 다스리는 3명의 최고신, 삼대신 중 한 명이었으니.

태상노군.

세상에 81번 모습을 보이고, 보일 때마다 세상에 무한한 지식을 나눈다는 신.

민중에서 그를 기리는 신도들도 많기 때문에 그의 업적과 흔적은 세상 곳곳에 남아 있다. 영향력만 따진다면 옥황상제를 능가할 정도다.

하지만 평소 그는 자신의 거처인 대적천을 크게 떠나질 않는다.

그저 진리를 탐구하고 무언가를 연구하는 데에만 집중할 뿐.

무위자연. 세상사는 인과율의 법칙에 따라 스스로 돌아간다고 믿기 때문이었다.

그렇기에 다문천왕이 건방지게도 삼대신을 무시하고 도당을 장악했을 때에도 묵인해 주었다.

여러 재상들이 난립해 시끄러워질 바에는 한 사람에게 맡겨 평화를 유지할 수 있는 게 맞다고 여겼기 때문이었다.

하지만 지금은 다르다.

제천대성이 나타났다.

정확하게는 그의 후예라고 하지만, 태상노군의 눈에는 별다를 바가 없었다.

과거 자신의 선단을 몇 개씩이나 훔쳐 가고, 팔괘로에서 뛰어 놀다 화안금정을 얻어 가며, 끝내 자신의 수염까지 홀라당 태워 먹었던 녀석.

도저히 무엇 하나 좋아할 수가 없는 녀석이다.

아직도 그때만 생각하면 미간에 주름이 세 개는 더 느는 것 같은데, 그때의 일이 또 벌어지고 말았으니.

대체 일을 어찌 처리하는 것이냐는 힐난이다.

"나타를 도로 불러들이시게!"

"······."

"그가 나서지 않으면 오합지졸에 불과한 군병들이 놈을 당해 낼 수 있다 생각하나! 아니라면 자네 밑에 있는 야차와 나찰이라도 꺼내시던가!"

"……."

"그것이 못마땅하다면 잠들어 있는 다른 사천왕을 깨우시게!"

"……."

"그것도 아니 된다면 다른 방책이라도 내놓던가!"

"……."

태상노군이 무슨 이야기를 꺼낼 때마다 다문천왕은 입을 가만히 닫고서 지그시 미소만 짓고 있을 뿐.

마치 그 모습이 인자하기 짝이 없는 부처, 석가여래를 떠올리게 하는 것 같다.

태상노군은 그것이 더 못마땅했다.

"대체 뭘 하는가! 뚫린 입이 있다면 무슨 말이라도 해야 하지 않겠는가!"

결국 태상노군은 미간에 주름을 잔뜩 만든 채 크게 언성을 터뜨리고 말았다.

그런데도 다문천왕에게서는 아무런 대답이 없다.

태상노군은 부글부글 끓는 속을 참다못해 얼굴이 대추처럼 뻘겋게 달아오르고 말았다. 뭐라고 다시 다문천왕의 면

전에다 윽박을 지르려는데,

"⋯⋯그럼 여래라도 부를까요?"

다문천왕이 천천히 입을 달싹인다.

태상노군의 안색이 딱딱하게 굳는다. 자신이 잘못 들었나 싶어 인상을 와락 일그러뜨린다.

"뭐라?"

"과거 제천대성이 날뛰었을 때에도 아무도 손을 못 쓰던 것을, 석가여래만이 해결할 수 있었지요. 그러니 이참에 석가여래를 아예 불러들이심이 어떠실는지요?"

"지금 그걸 말이라고 하는가!"

태상노군의 두 눈이 부릅떠진다.

그 순간, 굽었던 허리가 도로 펴지면서 어마어마한 기풍이 비사문궁 내를 휘감았다. 무시무시한 압력이 다문천왕의 머리 위로 쏟아진다.

우르르르르르르르르.

비사문궁뿐만 아니라 천계 전체가 휘청인다.

단지 기세만으로도 세상을 들썩이게 만드는 힘.

태상노군은 절대 뒷방의 늙은이 따위가 아니다.

그저 소신이 있어 나서지 않을 뿐.

천계의 주요 장수들이 다루는 보패들이 그의 팔괘로에서 나온 것을 감안한다면, 그가 속세에 내놓지 않는 보패들을 꺼내는 것만으로도 천계는 몇 번이고 뒤집힌다.

하지만 반대로 말하자면 그런 힘을 지니고도 나서지 않는 태상노군을 자극할 만큼 '석가여래'란 단어가 주는 의미가 크다는 뜻이었다.

"농입니다, 농. 너무 심려치 마십시오. 이미 적임자를 모두 물색해 두었습니다."

다문천왕이 손사래를 쳤는데도, 태상노군은 한참 동안 노려보기를 그치지 않았다.

그러다,

툭!

어디서 꺼낸 건지 지팡이로 땅을 짚으며 다시 허리를 굽힌다. 기세도 언제 그랬냐는 듯이 사그라진다.

태상노군은 더 이상 상대하기 싫다는 듯, 몸을 확 하고 반대로 돌렸다.

"어디로 가시렵니까? 혹 뇌진자에게 가십니까?"

다문천왕이 굽은 등에 질문을 던진다.

하지만 태상노군은 무시해 버리고 비사문궁을 완전히 나서고 말았다.

"쯧! 노인네가 저래서야 어찌하겠다고. 그러니 계속 저 모양이지."

다문천왕은 못 말리겠다는 듯 혀를 끌끌 차다가 자신의

뒤, 주렴으로 가려진 방 쪽으로 시선을 돌렸다.

"그렇지 않소, 권렴대장?"

"……."

그림자가 져 있는 방.

대답은 들리지 않았다.

휘이이이잉.

그저 바람에 뭔가가 나부끼는 소리만 들릴 뿐.

＊　　＊　　＊

쉬쉬쉬쉬쉬쉬쉬쉬쉭!

수천, 수만, 아니, 도저히 눈으로 수를 헤아릴 수도 없을 만큼 아주 많은 황금색 궤적이 하늘을 따라 잔뜩 퍼져 나간다.

멀리서 보자면 아주 아름답다고만 여길 별똥별.

하지만 별똥별이 하늘에서 그치지 않고 지상으로 떨어지는 순간, 지상과 허공을 가득 메우고 있던 수많은 병력들에는 재앙으로 다가왔다.

제천대성의 후예가 천계를 누비고 다닌다는 소식이 전해진 뒤.

도당에서는 대군영에 이를 토벌하라는 명령을 내렸다.

때문에 수많은 병력들이 움직였다.

이십팔숙을 비롯한 삼십육천강, 칠십이지살까지. 천계 내 주둔하고 있는 모든 장수들까지 출동한 상태였다.

하지만 통수권자인 나타가 부재중이라 제대로 된 지휘 체계가 완성될 리 만무한 일.

당연히 병력을 대거 모아서 덤벼도 모자랄 판국에 우후 죽순으로 나타나 버리면 그대로 각개격파를 당할 수밖에 없다.

더구나 그들이 지호와 이예가 있는 곳으로 알고 나타난 곳에는,

두우우우우우우우우웅—!

우보가 펼쳐져 있었다.

이곳이 함정인 줄 모르고 축지를 열고 등장하는 순간 몸 이 뻣뻣하게 굳어 버린다.

그리고 그런 그들의 머리 위로 별똥별이 떨어진다.

두 눈이 타들어 가는 고통을 느끼며 비명을 내지른다. 시 야가 새하얗게 변해 아무것도 보이지 않는다.

그리고,

콰콰콰콰콰콰콰콰콰콰—!

그대로 휩쓸리고 만다.

수천만 개에 달하는 별똥별들이 떨어진 여러 자리.

그곳은 지호를 향해 빠르게 움직이거나 주둔하고 있던 여러 병력들이 있던 곳이었다.

하늘이 발기발기 찢기고, 대지가 갈기갈기 갈린다.

그 어디에도 수십만에 달하는 병력들이 주둔할 수 있는 곳은 없었다.

"놈! 그만두지 못하겠느냐!"

"감히 이딴 짓을 저지르고도 무사할 성싶으냐!"

장수들이 억지로라도 허공으로 몸을 띄우길 시도한다. 우보가 너무 넓은 범위를 따라 펼쳐져 있어서 그 틈을 비집고 일어서려는 것이다.

터무니없는 짓이지만, 오히려 지호는 그러라는 듯이 도리어 우보를 풀어 버렸다.

콰아아아아아아아아아!

그러자 강한 압력에 의해 밖으로 떠밀려 났던 공기가 삼투압 현상을 따라 다시 안쪽으로 밀려들어 오기 시작한다.

그것은 거대한 와류를 그리면서 격풍을 일으켰다.

닿는 모든 것을 쓸어버리는 격풍을.

거기에 황금색 궤적까지 뒤섞이면서 찬란한 황금색 칼날이 모든 것을 난도질해 버린다.

그나마 남았던 병력들도, 장수들도, 심지어 지형지물이며 도시들까지도.

콰득! 콰드드드드드드득!

모든 게 쓸려 나간다.

쿠르릉. 쿠르르르르르―!

"……이래도 안 나온단 말이지?"

이만큼 휩쓸고 다녔는데도 불구하고 여전히 옥황상제는 코빼기도 비칠 생각을 않는다.

마치 자신과는 무관하다는 것처럼.

그건 다른 재상들도 마찬가지.

특히 지호는 당연히 나타날 줄 알았던 나타나, 진무대제, 혹은 석가여래와 관세음보살도 보이지 않는다는 사실이 켕겼다.

이상하다.

너무 쉽다. 너무.

천계가 약한 것일까, 아니면 내가 강한 것일까?

그도 아니면,

"다른 뭔가를 꾸미고 있나?"

"괴물……!"

"저건 흉신이야. 흉신이라고!"

사해용왕과 하백은 지호가 만들어 낸 참상을 보면서 치를 떨었다. 다른 토벌군은 안색이 시퍼렇게 질려 공포에 떨었다.

흉신을 부르고 말았다, 흉신을.

온갖 재앙과 액화를 천계로 불러들이고 만 것이다!

제천대성의 후예가 지난 자리에는 아무것도 남아나질 않았다.

도시, 병영, 지형. 그 모든 것이 폐허가 되었다.

저런 자를 잡으려 그런 오만을 떨었다니.

도대체 또 얼마나 많은 짓을 저지를까?

그리고 자신들은 언제까지 녀석에게 묶여 이런 참상들을 목격해야 하는 걸까?

암담한 심정이 눈가를 가리고 만다. 어둠이 마음을 잠식하고 만다.

그들이 한창 좌절의 늪에 빠져 있을 무렵.

'이상해.'

이예는 인질들과 달리 깊은 고민에 잠겨 있었다.

쉽다.

쉬워도 너무 쉽다는 생각이 머릿속을 떠나질 않는다.

분명 지호와 견줄 만한 신이 천계 내에 거의 없는 것도 무리는 아니다.

제천대성의 힘과 빛이라는 신위를 얻었으니.

하지만 그렇다고 해서 그와 견줄 만한 사람이 없는 것도 아니었다.

가까이는 옥황상제와 태상노군 같은 삼대신이 있고, 수상 관성제군이 있으며, 운사 신공표와 풍백 비렴은 물론, 진무대제와 다문천왕을 비롯한 사천왕도 있다. 멀리 보자면 태고신 반열에 올라 은둔 중인 소호 금천과 복희, 서왕모까지도 언급될 수 있었다.

그들 하나하나가 전성기 때 이예와도 견줄 수 있을 만큼 대단했던 자들.

그만큼 밖으로 나서지만 않을 뿐이지, 천계에도 강자라 할 수 있는 이들이 많았다.

그렇지 않았다면 싸움에 있어 특화가 되었던 마신들을 꺾을 수도 없었을 테지.

그런데 그들 중 아무도 여태 모습을 드러내지 않았다.

단 한 명만 나서도 이렇게 지호가 난장판을 피울 수 없을 텐데?

'역시 뭔가 꾸미고 있는 게 분명하다.'

이예는 처음 천계에 들어서자마자 아무런 움직임이 없었던 데에 대한 의심을 다시 꺼내야 했다.

하지만 그런 상황에서도 싸움은 멈추지 않는다.

그러다 문득 이예는 아래를 보다 말고 이상한 느낌이 들었다.

"뭐지, 이건?"

각 병력들이 쓰러진 곳.

처음에는 아무렇지 않게 여기고 있었건만.

이상하게도 황금색 궤적이 떨어진 자리 하나하나가 그냥 마구잡이로 그려진 게 아니라 어떤 동선을 그리는 것 같다는 생각이 들었다.

그것도 아주 눈에 익숙한 동선.

'설마!'

진(陣)이다.

모두 열 개로 이뤄진 진.

아주 오래전, 통천교주가 아직 삼대신으로 있어 무한한 힘을 자랑할 당시.

그녀는 자신의 가장 최측근이었던 일성구군에게 자신이 자랑하는 최고의 선술인 영진포일술을 열 개로 해체해 하나씩 나눠 준 적이 있었다.

그것은 훗날 통천교주가 반란을 일으키면서 천계에 가장 큰 골치를 안겼던 십절진이 되고 말았으니!

그런 열 개의 진이 곳곳에서 가동되기 시작했다.

옛날 천계를 고통으로 몰아넣었던 것이 이번엔 천계에 의해서.

우우우우우우우우웅!

쓰러진 진영에서 새하얀 빛무리가 올라와 하나하나씩 진의 형상을 갖춘다.

금광진, 천절진, 지열진, 풍후진, 한빙진, 화혈진, 열염진, 홍수진, 홍사진, 낙혼진.

저마다 특징도 성향도 다른 진은 다시 서로 간에 빛으로 연결되면서 더 큰 진을 그려 내니.

지호의 발아래, 드넓은 전장을 따라 완성된 거대 진이 시린 빛을 뿌린다. 지호를 붙잡고자 거친 황금색 회오리를 찢어 버리면서 허공으로 손길을 뻗는다.

마치 구천을 떠도는 망령이 지상에 있는 생명에게 같이 가자며 검은 손길을 마구 내뻗듯이.

우윳빛 거대 진에서 새카만 아지랑이가 무수히 올라오다 하나로 크게 엮이면서 거대한 손이 되어 지호를 감아온다. 마치 지하에 숨은 거인이 지호를 잡기 위해 지면 밖으로 손길을 내뻗은 것 같은 모습이다.

그것이 바로 통천교주가 잃어버렸던 힘.

시간과 공간을 무(無)로 되돌리고 만다는 영진포일술이었다!

지이이이이이이이이이이이잉!

일대가 격동에 휩싸인다.

영진포일술이 자신의 범위 안에 있는 지호를 붙잡으려

공간을 단단히 구속하고 시간을 그가 없던 때로 되돌리려한다.

"큭……! 제아무리 제천대성, 네놈이 천둥벌거숭이처럼 날뛴다고 해도 이번만큼은 쉽지 않을 것이다."

"우리들의 피와 희생으로 이뤄진 것이니. 자! 우리와 같이 지옥으로 떨어지자!"

볼품없이 나가떨어지고 말았던 장수들이 어기적어기적 몸을 일으켜 차갑게 웃는다.

그들은 거대 진의 변두리에 서서 광기 어린 눈빛으로 지호를 노려봤다. 분노와 원한이 영진포일술에 고스란히 녹아내린다.

마치 맑은 물에다 검은 먹물을 가득 뿌린 듯, 지호를 둘러싼 공간 전체가 새카만 어둠으로 가득 찬다. 검은 손길이 더더욱 크기를 더해 간다.

이거였구나.

지호는 놈들이 노리던 게 바로 이것이란 걸 알고 다시 우보를 밟으려 했지만, 영진포일술은 사라지지 않았다.

아니, 닿지가 않는다.

거대한 검은 손길은 지호를 비롯해 우보가 닿는 구역 모든 것을 움켜쥔다.

황금색 궤적이 마구 할퀴고 지나갔던 하늘도 구겨질 만

큰 강한 악력. 거기서 지호가 손길을 거부하는 것은 허락되지 않는다.

그리고,

휘리리리릭!

마치 팽이처럼 시계 방향으로 돌아가면서 허공 속에 녹아 사라졌다.

시린 빛을 토해 내던 십절진과 영진포일술은 언제 있었냐는 듯 흔적도 보이지 않았다.

거대 진 테두리를 따라 서 있던 장수며 병사들은 드디어 끝났다는 사실에 비릿한 미소를 던지다 곧 피를 토하면서 털썩 쓰러졌다.

선술을 펼치는데 모든 힘을 소비하고 만 것이다.

─하하하하하하하! 드디어 잡았구나. 드디어.

그래. 제깟 놈이 아무리 제천대성이라 한들, 빛도 닿지 않는 허무에 떨어지고도 무사할 수 있을까.

그때 허공을 따라 신의 목소리가 쩌렁쩌렁하게 울린다.

이예는 반사적으로 위쪽으로 고개를 들었다.

'허무라고?'

부르르, 황금색 궤적과 검은 손길이 스친 하늘이 떨리더니 곳곳에서 공간이 열린다.

징! 징! 징! 징! 징!

모습을 비춘 것은 모두 스무여 개.

여태 모습을 보인 장수들과는 척 봐도 비교가 불가능한 휘황찬란한 복장을 갖춘 자들이다.

도당의 재상들.

여태 모습을 숨기고 있던 이들이 이제야 모습을 내비친 것이다.

사해용왕과 하백은 그들과 눈을 마주치기 힘들다는 듯 고개를 옆으로 돌렸다.

하지만 이예만큼은 그들의 면면을 살폈다.

한 사람, 한 사람, 모두 익숙한 얼굴들이다.

어찌 잊을 수 있을까.

한때 절친한 벗이라 여겼으나, 옥황상제와 함께 자신을 지상으로 떨어뜨렸던 자들일진대.

"미안하다, 미안해. 하지만 어쩔 수 없었어."

"너는 언제나 모든 것을 가졌지! 자리도! 명예도! 심지어 항아까지도!"

"우리를 원망해도 된다. 하지만 돌아올 자리는 없을 게야."

세월이 너무 오래 지나 원한만 가슴속에 사무치게 남았

을 뿐. 어느 누가 어떤 말을 했는지는 정작 기억이 잘 나지 않는다.

하지만 한 가지만은 확실히 떠오른다.

너무 생생하다.

"상장군, 사실 당신의 자리는 내 것이라오. 한때 상제의 한쪽 팔로서 세상에 환한 불을 가져다 놓은 나야말로 가장 어울리는 자리. 하지만 당신이 있어 이런 척박하디 척박한 여름만 맡게 되었으니. 그 자리를 다시 찾아야만 하겠소."

이예의 눈이 가느다랗게 좁혀진다.

나타난 재상들 중 가운데에 있는 자.

대추처럼 붉은 피부와 맹수처럼 흉포한 어금니를 잔뜩 드러낸 이를 보며 중얼거린다.

"화정 축융."

"오랜만이오, 상장군 후예. 아니, 지금은 연옥의 이예라고 해야 하나?"

상장군.

천계 내 모든 장수들이며 병력을 다스리는 군부 최고 통수권자를 가리키던 직책.

한때는 이예를 가리키던 직품이었다.

이예는 질끈 눈을 감았다가 다시 떴다.

너무 오랜만에 들은 단어이건만. 간만에 만난 원수들이 건만.

격분이 일 줄 알았는데 생각했던 것보다 훨씬 마음이 차분하다.

왜 이런 걸까?

"마음대로 불러라. 어차피 버린 지 오래인 자리이니. 그보다 그 자리는 그대가 얻고자 하지 않았던가? 어떻지? 얻었나?"

축융은 어깨를 으쓱거렸다.

"얻지 못했다오. 바로 내게로 올 줄 알았는데 어디 새파란 후배들이 바로 치고 올라오더군. 설마하니 그렇게 눈 뜨고 코 베일 줄은 몰랐지."

"후배?"

"그새 잊은 거요? 당신이 키우던 세 제자를."

이예의 눈이 살짝 커진다. 전혀 생각지도 못했다는 얼굴이다.

축융은 어이가 없다는 표정이 되었다.

"아니. 지상에서 천계를 뒤집고자 했다는 사람이 그런 단순한 정보조차 모르고 있던 거요? 하계의 하찮은 것들도 다들 아는 것을?"

"……그랬었군."

이예는 축융의 목소리가 잘 들리지 않는다는 듯 작게 중얼거리면서 피식 웃었다.

그나마 듣던 중에 반갑다고 해야 할까.

확실히 이예는 천계에 분노를 드러내고 그들을 공략하기 위해 많은 세월을 보냈다.

하지만 따지자면 그보다 더 많은 시간을 연옥에서 지냈다.

외부와도 세상과도 절대적으로 단절된 곳.

그런 곳에서 바뀐 세상의 일 따위 알 리가 전무하다.

피식.

이예는 살짝 미소를 지었다.

반만 년 만에 항아를 찾은 것 다음으로 기쁜 소식이다.

그 어린 것들이. 언제나 바짓가랑이를 붙잡으면서 사부, 사부, 하고 웅얼대던 것들이. 수련 좀 그만하고 놀자며 칭얼대던 것들이.

그 자그마한 것들이 벌써 그만큼이나 자랐단 말이지?

장하구나, 장해.

이예는 너무나 길게 지난 세월을 한껏 만끽하면서 한때는 벗이었으나 지금은 적인 사내를 봤다.

하지만 이렇게 많은 재상들을 앞에 두고서도, 이예는 경계하는 모습을 보이지 않았다. 여전히 동궁은 어깨에 걸렸고, 소중을 화살통에서 꺼낼 생각도 않는다.

축융이 마땅치 않다는 듯 인상을 구겼다.

"설마하니 당신 혼자서 우리를 모두 감내할 수 있다고 생각하는 거요?"

"그럴 리가. 신위도 잃은 나 같은 반편이 따위가 어찌 고귀한 재상들을 당해 낼 수 있을까?"

이예는 축융이 그랬던 것처럼 어깨를 으쓱이면서 차갑게 말을 잇는다.

"그저 믿는 구석이 있으니 그러지."

축융을 비롯한 재상들은 모두 어이가 없다는 표정이 되었다.

"믿는 구석이 있다? 설마하니 허무로 떨어진 제천대성의 후예 따윌 믿는 건 아니겠지?"

"왜 아니겠나."

"무슨……!"

축융이 뭐라고 말하려는 그 순간이었다.

두우우우우우우우우우웅─!

세상을 맑게 울리는 범종 소리.

우보를 밟을 때에 나는 소리다. 이전과 차이가 있다면 마치 메아리가 울리듯이 멀게 느껴진다는 점이었다.

축융과 재상들은 일제히 놀란 눈으로 고개를 위로 번쩍 들었다.

그들의 머리 위.

하늘 가득히 지호를 잡았을 때와 똑같은 거대 진이 어느 샌가 그려져 시린 빛을 토해 내고 있었다. 이전과 다른 점이 있다면 우윳빛이 아닌 황금색이었다!

이게 왜 여기에 있는 거지?

축융 등은 당황한 나머지 흠칫 굳어 버리고 말았다.

거기다 대고 이예가 코웃음을 날렸다. 한심하다는 듯이 팔짱을 낀 채로.

"허무로 떨어뜨린다고 했었나? 미안하지만 이쪽은 몇 번이고 경험해 봤다만."

"……!"

"……!"

"쯧! 그렇게도 예전부터 줄곧 말했었건만. 전쟁을 치르기 전에 적에 대해서 상세히 아는 것만이 병법에 있어 가장 기초라고 말이다. 그대들은 아직도 멀었구나."

"흩어져!"

축융이 소스라치게 놀라 소리친다.

재상들이 빛줄기가 되어 자리에서 달아나거나 축지를 밟

으려 했지만,

"이미 늦었다."

콰아아아아아아아아아아아아앙!

지호를 낚아챘을 때와 똑같은 거대한 거인의 검은 손길이 이번엔 하늘을 뚫고 나타나 지상에 박히고 말았다.

그렇지 않아도 수많은 폭풍과 지진으로 폐허가 되었던 대지에 어마어마한 크기와 깊이를 자랑하는 손바닥 자국이 남았다.

검은 손길 아래에는 축융을 비롯한 대다수 재상들이 짓눌려 아등바등대고 있었다.

"아, 안 돼……!"

"놔! 놓으란 말이다아아아아!"

어떻게든 빠져나오려 악착같이 밀어내지만 꿈쩍도 않는다.

도리어 이 하루살이에 불과한 벌레를 어떻게 눌러 죽일까 고민을 하듯이 더 깊게 가라앉는다. 그러다 주먹을 꽉 쥐면서 깔려 있던 것들을 모두 세게 움켜쥐어 간다.

영진포일술. 지호를 허무의 나락으로 빠뜨리기 위해 사용했던 선술이 도리어 시전자들의 숨통을 옥죄어 간다.

"안 돼에에에에에에에에엣!"

재상들의 비명 소리를 듣기 싫다는 듯 검은 손길은 바람

과 함께,

휘리리리리리릭!

다시 검은 아지랑이가 되어 허공에 흩어져 사라졌다.

하늘 가득히 펼쳐졌던 거대 진도 조용히 빛을 잃었다.

검은 손길이 내려앉았던 자리.

지호가 맹수처럼 화안금정을 흉흉하게 번뜩이면서 축융의 멱살을 잡아 바닥에 내리꽂고 있었다.

다른 재상들은 어디로 갔는지 보이지 않는다.

제압당한 축융은 안색이 새파랗게 질려 아등바등거린다. 지호의 팔을 잡아 어떻게든 밀치려 하지만 꿈쩍도 않고, 두 발로 땅을 두들겨도 먼지만 풀풀 날린다.

"어, 어, 어떻게……!"

어떻게 허무에서 돌아올 수 있었냐는 질문이다.

하지만 지호가 축융의 의문에 대답해 줄 이유는 어디에도 없었다.

"이래도 안 나온단 말이지?"

옥황상제.

제 잘난 맛에 천계의 가장 중심에 틀어박혀 밖으로 관심도 보이지 않는 놈. 이렇게까지 되었는데도 녀석은 여전히 코빼기도 내비치지 않는다.

어떻게든 그놈의 면상이라도 봐야 속이 좀 시원해질 것

같았다.

겁이 나서 숨기라도 했나?

좋다.

네놈이 나타나지 않는다면 내가 찾아갈 수밖에.

"보여라."

지호는 축융의 두 눈을 빤히 들여다보며 예지안을 크게 확장시켰다.

녀석의 눈 너머에 있는 것을 엿보고자 했다.

"아, 안 돼……! 그, 그것만은! 제, 제발! 이, 이, 이것만 은……!"

축융은 지호가 뭘 하려는지를 알고 다시 발버둥 치기 시작한다.

화르르르르륵!

손끝에서 불꽃이 일어나 지호를 집어삼킨다.

그의 신위는 불과 여름.

여름의 뜨거운 햇볕이 세상 모든 것을 뜨겁게 달구고 불꽃이 메마른 장작을 거침없이 삼키듯이. 축융의 의지에 따라 불꽃도 지호를 태우려 했다.

하지만,

파스스스스스.

불꽃이 지호에게 닿기도 전에 강제로 찢겨 나간다. 허공에 샅샅이 흩어진다. 드문드문 날린 불씨들은 도로 지호에게로 흡수된다.

지호의 신위는 빛. 양(陽)에 관련된 것들은 그의 권속 아래에 있으니.

축융이 제아무리 날뛴다 한들 지호를 밀쳐 낼 수나 있을까!

"아아아아아아아아아악!"

검고, 파랗고, 붉은 불길이 나타났다가 사그라지기를 반복할 무렵.

축융은 공포에 질린 얼굴 그대로 화안금정에 단단히 붙들려 자신의 모든 것을 내주고 있었다.

신이란 세상, 우주, 만물, 요소, 의지, 가능성의 한 단면. 그것을 엿본다는 것은 그가 품고 있는 세상, 우주, 만물, 요소, 의지, 가능성을 낱낱이 해체한다는 뜻과 똑같다.

지호는 거침없이 축융이란 존재를 해체했다.

놈이 담고 있는 기억의 늪을 마구잡이로 헤친다.

그런 와중에 많은 정보가 머릿속에 쌓인다.

현재 천계의 권력 관계가 보인다.

다문천왕이란 존재가 보이고, 아들인 나타가 유폐된 것

이 보인다.

진무대제가 권력에 환멸을 느껴 원로원에 틀어박힌 것도, 석가여래와 관세음보살을 비롯한 부처 일파가 왜 모습을 드러내지 않는지도 보인다.

그리고 왜 여태 잔챙이들만 보였는지. 천계의 가장 주력이라 할 수 있는 사천왕과 삼계공, 뇌부가 대부분 어디로 갔는지도.

지호 자신이 여태 상대한 것이 천계의 일각(一角)에 불과하단 사실도. 그리고 그들이 최소 몇 백 년 간은 자신에게 다시 칼날을 들이 내밀지 못할 거란 것도.

대부분의 의문이 해소된다.

하지만 지호에게 있어 그딴 것쯤은 아무래도 상관없었다. 다문천왕이란 녀석이 나타를 이용해 자신을 통해 뭘 꾸미려는지 별 관심 없었다.

어차피 옥황상제와 만난다면 모두 끝날 이야기니까.

보고 싶은 것은 다른 것.

옥황상제가 있는 곳, 현도옥경의 정확한 위치.

그것이 포착되는 순간,

팟!

축지를 밟아 단숨에 그곳으로 이동한다.

지호는 축융을 바닥에다 아무렇게나 버리고 고개를 높이 들었다.

녀석은 어느새 미이라처럼 거죽과 뼈가 앙상하게 메말라 붙어 숨이 금방이라도 끊어질 듯 가늘어져 있었다. 입가엔 게거품이 가득했다.

"꾸르르르륵."

화안금정이 담은 시야에는 또 다른 하늘이 있었다.

하늘 위의 하늘.

천외천이라던가.

거대한 산자락이 푸르고, 하얗고, 샛노란 3겹의 원반에 담겨 웅장한 모습을 드러낸다. 구름과 안개에 둘러싸여 있어 온전히 제 모습을 드러내지 않지만, 그 아래 아래 붉고 푸른 울창한 나무며 쉴 새 없이 쏟아지는 폭포수가 보는 이로 하여금 마음을 탁 트이게 만든다.

말로만 듣던 공중 정원이 저러할까.

천계에 속하되, 천계와는 분리된 또 다른 세상이었다.

저곳이 바로 옥황상제가 머문다는 현도옥경.

물론 옛 신들은 달리 저곳을 이렇게 부르기도 한다.

대라천.

지금은 잊힌 태곳적의 모습을 유일하게 품고 있는 곳.

한때는 수미산의 끄트머리, 정상에 해당했던 곳.

보고 있는 것만으로도 저절로 경탄을 부르나니.

그러나 경외를 부르는 것만큼이나 절대 범접하지 못하도록 만드는 뭔가가 느껴진다.

어느 곳에도 현도옥경으로 오를 수 있는 층계가 없다. 문도 없고, 거중기 같은 도르래도 없다. 주변에 이상한 막이 둘러쳐져 있어 몸을 띄우기도 힘들다.

마치 그 자리에 그대로 있으라는 듯, 어느 누구의 침범도 허락지 않는다.

고고하게 있으려고만 한다.

이곳으로 오고 싶거든, 네놈이 가진 모든 것을 내려놓고 이 몸의 윤허가 떨어질 때까지 고개를 조아리며 기다리라고 말하는 듯하다.

하지만 지호는 그런 것 따윈 모르겠다는 듯 다시 축지를 밟아 현도옥경 안에 있는 궁궐, 금궐운궁으로 들어섰다.

금궐운궁, 영소보전.

대형 경기장 하나쯤은 수용할 수 있을 대형 홀이 지호를 맞는다.

창호지가 발라진 창가를 따라 따스한 햇살이 들어와 곱게 깎인 대리석 바닥을 비춘다. 벽면 곳곳에는 소박하면서도 고상한 멋을 자랑하는 도자기를 비롯해 벽옥이며 루비

같은 보석들이 화려하게 장식을 한다.

마치 베르사유 궁전과 중국 자금성을 적당히 섞어 놓은 듯 화려하다.

그리고 가장 북쪽.

붉은 융단을 따라 올라간 99개의 층계 위에는 화려한 옥좌가 놓여 있었다.

그곳엔 한 남자가 앉아 있었다.

보통 사람보다 머리를 두 개쯤은 더 올린 듯한 큰 덩치를 자랑하는 중년인.

입가엔 따스한 미소를 달고 있다지만, 궐내에 흐르는 공기를 무겁게 만드는 뭔가가 있어 쉽게 범접할 수 없는 느낌을 풍긴다.

그것이 위엄이라면 위엄이고, 카리스마라면 카리스마라 할 수 있으리라.

세상에 둘도 없을 화려한 옥좌에 더할 나위 없이 잘 어울리는 사람이었다.

뚜벅.

지호는 융단을 따라 옥좌 쪽으로 천천히 다가갔다.

"상제는 어디 있지?"

옥황상제만이 앉을 수 있는 옥좌. 만물을 굽어볼 수 있는 절대자만이 앉을 수 있는 태사의에 앉은 자는 옥황상제가 아니었다.

다문천왕.

축융에게서 빼앗은 기억이 맞는다면 자신을 천계로 끌어들이고 이런 일을 획책한 흑막이었다.

"너무 일찍 왔구나."

"뭔 소리야? 상제는 어디 있냐고."

"조금 더 어지럽게 놀아 줘야 하는데. 너무 일찍 와서 흥이 식어 버렸어."

"야!"

지호는 걸음을 뚝 그치더니 고개를 외로 꼬았다.

"물었지? 상제 어디 있냐고."

다문천왕은 피식 웃는다.

"어떠신가? 어린 것들과 조금 더 놀아 주는 것은."

그 순간,

쉭!

지호가 축지를 밟아 단숨에 다문천왕 눈앞에 나타난다. 한 손에는 여의봉을 든 채로.

"자꾸 헛소리 지껄일래?"

지호는 다문천왕의 정수리로 여의봉을 세게 내리쳤다.

다문천왕은 큼지막한 손을 뻗어 여의봉을 받아 챘다.

쿠우우우우우우웅!

내려치려는 지호와 밀치려는 다문천왕.

두 사람 간의 악력 대결이 벌어진다.

쿠쿠쿠쿠쿠쿠쿠쿠쿠쿠쿠——!

두 사람이 풍기는 기세로 대지가 떨린다. 기풍이 휘몰아치면서 궐내에 있던 온갖 장식들이 모조리 부서지고 창문이 깨져 우수수 떨어진다.

영소보전, 아니, 금궐운궁 전체가 울린다.

수많은 장수들과 병력들을 휩쓸었던 공격이건만.

다문천왕은 한 팔로 막아 내고도 꿈쩍도 않았다. 아니, 오히려 실망했다는 듯 가볍게 혀를 찼다.

"겨우 이 정도로 여기까지 온 것인가? 나중에 장수들을 모아다가 잔소리를 좀 해야겠군."

"미안하지만 아직 하나 남았거든?"

여태 밟은 우보는 총 여섯 걸음. 지호가 차갑게 웃으면서 마지막 걸음을 옮기려는 순간,

"언제까지 보고만 있을 텐가, 끽구?"

다문천왕이 지호가 아닌 뒤쪽으로 시선을 돌리면서 인상을 살짝 찡그린다.

지호가 무슨 소리냐며 따지려는데 갑자기 뒤에서 그의 뒷덜미를 세게 잡아당기는 손길이 있었다. 아니, 정확하게는 지호를 둘러싼 공간 전체를 누군가가 저만치 먼 곳에서

당기고 있었다.

어떻게 저항을 해 볼 새도 없이 그대로 강제로 공간이 뒤쪽으로 떠밀린다.

그를 둘러싸던 공간은 영소보전에서 현도옥경으로, 현도옥경에서 전장으로, 다시 숲에서 천시원까지 변하다가 끝내 천계의 가장 외곽에 위치한 어느 숲으로 변했다.

콰아아아앙!

그러고도 지호는 관성 때문에 한참이나 튕겨 나다 어느 굵직한 아름드리나무에 부딪치고 나서야 겨우 멈출 수가 있었다.

'이게 어떻게 된 거지?'

우보에 간섭하는 손길이라니.

단 한 번도 보지 못했기에 잠시간 판단에 착오가 생긴다.

하지만 지호는 머뭇거릴 시간이 없었다.

정수리로 뭔가가 세게 내려찍혀 온다. 아주 거센 풍압이라 재빨리 축지를 밟아 최대한 멀찍이 떨어졌다.

쐐애애애애애애애액!

그리고,

콰아아아아아아아아아아앙!

지호가 있던 자리로 칼바람이 떨어지면서 사방 수십 킬로미터에 달하는 거대한 구덩이가 파인다. 흙먼지가 수십 미터나 분수처럼 솟구친다.

여진이 일어나면서 주변으로 균열이 거미줄처럼 잔뜩 퍼져 나간다.

족히 수십 미터에 깊이는 까마득할 정도로 깊은 균열.

그러한 균열들이 서로 만나고 분리되고 이어지고를 반복하며 복잡하게 엮이다 결국,

콰르르르르르르르르르르—!

그대로 평원 전체의 지반이 아래쪽으로 함몰되었다.

마치 산사태가 벌어지듯, 충격파가 비스듬하게 꽂힌 자리를 따라 지반 깊숙한 곳에서 단층이 생겨나 그대로 아랫방향으로 침강하고 만 것이다.

그 깊이만 해도 족히 수백 미터.

방금 전까지만 해도 울창했던 숲은 온데간데없이 쑥대밭이 된 고원 지대만이 남아 있었다. 그 아래로는 모두 커다란 낙석만이 나뒹구는 처참한 절벽이었다.

"뭐…… 지?"

이만큼이나 지형을 바꾸는 힘이라니.

지호는 직접 목격하고도 도저히 믿기지가 않았다.

그러면서 몸소 감각으로 느꼈다.

놈은, 여태 상대했던 잔챙이들과는 수준이 다르다는 사실을.

"끽구. 허락 없인. 아무도. 못 들어온다. 희의 땅에. 아무도. 접근. 못 한다."

쿵, 쿵, 대지를 울리는 발자국소리와 함께 먼지를 헤집으며 커다란 누군가가 나타난다.

족히 12미터는 되는 장신. 봉두난발로 헝클어진 머리카락 사이로 두 눈이 흉흉하게 빛난다.

녀석은 수많은 흉터로 가득한 상체를 드러낸 채 왼손에는 지호보다 큰 커다란 끌(송곳, 혹은 조각칼)을, 오른손에는 제 몸뚱이만 한 어마어마한 도끼를 들고 있었다.

─끽구.

최후의 거인. 반고의 후예. 상고 시대 때부터 천계를 지켜 온 수문장이다.

그때 녀석이 포효를 내질렀다.

"침입자. 죽인다. 침입자. 없앤다!"

크라라라라라라라라라라라!

어마어마한 포효가 협곡을 쩌렁쩌렁하게 울린다.

하지만 지호는 미미하게 인상만 찌푸릴 뿐. 정작 거슬리는 건 녀석이 말한 '희'란 단어였다.

어디선가 들어 본 말이 아닌가.

더구나 희의 땅이라니. 현도옥경이?

그럼 혹시 려를 죽인 희란 인물의 정체가 옥황상제란 뜻일까? 하지만 축융에게서 빼앗은 기억 속의 옥황상제와 희의 얼굴은 많이 다른데?

그런 생각은 잠시.

옥황상제가 누가 되었건 간에 저놈을 잡지 못한다면 현도옥경에 오를 수 없다.

'일단 때려눕히고 생각하자.'

화아아아아악.

지호는 머리를 하얗게 물들였다. 놈을 상대하려면 여태 잔챙이들을 상대했던 것처럼 해서는 안 된다. 전력을 드러내야 한다.

끽구 역시 같은 생각이었는지 도끼를 아래로 늘어뜨리면서 안쪽으로 잡아당겼다. 바람이 안쪽으로 쏠리면서 거대한 와류가 그려진다.

쿠쿠쿠쿠쿠쿠쿠쿠쿠.

두 사람이 풍기는 기세로 천계가 떨리고,

팟!

끽구가 절벽을 만들어 냈을 때의 힘을 다시 드러내려 도끼를 세차게 휘두른다. 마치 낙양을 가르는 칼날처럼 지평선을 그대로 베어 버린다.

무시무시한 광풍이 일대를 둘러싸던 먼지구름을 모두 확
하고 밀치면서 날아든다.

　반면에 지호는 우보를 다시 밟아 몸을 날렸다.

　황금색 궤적이 단숨에 허공을 길게 찢으면서 도끼에서
발산된 칼바람에 맞선다.

　쐐애애애애애애애애애애액!

　　　　　　*　　　*　　　*

　다문천왕은 지호가 사라진 자리를 보며 살짝 웃었다.

　"목타."

　ー예. 아버지.

　다문천왕 주변으로 녹색 빛깔의 입자가 모이면서 자그마
한 목각 인형이 되었다.

　"네 동생에게 전해라. 자신이 뿌린 것은 자신이 직접 거
두라고. 이건 내 명이 아닌."

　두 눈이 시푸른 빛을 토한다.

　"상제의 명이다."

　ー……예.

　짧은 망설임 끝에 목각 인형이 다시 흩어져 사라졌다.

　　　　*　　　　*　　　　*

　지호가 칼바람을 부수기 위해 장심에 끌어모은 뇌기를 터뜨리려던 그때였다.

　좌아아아아아아아악!

　이번엔 정면이 아닌 하늘에서부터 날카로운 무언가가 내려왔다.

　천지를 양단하는 거대한 칼날의 물결.

　지호는 도중에 몸을 틀어 방향을 꺾었다.

　위에서 내려온 칼바람이 아슬아슬하게 지호를 빗겨 나가면서 정면으로 치닫던 끽구의 칼바람과 충돌, 그대로 베어 내면서 지면에까지 크게 닿았다.

　콰르르르르르르르르르르!

　그나마 남아 있던 절벽까지 잘게 부서져 통째로 무너져 내린다. 끽구는 몸을 높이 뛰어 피해에서 벗어날 수 있었다.

　지호는 끽구 때처럼 고개를 위로 들었다.

　그곳에, 익숙한 얼굴이 있었다.

　몸에는 칠흑빛을 닮은 탄탄한 갑주를 두르고, 허리춤에 다섯 자루의 크고 작은 칼이 여럿 걸었다. 이전과는 달리 방패와 짧은 창은 등에 교차시키고, 대신에 양손에는 제 키보다도 더 큰 언월도를 굳게 쥔 채 투구 사이로 시린 눈빛을 토해 낸다.

처음 봤을 때나 지금이나 세상 만물을 압도하는 위엄을 풍기는 군신.

나타.

그가 지호에게로 창날을 겨누었다.

＊　　　＊　　　＊

나타가 '나' 라는 자아를 깨달은 것은 첫 돌이 되었을 무렵이었다.

그 후로 그는 보는 모든 것을 기억했다.

아버지가 아기를 두고 아무렇지 않게 저질렀던 일, 어머니가 사랑한다고 속삭이는 말, 형제들의 장난, 가신들이 속삭이는 행동들, 심지어 자신의 방 천장에 그려진 무늬의 위치까지.

한 번 본 건 절대 잊지 않았다. 그것으로도 모자라 전부 기억하기까지 했다.

그는 타고난 천재였던 것이다.

어째서일까?

신의 피를 타고 났다고 한들, 아기일 무렵에는 일반 사람과 크게 다르지 않을 텐데.

그건 아마도 대라선이라는 어떤 위대한 영혼의 환생이기 때문이었을 것이다.

군신 대라선.

수십 미터에 달하는 키. 목에는 금륜을 걸고, 머리는 3개, 눈은 9개. 팔은 8개이며 입에서는 푸른 구름을 토하고, 두 발은 반석을 밟으며, 손에는 저마다 다른 보패를 들고서 한 번 호통을 칠 때마다 구름을 부르고 비를 내리며 대지를 떨친다.

하지만 대라선은 상고 시대에 마신들과의 싸움에서 수장과 격전을 벌이다 심장을 잃고 말았다.

하지만 전쟁이 끝난 뒤, 옥황상제는 충직한 신하를 되살리고자 영혼을 전생시켰으니.

그렇게 해서 나타가 세상에 태어났다.

수많은 이들이 나타를 뵙고자 구름 떼처럼 모였다.

아아, 저분이시구나.

천계를 구하신 대라선의 환생. 과연 영명하기가 이루 말할 데가 없구나.

들었는가? 힘 또한 장사이시기에 벌써 저 나이에 장정 다섯은 너끈히 꺾는다더구만.

과연! 천계를 다시 지켜 줄 영웅의 씨임에 틀림없으이.

모든 이들이 나타를 칭찬했다. 숭배했다. 존경했다.

사람들에게 있어 나타란 존재는 언제나 떠받들어야 하고 모셔야만 하는 존재였다.

하지만 나타는 그것이 못내 불편했다.

'왜 다들 나를 대라선이라고 부르는 거지? 나는 나타란 말이야. 나타라고!'

자신은 그저 평범하고 싶을 뿐인데. 친구들과 어울려서 같이 놀고 싶은데. 부모님의 사랑을 받고 싶을 뿐인데. 형제들과 웃고 싶을 뿐인데.

어째서 다들 나를 다르게 보는 걸까?

정작 저들이 찾는 대라선은 내게 없는데.

전생의 기억 따위, 갖고 있지도 갖고 싶지도 않았다.

그저 나타는 나타로 살고 싶을 뿐, 대라선으로 살고 싶은 마음이 추호도 없었다.

그래서 주변의 눈을 바꾸고자 노력했다.

특히 언제나 자신을 멀리하는 아버지의 마음을 바꾸고 싶었다.

아버지가 잉어 고기를 좋아한다는 사실을 듣고 무작정 용궁으로 찾아갔다. 용왕을 뵙고 귀중한 고기를 하나 내어 달라고 했지만, 정작 돌아온 것은 시비였다.

오히려 대라선과 악연이 있던 용왕은 나타를 잡아 분풀

이를 하려고 한 것이다.

그래서 용왕과 싸웠다.

그리고 나타가 이겼다.

비겁하게 병사들과 함께 덤빈 용왕과 다르게 나타는 어린 홑몸으로 싸워 이겼다. 얼마나 크게 다쳤는지도 모르고 귀한 잉어 고기를 들고 집으로 돌아갔다.

하지만 돌아온 것은 아버지의 타박이었다.

"너 때문에 내가 무슨 꼴이 되었는지 아느냐! 너 때문에! 너 때문에……!"

오로지 출세만을 바라던 아버지. 옥황상제의 눈에 띄려 대라선의 영혼을 아내의 뱃속에 심었던 아버지.

야망에 눈이 멀었던 아버지는 아들이 무슨 이유로 용궁에 갔는지 알아볼 생각도 않은 채, 금궐운궁에서 내려온 격노에 몸을 사시나무 떨듯이 떨었다. 그리고 자신의 앞길을 가로막은 아들을 베려고 했다.

만약 어머니가 옆에서 말리지 않았더라면 나타는 이 세상 사람이 아니었을 테지.

나타는 울면서 집을 뛰쳐나왔다.

밉다.

아들을 도구로만 여기는 아버지가 밉다. 상황을 알아보려 하지 않고 그저 잘못했다고 빌라 하는 어머니가 밉다. 자신을 멀리하는 형제들이 밉다. 자신을 대라선이라 생각하는 모든 사람들이 밉다.

그리고 결심했다.

좋다.

당신들이 원하는 나를 살아 주겠다. 군신이 되어 주겠다. 나타를 버리고 대라선이 되어 주겠다.

그래서 군대에 자원했다. 실력과 재능을 인정받아 곧바로 상장군의 직속 제자가 될 수 있었다.

대라선의 환생이라는 소문이 퍼졌기에 군 내에서 제아무리 높은 상급자라고 해도 나타를 함부로 하지 못했다. 나타는 그런 이들을 비웃으면서도 한껏 즐겼다.

상장군도 그들과 다르지 않을 거라 여겼다.

하지만,

"대라선? 그래서? 그게 어쨌단 거지?"

상장군은 코웃음을 쳤다.

오히려 편의를 바랄 거면 꺼지라면서 호되게 야단치기까지 했다.

난생 살면서 처음으로 받아 본 꾸중이었다.

제자라며 들어온 또래의 다른 두 사람도 똑같았다.

"뭐? 전생의 기억이 하나도 없다고? 에이, 뭐야. 재미없네."

"그래서 어쩌라는 거냐. 책이나 읽어라."

한 놈은 시건방지게 깝죽댔고, 다른 한 놈은 시건방지게 깐깐했다.

여태 보던 사람들과는 전혀 다른 모습.

나타는 그것이 불편하면서도 한편으로는 좋았다.

처음으로 '나'를 '나'로 봐 준 사람들이었으니.

지금 돌이켜 본다면, 그때야말로 나타에게 있어 가장 행복한 시간이었다.

무뚝뚝하지만 때로는 자상해서 아버지 같은 사부.

늘 티격태격거리고 소란스럽기 이를 데 없지만 늘 자신을 같은 시선에서 봐 주는 형제 같은 두 사람.

언제나 꿈에서 그리던 가족이 여기에 있었다.

하지만 나타는 즐거우면서도, 한편으로는 가슴 한 편이 휑했다.

왜 이런 걸까.

분명 행복한데도 뭔가가 부족하다.

대체 뭐가 내게 없는 거지?

그런 허전한 마음을 안고 세월을 살았다.

흐르는 세월에 따라 사부는 죄를 지어 하계로 떨어지고, 자신과 사형제들은 사부를 대신해 상장군의 자리를 물려받았다.

주변에서는 그를 더러 대라선의 재림이라 칭송했고, 천계를 상징하는 창이라 환호했다.

중단원수에 올라 대군영의 수좌가 되었다.

그런데도…… 여전히 가슴 한편이 휑했다.

그 와중에 야망을 이룬 아버지를 만나기도 했지만 휑한 가슴을 메우기엔 부족했다. 어린 시절 그대로 부자지간의 거리는 너무 멀었다.

그러던 어느 날.

녀석을 만났다.

"띠껍냐? 뭘 봐?"

가진 힘에 어울리지 않게 경망스럽기 짝이 없는 녀석.

할 줄 아는 거라고는 깽판 치는 게 전부인 녀석.

줄곧 화를 내다가도 재미난 게 있으면 웃는 단순한 녀석.

그러면서도…… 한없이 자유롭기만 한 녀석.

손오공.

나타는 그에게서 어린 시절 잊어버렸던 소망을 떠올릴 수 있었다.

얽매이는 것 하나 없이 바람처럼 떠돌고 싶다던 마음.

그것을 이룬 녀석이 있었던 것이다.

그때, 휑했던 마음이 처음으로 묵직해졌다.

그리고 다시 세월이 흘러 지호를 만났다.

자신과 마찬가지로 위대한 영혼을 안고 태어난 아이.

이 아이는 과연 불행한 삶을 살까, 아님 행복한 삶을 살까?

언제나 그것이 궁금했다.

*　　　　*　　　　*

천계에는 모순(矛盾)이란 말이 있다.

창과 방패.

정확하게는 세 개의 창과 두 개의 방패를 말한다.

세 개의 창은 상장군인 삼신장을,

두 개의 방패는 계를 지키는 수문장과 궐을 지키는 권렴대장을.

천계가 자랑하는 최고의 장수들이다.

영역이 다르기 때문에 창과 방패는 서로 간에 마주칠 일도 교류할 일도 잘 없다.

하지만 지호는 처음으로 이중 하나의 창과 하나의 방패를 동시에 맞게 되었으니.

끽구가 자랑하는 매서움은 태풍이 되어 지반을 흔들어대고, 나타를 둘러싼 무거움은 폭풍이 되어 하늘을 가득 메운다.

천계가 몇 번이고 울렸다.

우르르르르르르르—

떨리는 대지, 흔들리는 하늘.

그 어디에도 지호가 설 자리는 없어 보인다. 위태롭게만 여겨진다.

하지만 지호는 그 중앙에서,

"후우우우웁!"

다시 한 번 힘을 끌어 올렸다.

숨을 한껏 들이키면서 체내에 잠들어 있던 용의 감각을 크게 깨웠다.

두둑. 두두두둑.

화안금정을 따라 실핏줄이 올라온다. 새하얀 근육을 따

라 혈관이 부풀어 오르면서 기풍이 휘몰아친다.

위아래에서 지호를 동시에 압박하던 기세가 단번에 떠밀려 났다. 나타와 끽구가 순간 휘청거린다.

그 사이, 지호의 살갗이 열렸다.

가슴팍을 따라 심해를 떠올리게 하는 검푸른 빛깔의 용의 비늘이 올라와 탄탄하게 자리 잡히고, 날개 뼈와 목 부근을 따라 상반신을 덮는다.

끝내 반인반룡이 되었을 때,

촤르륵. 촤르르르르르륵.

용의 비늘이 찰갑처럼 서로 부딪치면서 맑고 청아한 소리를 낸다.

지호는 이전보다 훨씬 깊고 그윽한 화안금정을 들어 나타와 끽구를 한 시야에 담았다. 하얀 머리카락 역시 더 투명하게 가라앉아 은색으로 찰랑거린다.

둘의 표정이 살짝 굳는 것이 보인다.

지호의 기도가 달라진 것을 눈치챈 것이리라.

청룡이 신룡이 되고 난 후에 처음으로 시도한 합치이건만.

체내에 휘몰아치는 힘이 너무나 기분이 좋다.

생각했던 것 이상이다.

응룡의 힘이 고스란히 전해졌기 때문일까?

허무를 드러내며 모든 것을 닥치는 대로 집어삼키던 녀

석을 떠올리며 다섯 손가락을 용의 발톱처럼 웅크린다.

"한 가지만 묻겠습니다, 나타."

하지만 발톱을 바로 드러내진 않는다.

무작정 이빨을 들이대는 것은 멍청한 짐승들이나 하는 짓. 오히려 맹수는 힘을 아꼈다가 기회를 노려 단번에 몰아치는 법이다.

더구나 상대는 한때 자신을 도와줬던 고마운 은인.

축융의 기억 속에서 그가 자신을 도우려다 어떤 고초를 겪었는지도 봤다.

그러니 창날을 겨눴다고 해도 머뭇거릴 수밖에 없다.

"당신은 적입니까, 아군입니까?"

화안금정이 나타를 직시한다.

칠흑색 청동 투구 아래, 나타의 두 눈이 묘한 빛을 발한다.

"지금이라도 투항해라. 그렇다면 지난 인연을 봐서라도 이 이상 책임은 묻지 않으마. 중단원수의 명예를 걸고 그대를 고향으로 돌아갈 수 있도록 돕겠다."

"다시 묻겠습니다. 당신은 적입니까, 아군입니까?"

많은 의문이 함축된 질문이다.

만약 억지로 싸움에 임하는 것이라면 당신을 도와주겠다는 말.

나타는 잠시 대답이 없다가,

"천계의 질서를 어지럽힌다면, 적이다."

그렇게 대답했다.

"그렇군요. 그럼."

지호는 가차 없이 웅크린 손톱을 허공에다 내그었다.

"저도 사정 봐드리지 않겠습니다."

콰콰콰콰콰콰콰콰!

황금색 궤적이 사방으로 비산했다.

나타는 좋게 말하자면 원리원칙이 강하고, 나쁘게 말하자면 융통성이 부족하다.

옥황상제가 아무리 수상하다고 한들, 그의 충성은 언제나 옥황상제에게로 향해 있으며, 그의 뜻은 천계의 질서에 닿아 있다.

당연히 그가 여태 지호의 편을 들고 신이 될 수 있도록 많은 도움을 주었다지만, 결과가 천계의 혼란이라면 주저 없이 칼을 뺄 들 성격이었다.

나타는 손에 들고 있던 화첨창을 허공에다 길게 내그었다.

휘이이이이이이잉.

붉은 궤적이 황금색 궤적 위를 덧칠하고,

퍼버버버버버버벙!

거친 폭발이 뒤를 따른다. 까만 매연이 시야를 가린다.

하지만 지호는 단숨에 매연을 헤집고 나타의 눈앞에 나타났다. 손을 뻗어 목을 잡아 간다.

길이가 긴 화첨창으로는 막기 힘들 정도로 짧은 거리.

하지만 나타는 일말의 망설임도 없이 오른손을 재빨리 허리춤으로 움직여 감요도를 뽑아 횡대로 휘둘렀다.

차아아아앙!

지호는 왼팔을 아래로 내려 감요도를 막았다.

닿는 모든 걸 베어 버린다는 대단한 절삭력을 지닌 감요도지만, 지호가 자랑하는 용의 비늘 역시 강도가 단단해 흠집 하나 나지 않았다.

쉭! 쉭! 쉭! 쉭! 쉭!

갑자기 나타의 발치에서 다섯 개의 작은 원반이 솟아오른다. 회전할 때마다 지옥불을 내뿜는 풍화륜은 지호 주변을 빙글빙글 맴돌면서 빈틈이 보인다 싶으면 바로 공격을 가했다.

지호는 발로 대기를 긁어 근두운을 일으키면서 풍화륜을 빗겨내는 한편, 오른손에는 뇌벽세를 왼손에는 화염륜을 감아 잇달아 나타에게로 퍼부었다.

콰콰콰콰콰콰콰쾅!

두 사람이 있던 자리로 굉음과 폭발이 일어나면서 대기가 순식간에 뜨겁게 달아오른다.

나타는 지호와 부딪치는 내내 손에 쥐고 있는 보패를 남김없이 사용했다.

강요저로 허벅지를 찔러 가다가 참요검으로 허리를 베어가고, 다시 박요삭으로 지호가 달아나지 못하도록 발목을 감아 가면서 혼천릉으로 오른쪽 어깨를 후려친다. 그러다 반격이 날아오면 손목에 두르고 있던 건곤권을 내질러 가슴팍을 후려쳤다.

수구, 화륜차, 금전, 구룡신화조 등등, 천계의 장수들 중 가장 많은 보패를 지녔다는 명성답게 나타는 지호를 쉴 새 없이 휘몰아쳤다.

쿠쿠쿠쿠쿠쿠쿠쿠쿠!

크르르르르르르.

지호와 나타가 수없이 부딪치는 하늘.

끽구는 반고월을 꽉 쥐면서 가래 끓는 소리를 냈다.

어지러울 정도로 팽팽하게 돌아가는 두 사람의 싸움을 보면서 공격할 타이밍을 쟀다. 반고월을 안으로 잡아당겨 풍압을 끌어들이면서 만반의 준비를 갖췄다.

개벽풍.

대지를 깎아 절벽으로 만들어 버리는 그 힘이었다.

그러다 지호의 금강포와 나타의 화첨창이 격돌하면서 충

격파로 두 사람이 주춤 물러선 그때,

휘이이이이이이이!

끽구는 반고월을 세게 휘둘렀다. 개벽풍이 공간을 한껏
밀치면서 지호에게로 쏟아졌다.

그 순간,

—거기까지.

쉬시시시시시시시식!

갑자기 하늘에서부터 아주 작은 빛줄기 수천 개가 소나
기처럼 쏟아지더니,

퍼버버버버버버벙!

개벽풍을 수없이 두들겨 단숨에 찢어 버렸다.

크와아아앙!

끽구는 감히 자신의 공격을 무위로 돌린 적을 찾기 위해
분노를 터뜨렸다.

그런 그의 앞으로 누군가가 탁, 하고 조용히 떨어졌다.

끽구는 녀석에게로 나서려다가 흠칫 놀라고 말았다.

이제는 보지 못할 거라 생각했던 익숙한 얼굴이 바로 눈
앞에 있었다.

예전 그대로다.

한 손에는 붉은 동궁을, 다른 한 손에는 하얀 소중을. 천계를 호령하던 상장군 때의 위풍당당한 풍채를 드러내며 이쪽으로 화살을 겨눈다.

"오랜만이군. 이제부터는 나와 놀아 주겠나?"

이예가 송곳니가 훤히 드러나도록 차갑게 웃었다.

*　　　*　　　*

과거, 천계가 체재를 갖추려던 초창기엔 창과 방패가 하나씩밖엔 없었으니.

당연히 그 둘은 이예와 끾구를 가리키는 바.

이예에게 있어 끾구는 말은 없지만 품은 넓은 친구였다.

언제나 마음 놓고 등을 맡길 수 있는 친구.

그런 친구가 적으로 돌아섰을 때엔,

"그만한 각오를 해야겠지."

하지만 한편으로는 걱정도 든다.

과연 신위를 잃은 이 몸으로 제대로 상대할 수 있을까?

그때,

"이예."

갑자기 하늘에서 지호의 목소리가 들린다.

왜 그러나 싶어 고개를 드는데 뭔가가 눈앞으로 툭 떨어진다. 본능적으로 그것을 잡았다.

안이 비칠 정도로 투명한 석영이었다.

그것도 달이 담긴 석영.

"너……!"

"쓰거라."

지호는 그 말만 남기고 사라졌다.

이예는 눈을 크게 떴다가 피식 웃었다.

그렇군.

너의 권속 하에 들어오라, 이 말이냐?

이미 빛이란 신위를 지녔으니 해와 달의 주인을 따로 점지해도 녀석의 힘이 깎이거나 할 일은 없을 것이다. 아니, 이예란 영혼을 아래에 둔다면 큰 힘이 될 테지.

이예는 주저 없이 석영을 입 안에 털어 넣었다.

그리고,

쏴아아아아아아!

체내 곳곳으로 힘이 차오른다. 기풍이 휘몰아친다.

오래전에 잃었던 신위를 되찾은 느낌에, 전성기의 힘이

되돌아오고 있다는 느낌에.

이예는 송곳니가 훤히 드러나도록 웃었다.

"잘 쓰도록 하지."

파아아아아앗!

시위를 놓는 순간 소증이 하얀 빛줄기가 되어 허공을 가로지른다.

크오오오오오!

끽구는 이예가 달라졌다는 사실을 깨닫고 분노 가득 담긴 포효를 내지르면서 반고월을 세차게 휘둘렀다.

콰아아아아아앙!

개벽풍이 빛줄기를 부서뜨리지만,

츄츄츄츄츄츄츄츄츳!

빛줄기는 잘게 부서지면서 수천 개의 얇은 빛줄기가 되어 끽구에게로 쏟아진다.

끽구는 도중에 몸을 틀었다. 반고월이 횡, 횡, 팽이처럼 회전을 시작하면서 돌풍이 일어나 그의 앞으로 거대한 벽을 세운다.

먼지구름과 돌풍이 집약된 벽.

쿠쿠쿠쿵, 하는 소리와 함께 빛줄기는 벽을 뚫지 못하거나 빗겨 나간다.

동시에 끽구가 다시 벽 바깥으로 머리를 내밀면서 반고월을 두 번 세게 내리찍었다.

천지를 양단하는 두 개의 개벽풍!

콰콰콰콰콰콰콰콰!

천계라는 공간을 찢어 놓겠다는 듯 날아든 광풍은 범위도 어마어마하다.

파괴력만큼은 천계에서도 거의 제일이라 할 만한 끽구이기 때문에, 이예는 전면에 부딪쳐서는 승산이 없으리라 판단하고 축지를 밟아 광풍 위쪽으로 움직이려 했다.

그 순간, 끽구가 두 눈을 번뜩이더니 갑자기 시원정을 바닥에다 꼽고 왼손을 우악스럽게 이예가 있는 방향의 허공으로 뻗어 안쪽으로 세게 잡아당겼다.

쿵!

섭공술이다.

공간을 격해서 대상을 잡아당기는 기술.

개벽풍과 함께 끽구를 상징하는 힘이다. 우보를 펼치던 지호도 끌어당길 정도로 강하기에 당연히 이예도 빨려 들어갈 수밖에 없었다.

하지만,

팟!

끽구는 손아귀에 아무것도 잡히지 않자 깜짝 놀라고 말

았다.

이예가 있다고 생각해서 잡은 자리. 분명 이예라고 잡았던 것이 파스스 사라지고 있었다. 잔상이었다.

그 순간, 끽구는 떠올렸다.

자신의 개벽풍과 섭공술만큼이나 무서운 이예의 장기.

빠른 발.

그리고 태양마저 떨어뜨리는 화살.

"너의 그 섭공술, 방식을 알면 파훼하기 어렵진 않지."

"……!"

귓가에서 이예의 목소리가 작게 속삭여진다.

끽구는 재빨리 몸을 좌측으로 돌리면서 반고월을 수평으로 휘둘렀다.

하지만 그보다 먼저 새하얀 빛무리가 터진다.

콰아아아아아아아아앙!

소증이 바로 눈앞에서 폭발하면서 끽구의 상반신을 전부 덮친다. 지글지글 끓는 시뻘건 화상자국이 고스란히 남으면서 안쪽에 근육과 눌러 붙은 뼈가 드러날 정도였다.

그런데도 끽구는 고통스러워하는 기색 하나 없이 연기를 헤집으면서 반고월을 잇달아 휘둘렀다.

하지만 이미 이예는 제자리를 벗어난 뒤였다.

반고월이 허망하게 그가 있던 자리 위로 박히면서 부서

진 암반과 돌조각이 튀어 오른다.

쉭! 쉭! 쉭! 쉭! 쉭!

이예는 마치 날개라도 단 것처럼 허공을 잇달아 발로 박차면서 자유자재로 끽구 주변을 맴돌기 시작한다.

얼마나 빠른지 곳곳에 남은 잔상 전부 이예가 아닌가 하는 착각이 일 정도였다.

그리고 그때마다 날리는 화살.

퍼버버버버버버벙!

끽구는 잇달아 자신을 두들기는 빛줄기 때문에 몇 번이고 밀려나야만 했다. 마치 거대한 해일에 감겨 허우적대는 것처럼 운신을 자유롭게 할 수가 없다.

어떻게든 이예를 붙잡아 보려 섭공술로 손을 뻗어보지만 번번이 애꿎은 허상만 잡을 뿐.

결국 폭발과 매연에 정신없이 흔들린 그때,

파밧!

이예가 과감하게 끽구의 발치에 나타난다.

왼손에 소증을 단도처럼 역수로 고쳐 쥐어 그대로 끽구의 아킬레스건을 세게 그었다.

피가 세게 튄다.

끽구의 움직임이 둔해진다.

크아아아아앙!

끽구는 화가 단단히 난 나머지 반고월을 다시 휘둘러 댔지만 이미 이예는 자리를 떠났다. 도리어 끽구의 팔뚝을 잡고 허공으로 날아올라 그의 머리맡으로 나타난다.

이예는 소중을 녀석의 목덜미에다 찍기 위해 세게 아래로 내리쳤다.

그야말로 쾌속무비.

끽구가 속수무책으로 당하는 게 아닐까 싶었는데,

쐐애애애애애애액!

갑자기 이예는 뒤통수 쪽에서 찌릿한 감각과 함께 바람을 가르는 소리를 들었다.

본능적으로 제비를 돌아 머리를 아래쪽으로 숙인다.

아슬아슬하게 화끈한 열기를 동반한 칼바람이 이예의 머리가 있던 자리를 휩쓴다.

이예는 회전하던 그대로 기습을 노린 무기가 무엇인지 단번에 꿰뚫어 봤다.

화첨창이다.

"나타구나."

"역시 스승님. 솜씨는 여전하시군요."

오래간만에 이뤄진 사제지간의 재회.

하지만 아군이 아닌 적이었기에 둘의 대화는 길게 이어지지 않는다. 오히려 전장에서는 서로가 쌓은 세월을 두고 부딪치는 것만이 정리(情理)였다.

화첨창이 방향을 도중에 틀어 이예를 쓸어 온다.

끽구도 위기에서 벗어난 걸 느끼고 반고월을 그쪽으로 날린다.

진퇴양난이다.

앞은 끽구, 뒤는 나타를 둔 상태라 도망칠 구석이 없다. 발을 놀리려 해도 틈이 없고, 축지를 쓰려 해도 섭공술이 떡 하니 기회만을 노린다.

하지만 이예에게는 별다른 걱정이 없었다.

저 높은 하늘. 지호가 아래쪽을 향해 주먹을 내지르고 있었으니까.

"내려라."

단순한 신의 목소리만이 아니다. 신룡의 힘을 담아 바람과 구름과 비를 부른다.

우르르, 콰콰콰콰콰콰쾅!

수십 개의 벼락이 한 자리에 꽂힌다. 갑작스레 돌풍이 불어닥친다.

하늘에서 대거 벼락이 쏟아지는 탓에, 나타는 몸을 돌려 풍화륜을 던져 일일이 튕겨 내야만 했고, 끽구 역시 반고월을 돌려 벼락을 동반한 돌풍을 비스듬하게 쳐 냈다.

그사이 이예가 축지를 밟아 자리를 피하는 순간,

"휘몰아쳐라."

돌풍이 거대한 회오리를 그리기 시작했다. 벼락은 불씨가 되어 단숨에 회오리를 붉은색으로 물들였다.

불폭풍이 작렬했다.

콰드드드드드드득!

나타와 끽구를 동시에 휩쓸어 낸다.

제아무리 하늘을 가르고 바다를 쪼개는 보패를 지녔다 하더라도 갑작스레 눈앞에서 불어 닥친 불 바람은 고스란히 감내해야만 한다.

하물며 불 폭풍을 불러낸 이의 신위가 빛이라면.

그래서 폭풍 속에 쉴 새 없이 몰아치는 불길이 유황불보다 더 뜨겁고 태양만큼이나 강렬한 것이라면.

가뜩이나 소중을 전면에서 몇 번이고 얻어맞아 화상으로 괴로워하던 끽구는 뼈와 살이 통째로 녹아내리는 고통에 처음으로 비명을 질렀다.

나타 역시 혼천릉을 몸에 두르고 화륜차와 풍화륜으로 불길을 어찌 막아 내고는 있지만, 그마저도 보패가 조금씩 녹아내리고 있었다.

불 폭풍은 오로지 두 사람만을 잡아먹겠다는 듯이 움직이지 않고 제자리에서 쉴 새 없이 맴돌았다.

나타는 어떻게든 돌파구를 마련하기 위해 화첨창을 들어 불 폭풍에다 구멍을 내려 했지만,

두우우우우우우웅.

이번에는 우보가 그들의 머리 위로 드리웠다.

지호는 거기서 그치지 않고, 마지막 일곱 번째까지 잇달아 우보를 덧씌웠다.

둥. 둥. 둥. 둥. 둥. 두우웅.

우보가 하나씩 늘어날 때마다 곱절로 늘어나는 중력은 두 사람을 짜부라뜨릴 것처럼 어깨와 무릎을 거세게 찍어 눌렀다.

당연히 억눌러진 불꽃은 더더욱 화려하게 타오를 수밖에 없었다.

쩌걱. 쩌거걱.

결국 여태 불길을 막아 내던 화륜차와 풍화륜에 잔뜩 금이 가더니 잘게 부서지기 시작한다. 박요삭은 불에 타 재만 남아 버리고, 손목에 둘렀던 건곤권은 흉측하게 눌러 붙어 쓸 수 없게 되었다.

입고 있던 갑옷마저 서서히 녹기 시작하면서 구멍이 점

차 난다. 일그러진 투구 아래로 잔뜩 일그러진 나타의 얼굴이 드러났다.

결국 이대로 무너질 수밖에 없나 싶은 그때,

"끽구. 이긴다. 끽구. 어떻게든 이긴다."

끽구가 불길보다도 더 거친 눈빛을 흉흉하게 번뜩이면서 섭공술로 공간을 잡아챈다.

압박이 거세지면서 두 눈에 핏대가 잔뜩 서고 피눈물까지 흘리지만, 그는 억지로 버텨 내면서 확 젖혀서 빈틈을 만들어 냈다.

거기다 반고월을 밀어 넣어 세게 찍었다.

마치 반고가 혼탁한 알이었던 세상을 깨기 위해 도끼를 내려쳤던 것처럼!

그러자 불 폭풍의 중심을 따라 기다란 선이 그어지면서 강제로 좌우로 분리가 되었다. 누군가가 손을 뻗어 억지로 벌리는 것처럼, 다시 하나로 합치려는 불 폭풍을 떼어 내어 찢어 버린다.

일곱 겹이나 덧씌워졌던 우보가 강제로 부서졌다.

와장창창!

마치 유리가 깨지는 듯한 소리와 함께 순식간에 모든 중력이며 압박이 삽시간에 사라졌다.

여태 한정된 구역에서만 놀던 불 폭풍이 해방되어 사방

으로 뻗어 나간다. 마치 수소 폭탄이라도 터뜨린 것처럼 주변 수십 킬로미터 일대를 깡그리 쓸어버린다.

울컥!

지호는 반발력에 내공이 진탕되어 피를 토했다. 우보가 부서질 줄 생각도 못 했던 그의 눈가에 당황하는 기색이 역력했다.

"어떻게……?"

"싸움에 있어 절대란 건 어디에도 없지."

팟!

그때 자유를 되찾은 나타가 지면을 세게 박찼다.

이미 쓸모가 없어진 투구며 갑옷, 그리고 다른 보패까지 전부 벗어던진 그는 땀으로 범벅이 된 머리를 휘날리면서 빈틈을 보인 지호에게로 손을 날렸다.

남은 무기는 단 하나. 양손에 굳게 쥔 화첨창.

불 폭풍에 비하자면 별것 없지만 그래도 영혼 하나쯤은 충분히 불사를 수 있는 검푸른 불꽃을 토해 내면서 지호의 심장에 박혔다.

퍼어어억!

다행인지 불행인지, 마지막에 지호가 가까스로 몸을 틀어 화첨창은 왼쪽 어깨를 훑고 지나갔다.

하지만 나타는 한 번 잡은 승기를 놓치지 않고 화려한 창술을 선보였다. 갑옷과 보패를 모두 벗어 던진 그의 동작은 자유롭다 못해 호쾌하게 여겨질 정도였다.

퍼버버버버버버벙!

화첨창이 잇달아 허공을 찢을 때마다, 거센 파공성과 후끈한 열풍을 동반한 창격이 쏟아진다.

"흡!"

지호는 용의 감각과 예지안, 천리안을 총동원해 어떻든 투로를 읽고 반격을 시도하려 했다.

"쓸데없는 짓."

하지만 나타는 가볍게 코웃음을 쳤다.

자신이 어째서 군신 대라선의 환생이라 불리는지를 말해 주겠다는 듯 지호를 연신 궁지로 몰아넣었다. 다친 지호의 약점을 억지로 파고들어 빈틈을 만들어 낸다.

뇌벽세를 퍼뜨리면 번번이 화첨창이 걷어 버린다. 화염륜을 터뜨리면 빗겨 낸다. 우보를 밟으려 해도 그럴 틈을 내주지 않는다.

화첨창은 그야말로 광풍 같았다.

사방 어디에서나 불어오는 광풍!

촤촤촤촤촤촤촤!

단숨에 입고 있던 옷이 찢겨 나가면서 핏물이 튀어 오른다. 탄탄했던 용의 비늘에 자잘한 흔적이 남는다. 일그러진 비늘도 몇 개 보였다.

그러다 나타가 왼손으로 지호의 오른쪽 가슴팍을 세게 후려쳤다.

퍽!

마치 둔탁한 망치로 세게 내려치는 듯한 통증과 함께 흉골과 늑골이 통째로 내려앉았다.

"이만 끝내자."

휘이이이이잉!

나타는 이제 끝이라는 듯 자세가 흐트러진 지호의 목을 향해 화첨창을 그대로 그었다.

쉭!

어느새 이예가 지호 앞으로 나타나 소증을 터뜨린다.

나타가 화첨창으로 공세를 물리치려 주춤하는 동안, 이예는 왼손에 쥔 소증으로 나타의 목젖을 찔렀다.

그러나 그것도 이어지지 못했으니.

어느새 끽구가 섭공술로 지호와 이예를 통째로 자신이 있는 곳에다 쑥 하고 잡아당긴 것이다.

"······!"

"······!"

지호와 이예가 아무렇게나 바닥에 뒹군다. 그런 두 사람을 향해 개벽풍을 동반한 반고월이 떨어진다.

지호는 재빨리 일어서서 손날을 바짝 세워 반고월을 정면에서 부딪쳤다. 화첨창에 닿은 상처로 현기증이 돌았지만 움직이지 못할 정도는 아니었다.

콰아아아아아아앙!

둘의 힘 싸움으로 이번엔 돌풍이 휘몰아친다.

이번엔 나타가 공간을 열고 나타나 그런 지호의 뒷덜미를 창으로 찍어 간다. 거기엔 이예가 소증을 휘둘러 도중에 창날을 거둬 버린다.

콰콰콰콰콰콰콰!

이미 네 사람이 어지럽게 얽힌 싸움은 도저히 끝날 기미를 보이지 않았다.

*　　*　　*

지호와 이예. 나타와 끽구.

네 사람이 어우러진 전투는 이미 주변 일대를 폐허로 만들다 못해 곳곳에 놓인 공간을 너무 많이 찢어 놨다.

마치 길게 펼친 비단 폭에다 수시로 칼질을 해서 비단을 받친 탁상이 보이듯, 찢긴 공간 너머로 칠흑빛이면서도 아름다운 별빛이 반짝이는 우주가 드문드문 엿보인다.

"헉, 헉, 헉."

지호는 거칠게 숨을 몰아쉬었다.

'지친 걸까?'

천계의 문을 열고 여기로 올 때까지.

사실 생각해 보면 지호는 터무니없게도 너무 많은 격전을 벌였다.

홀로 천계 전체를 대적한 것이나 마찬가지였으니까.

그때는 일방적인 싸움이었기에 피로가 쌓인 것을 몰랐다가 나타와 끽구라는 강적을 만나면서 한 번에 폭발한 것 같았다.

더구나 우보가 찢겼을 때.

절대적이라 생각했던 힘은, 반대로 설명하자면 부서졌을 때에 시전자가 받아야 할 무게도 고려해야 한다는 걸 절실히 말해 줬다.

아직도 내공이 부글부글 끓는다. 입가를 따라 피비린내가 감돈다.

이예도 상당히 지친 기색이 역력했다.

신위를 회복한 지 얼마 되지 않은 상황에서 새로워진 감각을 따라 싸우려면 힘이 들 법도 하다

물론 나타와 끽구도 상황이 좋지는 않았다.

이미 대부분의 보패를 잃은 나타는 전력이 상당수 깎인 것이나 마찬가지였고, 끽구는 불 폭풍의 영향 때문인지 흉측

한 상처만이 남아 제자리에서 세 걸음 이상 옮기질 못했다.

서로 간에 상처만이 남는 싸움.

하지만 도저히 끝날 기미는 보이지 않는다.

'만약 여기서 다른 삼신장에 사천왕까지 가세한다면…… 아니, 다문천왕, 그자만 가세해도 힘들어져.'

지호는 금궐운궁에서 만났던 다문천왕을 떠올리며 고개를 가로저었다.

사위를 압도하는 위엄.

공기를 진동시키는 투기.

녀석은 분명 아들인 나타보다도 더한 힘을 지녔을 게 분명했다.

그렇다면 어떻게든 여기서 승부를 봐야만 한다.

"이예."

"왜?"

이예는 쉴 새 없이 눈을 움직이며 나타와 끽구의 동향을 읽어 들인다.

"잠시 시간 좀 벌어 줄 수 있어?"

이예는 지호를 돌아봤다.

무슨 생각이냐, 는 눈빛.

"엄호만 해 줘. 저 둘이 붙지 않도록."

"각개격파를 노리나?"

"비슷해."

이예가 피식 웃는다.

"손발이 잘 맞을지 모르겠군."

"네가 맞춰야지. 명색이 권속인데."

"하! 말하는 본새가 마음에 안 드는군. 지금이라도 돌려줄 수 있단 생각은 안 드나?"

"돌려줄래?"

"그건 안 되겠군. 월궁에서 쫓겨나면 바로 비렁뱅이 신세라."

"그럼 까라면 까."

"그러지. 주군."

"야, 그 말은 좀 오그라든다."

둘은 짧은 농 끝에,

팟!

지호가 움직였다.

황금색 빛줄기가 되어 단숨에 끽구가 있는 지상으로 쇄도한다.

"허튼짓!"

나타가 화첨창을 곧추 쥐며 지상으로 빠르게 내려가려는데,

쐐애애애애애애액!

화살이 날아온다. 소증이다.

엄호를 하려는 거구나.

나타는 빠른 판단과 함께 화첨창을 옆으로 휘둘러 소증을 옆으로 빗겨 냈다.

그런데,

촤촤촤촤촤촤촤촤!

갑자기 허공을 따라 뭔가가 잔뜩 맺힌다.

살이 에일 것 같은 한풍.

"얼음?"

나타의 눈이 커졌다.

그것도 보통 얼음이 아니다. 뼛속까지 닿는 모든 것을 얼려 버리는 달의 추위였다!

"달의 힘이란 것, 이제야 쓰는 법을 좀 알겠어."

이예가 눈을 가느다랗게 뜨면서 시위를 연거푸 놓았다.

이제는 푸른빛을 가진 화살이 나타에게로 대거 쏟아진다.

나타가 화살을 일일이 쳐 낼 때마다 화살이 잘게 부서지면서 얼음 조각이 사방으로 튄다. 조각들은 이내 허공에서 녹아내리다 차가운 바람이 되어 나타 주변을 휩쓸어 갔다.

눈보라!

휘이이이이이잉!

두 눈 한 번 뜨기 힘든 눈보라가 쉴 새 없이 휘몰아치면서 나타의 몸을 굼뜨게 만든다.

풍화륜과 화륜차가 남아 있었다면 열기로 어떻게든 시야를 확보하겠지만 이미 열 폭풍으로 모두 부서지지 않았던가. 그래도 화첨창 끝에 불길을 피워 어떻게든 화살을 튕겨낸다.

축지를 밟아 이예를 잡으려고 해도, 이예 역시 다시 그만큼 간격을 넓히면서 화살을 쏴 대는 통에 어떻게 꼼짝할 수가 없었다.

결국 이예가 의도했던 대로 나타의 발목이 잡힌 사이,

퍼퍼퍼퍼퍼퍼펑!

지호와 끽구가 부딪치고 있었다.

끽구는 이곳으로 다가오는 지호를 막으려는 듯 연신 개벽풍을 터뜨린다.

하지만 지호와 부딪치는 족족 잘게 부서져 사방으로 흩어진다.

쿠쿠쿠쿠쿠쿠쿠쿠쿠ㅡ!

그럴수록 상공이 고통스럽다며 울부짖는다. 쉴 새 없이 천계가 격동한다.

결국 지호가 지상에 도착했을 때, 일대 공간은 모조리 망가져 어느 것이 현실이고 어느 것이 바깥 공간인지 구분이 가지 않는 누더기가 되어 있었다.

그 사이로 두 쌍의 안광이 도깨비불처럼 번뜩인다.

하나는 족히 12미터는 될 법한 높은 곳에서 아래를.

다른 하나는 바로 아래에서 황금색으로 요요하게 빛을 발하면서 위를 올려다본다.

그 순간,

쿠우우우우우우웅.

진각과 함께 지면이 두부처럼 깊숙하게 들어간다.

지반이 다시 한 번 통째로 들썩인다. 동심원의 형태를 가진 파문이 그어지면서 자욱하게 꼈던 모래 안개를 모조리 헤집어 놓는다.

그리고 드러나는 광경.

끽구와 정면에서 두 눈이 마주친다.

흉터와 화상으로 흉측하게 일그러진 거인. 12미터나 되는 거구를 앞에 두고 위축이 되지 않을 수 없다.

크르르르르―!

반면에 거인에 비하면 지호는 한없이 왜소하다.

그런데도 일절 힘들어하는 기색 하나 없다.

도리어 지지 않겠다는 듯이 이를 악문다. 신목령과 함께 몸을 측면으로 틀어 가속력을 회전력으로 전환시킨다. 그리고 발끝으로 힘을 한데 압축, 직각으로 차올린다.

화아아아아아아악!

발뒤꿈치를 따라 마치 예리한 송곳처럼 황금색 소용돌이가 화려하게 꽃을 틔운다. 금강포는 지호보다도 몇 배는 큰 거인의 턱을 바수기 위해 잔혹한 이빨을 들이댔다.

신목령에 이은 금강포!

끽구는 시원정을 아래로 내리찍었다.

반고월과 함께 세상을 창조하는 데 썼다는 끌.

콰아아아아아아아아아아앙—!

다시 한 번 수십 킬로미터에 달하는 지반이며 절벽이 통째로 박살이 나 버렸다.

거대한 폭음과 함께 와장창창, 일대 공간이 모조리 부서져 나가는 소리도 뒤따른다.

엄청난 에너지와 에너지가 충돌하면서 짓눌려졌던 공간이 그대로 찢겨 나간 것이다. 그러다 다시 수복되면서 후폭풍을 연달아 일으킨다.

특히 충격파가 솟구쳤던 하늘.

그곳에는 퀭한 구멍이 거대하게 뚫려 있었다.

우주가 언뜻 비치는 까만색이 범벅이 되었다. 동심원 모양으로 조각조각 난 구름이 잔잔하게 흩어진다. 마치 푸른 천을 갈기갈기 찢어 놓은 듯한 모습이다.

개벽풍이 일으켰던 것과는 비교도 할 수 없는 흔적.

가히 신이 아니고서야 절대 일으킬 수 없을 이적이다.

아니, 이것은 재앙이었다.

세상에서 제일 위대하다는 천계를 쑥대밭으로 만들고 있으니.

그리고 그 결과,

파스스스!

시원정은 잔뜩 일그러져 형체만 겨우 알아볼 수 있을 정도였으니.

"……!"

태고 때부터 전해지던 보패가 부서지고 만 것이다.

끽구가 믿기지 않는다는 듯 두 눈을 부릅뜬 그때, 지호는 피투성이가 된 발을 거두면서 공세를 멈추지 않았다. 신음 소리 한 번 내지 않고 움직인다.

다시 재앙이 불어닥친다.

끽구의 품속으로 파고들어 간다. 그리고 왼쪽 팔꿈치를 뾰족하게 세워 뇌벽세를 터뜨린다.

콰르르르르르르르르릉―!

팔꿈치가 거인의 명치에 작렬한다.

샛노란 뇌전이 거인을 집어삼킬 것처럼 톱니 같은 자글 자글한 이빨을 드러낸다. 거기다 모래 안개까지 뒤섞이면 서 분진 폭발도 뒤따라 거인의 상체를 세게 긁어 낸다.

촤촤촤! 그렇지 않아도 살과 뼈가 눌러 붙었던 화상자국을, 이제야 겨우 진정되어 가던 상처를 다시 한 번 거세게 헤집어 놓았다.

그리고 명치 부근.

사람 머리통만 한 휑한 바람구멍이 났다.

끽구는 지호를 내려다보는 내내 무슨 말을 하고 싶은지 입을 벙긋거렸다.

그리고 눈 깜빡거릴 정도의 찰나.

"……희. 희."

끽구는 지호의 화안금정 너머 속에 있는 '무언가'를 들여다보다,

털썩!

그대로 힘을 잃고 고꾸라졌다.

반만 년에 걸쳐 천계를 지켜 온 수문장의 패배였다.

'뭐지?'

지호가 찰나에 마주쳤던 끽구의 눈.

아주 잠깐이지만 모든 것을 내보인 느낌이었다. 지호도 아직 닿지 못한 영혼 깊숙이 내재된 어떤 것.

그게 무엇인가 하는 생각이 들었지만 생각은 오래가지 못했다.

"끽구우우우우우!"

나타가 거인의 이름을 울부짖으면서 축지를 전개한다.

이예의 화살이 따라오지만 전혀 개의치 않겠다는 듯, 지호의 머리맡으로 내려와 화첨창을 내려친다.

쿠우우우우우웅!

지호는 손날을 들어 화첨창을 막았다. 그러고는 옆으로 흘리면서 끽구를 잡았을 때처럼 뇌벽세를 동반한 팔꿈치로 나타의 관자놀이를 후려쳤다.

반면에 나타는 화첨창의 불길을 더 거세게 피워 지호의 허리를 쓸어 갔다.

휘이이이이이이!

두 사람 모두 전력을 다한 공세.

한 사람을 죽이지 않는다면 절대 끝나지 않을 것 같은 충돌이었다.

＊　　　＊　　　＊

다문천왕은 여전히 그대로 옥황상제의 옥좌에 앉아 검은 옥구슬을 보고 있었다.

세상 만물을 비춘다는 현주.

"쯧."

뭐가 못마땅한지 가볍게 혀를 찬다.

"그리도 움직이지 말라 일러 드렸거늘. 나이가 그만큼

차면 시야도 좁아지는 건가? 노망인 게지, 노망인 게야.”

안타깝다는 말투.

하지만 다문천왕의 입가는 웃고 있었다.

*　　　*　　　*

그때였다.

하늘을 따라 거친 노성이 터진 것은.

—전원 모든 싸움을 멈추라!

지호와 나타가 서로의 목숨을 빼앗기 위해 마지막 공방을 주고받으려는 찰나, 갑자기 벼락이 둘 사이로 거세게 떨어졌다.

무시하기엔 너무 강렬해 둘은 어쩔 수 없이 자리에서 멀찍이 떨어져야만 했다.

쾅!

두 사람이 있던 자리에 누군가가 착지한다.

그을린 피부에 까만 한 쌍의 날개. 평소엔 익살맞은 표정을 짓지만 오늘따라 유달리 거센 눈빛을 자랑한다.

뇌공 뇌진자.

그의 강림에 따라 지호와 나타 주변에도 다른 벼락들이 떨어져 일제히 군열을 갖춘다. 도합 일만팔천에 달하는 뇌부의 정병들이다.

그 압도적인 위세에 여태 네 신이 풍기던 투기가 거짓말처럼 사라지고, 그들의 기세로 가득 찬다. 과연 대군영 내 최정예라 할 수 있는 이들의 기세였다.

끽구를 물리쳤더니 그에 못지않은 적이 나타났다.

하지만 지호는 섣불리 움직이지 않았다.

이상하게 이들의 모습에서는 어디에도 투기나 살의가 풍기지 않았다. 싸우려 온 것이 아닌 단순히 위협의 목적이란 의미였다.

아니나 다를까.

촤악!

뇌진자가 품에서 두루마리를 꺼내 넓게 펼친다.

"삼대신 태상노군의 이름으로 명하노니. 제천대성과 중단원수, 전(前) 상장군과 수문대장은 더 이상 무의미한 싸움을 즉각 중단하라."

숨을 고르며 마저 이어 간다.

"또한, 금일부로 그동안 정지되었던 제천대성부의 재편을 윤허하노니, 서왕모의 곤륜산과 동일하게 상제의 주관 하에 있는 도당과는 별도로 운영되는 독립된 개체임을 천명하노라."

갑작스러운 제천대성부의 개부(開府).

"이에 따라 제천대성의 일들은 모두 제천대성부 주관 하에 벌어진 정당한 시위임으로, 면책 권한이 주어지는 바. 이후 이 일에 대해 왈가왈부하는 자는 삼대신의 권한으로 엄히 벌로 다스릴 것이다."

갑작스레 벌어진 상황.

거기다 대고 지호는,

"이게 대체 무슨 개소리야?"

인상을 와락 일그러뜨렸다.

이것들이 보자 보자 하니까 저들끼리 용서하니 마니, 혼자서 북 치고 장구 치고 다 하네?

이쪽은 당장 옥황상제의 면상을 봐도 분이 풀릴까 말까 하는데.

당장 놈의 멱살이라도 잡아서 끌고 오라고 소리치고 싶은데, 뇌진자가 두루마리를 거두며 지호에게 포권을 취한다.

공손하게 고개까지 숙인다.

"상제는 현재 은거를 하고 계신 바. 따지자면 이곳의 상황도, 하계의 일도 전혀 모르고 계시오. 그러니 노군께서 상제를 대신해 진심으로 사과를 드린다 하시었소."

지호는 흠칫거리며 이예를 돌아봤다.

어찌하면 좋냐는 의미.

태상노군은 옥황상제와 함께 천계를 주관하는 최고신. 그런 그가 직접 사과를 한다면 더 이상 싸울 명분도 화를 낼 일도 없어지게 된다.

천계, 그 자체가 고개를 숙인 게 되니까.

이를 아는 이예 역시 어쩔 수 없다는 듯 고개를 절레절레 저으면서 동궁을 어깨에 걸었다.

허망하지만 싸움이 모두 끝났다는 의미였다.

그러면서 눈빛으로 말한다.

무작정 평화 제의를 받아들일 이유는 없다.

끝을 보고 싶다면 얼마든지 도와주마.

지호는 눈살을 좁히다가 일단 이들의 말을 계속 들어 보자는 식으로 뇌진자와 눈을 맞췄다.

"또한."

아직 끝나지 않았다는 듯, 뇌진자가 말에 힘을 준다.

"이것은 사과의 의미와 함께 새로운 제천대성의 탄생을 축하하고, 하계에서의 지난 수고를 조금이라도 덜길 바라신다며 드리는 선물이라 하시었소. 받으시오."

지호는 이건 또 무슨 꿍꿍이속인가 싶어 경계하며 뇌진자가 내민 책자를 받았다.

하지만 표지에 적힌 단어를 본 순간 모든 생각이 거짓말처럼 사라졌다.

　사생부

　저승으로 넘어가려고 했던 목적.
　바로 모든 생명들의 생사명부가 기록되어 있다는 염라대왕의 책자였다.

　　　　　*　　　*　　　*

　모든 싸움이 끝났다!
　이러한 소식이 천계 내에 빠르게 퍼졌다.
　도당과 제천대성부 간의 휴전.
　그렇게 소개된 것이다.
　제천대성부는 엄연히 도당의 지배를 받지 않는 분리된 독립 기관.
　당연히 이들 사이에서 발생한 대립은 지휘부 간의 조약에 따라 얼마든지 마무리가 가능하다.
　무엇보다도 현재 도당과 천계는 제천대성부뿐만 아니라 다른 곳과도 전쟁을 치르고 있는 상황. 거기다 절교가 이끄는 지옥의 군세도 언제 삼신산을 건널지 모르는 판국이 아니던가.

당연히 천계로서는 전선을 확장시키는 게 부담으로 다가올 수밖에 없었다.

"……는 것이 일단 태상노군의 발표이긴 하지만. 글쎄? 뜻대로 되시지는 않을 것 같군."

현주를 내려다보는 다문천왕의 입가에 피식 미소가 번진다. 현주는 사생부를 건네며 사죄의 뜻을 표하는 뇌진자와 그걸 받으면서 끙, 하고 앓는 소리를 내는 지호를 비추고 있었다.

막상 이렇게 전쟁을 끝내려니 찜찜한 것이리라.

마치 볼일을 마저 못 끝낸 것처럼 느껴질 테니.

하지만 이내 지호는 끝내 사생부를 받으면서 고개를 홱 돌리고 만다.

그 역시 천계와 옥황상제에게 경고를 하러 온 것일 뿐, 정말 천계와 척을 지고 전쟁을 치를 생각까지는 아니었던 바.

짜증은 나더라도 이쯤에서 끝내려는 것으로 보였다.

어차피 이것으로 도당과는 선을 확실하게 그어 옥황상제의 권한이 미치지 않는 독립된 곳이라는 걸 확실하게 보장받았으니.

천계 내에 도당의 권한이 미치지 않는 곳이 제천대성부

만 있는 것도 아니었다.

부처 일파 쪽도 있고, 서왕모의 곤륜산도 있지 않던가.

이미 몇 개의 선례가 있으니 이상한 일도 아니다.

다만,

"이후의 여론을 어찌하느냐가 문제이지."

다문천왕은 현주 앞에다 커다란 손을 가볍게 저었다.

그러자 비추는 광경이 바뀐다.

'아아아아악! 아프다고! 아프다고!'

비명을 지르는 사람들.

'야! 거기! 그렇게 가만히 있으면 어떡해! 빨리 움
직이란 말이야! 여기 환자들 안 보여?'

부상자들을 업고서 바쁘게 돌아다니는 병사들.

'부상자들을 어서 이곳으로 옮겨!'

치료를 하느라 정신이 없는 의신들.

'아아아. 내 집이……!'

무너진 도시. 망가진 집을 보는 사람들.

'제천대성! 제천대성!'

절규. 비탄. 포효. 격노.

천계 곳곳에서 제천대성을 규탄하는 목소리가 퍼진다.

그만큼 제천대성이 훑고 지나간 상처는 너무 깊었다.

"그렇지 않아도 과거 제천대성으로 말미암아 천계 내 불만이 적지 않을 터인데. 또다시 이리 서둘러 봉합하는 걸로 끝낸다면…… 하! 여론이 어디로 흐를 터인지."

다문천왕은 혀를 끌끌 차면서 고개를 위로 들었다.

"그대는 어떻게 생각하시오, 권렴대장?"

순간, 신의 목소리가 홀을 따라 쩌렁쩌렁하게 울린다.

━그곳은 상제의 자리. 어찌하여 그대가 그곳에 앉아 있는 거지?

"이런. 이런. 죄송하오. 천 년을 넘도록 주인 없이 쓸쓸하게 버려진 자리였던지라."

━도를 넘지 마라, 이정.

이정. 다문천왕의 원래 이름이다.

"뜻대로 하지요."

하지만 다문천왕은 너스레를 떨고도 여전히 옥좌에서 내려올 생각을 않았다.

이는 엄연한 옥황상제에 대한 불경.

　　—내 말이…….

"이런 손님이 오셨나 보군."

목소리의 주인이 다시 화를 내려는데, 다문천왕의 시선이 문가로 향한다.

곧 목소리 주인의 기척이 사라졌다.

끼이익!

문이 벌컥 열리면서 한 여인이 성큼 들어온다.

분노에 가득 찬 얼굴로, 주먹을 꽉 쥐면서. 대리석 바닥을 연거푸 걷어찬다.

"대체 일을 어찌 처리하기에 이 모양인 건가요, 다문천왕!"

"어서 오십시오. 월비(月妃)."

"지금 그딴 말이 나오나요? 이 일을 어찌할 것이냐 묻는게 들리지 않나요!"

상희는 얼굴이 붉으락푸르락했다. 씩씩대는 모습이 분에 못 이긴 표정이다.

아마 그녀를 아는 사람들이라면 크게 놀라리라.

천계 내에 널리 알려지기로 상희는 언제나 다소곳하고

숫기가 없는 여인으로만 알려져 있었다.

그렇기에 일비(日妃) 희화와는 다르게 도당과 조정의 일에도 크게 관여하는 바가 적어, 뭇 많은 주민들로부터 존경을 받고 있었다.

하지만 지금 상희가 보인 모습은 알려진 것과 너무나 달랐으니.

'제아무리 지고지순한 아녀자라도 지아비를 잊은 오랜 세월은 사람을 변하게 하는 법이지.'

옥황상제는 과연 아내의 이런 두 얼굴을 알까.

상희의 비밀을 혼자만이 알고 있단 사실은, 그만이 가진 작은 유희거리이기도 했다.

"나는 여태껏 당신이 하라는 대로 했어요! 그런데 정작 당신이 내게 준 건 무엇인가요? 한낱 조롱과 경멸뿐이에요! 지금 희화가 얼마나 비웃고 있는지 알기나 하나요?"

홀로 독수공방하며 천 년이 넘도록 지아비를 그리던 그녀에게 남은 것은 하나.

터무니없는 허영심뿐.

월궁은 그녀가 가진 전부였다.

"뭐라고 말씀이라도 해 보세요, 이정!"

다문천왕은 옥좌에 앉은 채로 잠시간 대답 없이 상희를 뚫어져라 주시했다.

이 멍청하면서 허영심만 가득 찬 계집을 어찌하면 좋을까.

사실 상희로 하여금 지호와 이예를 도발하도록 일을 꾸민 쓴 것이 바로 그였다. 지호가 이예와 손을 잡고 월궁에 오르려 한다는 사실을 포착하고 기회라 여겼다.

상희를 유혹하는 건 어렵지 않았다.

콧대 높은 제천대성을 꺾어 천계 내에 이름을 높이 알려 희화를 누르고, 유배지 같은 월궁보다도 더 큰 이곳 금궐운 궁을 독차지하는 게 어떠하겠냐고 헛바람을 집어넣었다.

차후 사실 관계가 알려져 문젯거리가 될 수도 있지만 크게 걱정하지 않았다.

증거 따윈 어디에도 없으니까.

전혀 모르는 일이라고 잡아떼면 그만이다.

무엇보다 세상 사람들이 이깟 멍청한 계집 말을 믿을까, 아니면 권력을 쥔 자신의 말을 믿을까?

'그래도 아직 여러모로 쓸모는 많지.'

다문천왕이 피식 웃는다.

"지금 이 상황에 웃음이 나와요? 왜 아무 말도 없는 거냐고요!"

다문천왕은 여전히 아무 대답 없이 미소 지은 그대로 옥좌에서 일어나 천천히 층계를 내려갔다.

입가에 미소를 짓고 있다지만 2미터가 넘는 거구가 성큼

성큼 다가오자 상희가 당황하며 주춤주춤 물러선다.

"왜, 왜 그러죠? 저, 저를 해, 해코지한다면……!"

다문천왕이 말없이 상희를 끌어안는다.

상희 역시 여자치고는 큰 키였지만 다문천왕 앞에서는 한없이 왜소해 보인다. 단번에 폭 안긴다.

"이, 이게 무슨…… 짓……! 으음!"

상희는 화를 내려다말고 덥석 입술을 물어 오는 다문천왕의 체온에 아무 말도 이을 수 없었다. 가슴을 더듬는 손길은 익숙한 듯이 저고리를 풀어 안쪽으로 들어간다.

"날 믿지 못하오?"

"그건…… 아니지만…… 흐응!"

열이 올라온다. 들뜬 신음 소리가 퍼진다.

그만하라고 하지만, 다문천왕은 멈출 생각이 없었다.

이것이 상희가 다문천왕에게서 벗어나지 못하는 이유.

"생각해 보오. 옥좌에 앉아 천계와 세상을 굽어보는 그대. 눈물을 흘리며 살려 달라 애걸하는 일비. 그대의 용서만을 갈구하는 상제. 얼마나 황홀하오?"

"아아! 아아!"

상희의 눈동자가 풀린다. 열락의 늪에 빠져 허우적댄다. 다문천왕의 속삭임이 정말 현실이 된 것처럼 입가에 미소가 걸린다.

"그러니 그 황홀한 꿈을 위해 죽어 주시오, 월비 마마."

우두둑!

다문천왕은 상희를 품에 안은 그대로 몸에 바짝 힘을 주었다. 탄탄한 근육이 여리디여린 상희의 뼈와 살을 같이 짓뭉개 버린다. 영혼까지 찢어 버린다.

아무리 신이 쉽게 죽지 않는다고는 하나, 영혼이 뭉개져서 살아남을 도리는 없다.

털썩.

다문천왕은 죽은 상희의 시신을 바닥에 내려다 놓고 차갑게 웃었다.

그녀는 고통을 느낄 새도 없이 죽어 입가가 웃고 있는, 흉측한 모습을 띠고 있었다.

뚜벅. 뚜벅.

다문천왕이 금궐운궁을 나서자 두 남녀가 맞는다.

도깨비처럼 흉측한 몰골을 한 야차왕과 표독스럽지만 아름다운 모습을 한 나찰왕.

팔부중 중 그의 권속에 해당하는 자들이었다.

"모든 패가 마련되었다. 시작하자꾸나."

야차왕과 나찰왕의 얼굴에 희열이 감돌더니 고개를 숙이며 허공으로 흩어져 사라졌다.

다문천왕은 흡족한 얼굴로 뒷짐을 지며 고개를 들었다.

햇살이 따스했다.

마치 그의 앞날을 비출 것처럼.

"날이 참 좋구나. 수확하기 아주 좋은 날씨야."

다문천왕이 움직이기 시작했다.

　—…….

영소보전이 내려다보이는 곳.

권렴대장은 쓸쓸한 눈빛으로 아래를 내려다보다 곧 그림자 속으로 사라졌다.

＊　　　＊　　　＊

월비 상희가 죽었다!

갑자기 천계에 불어 닥친 소문에 주민들은 모두 충격에 빠지고 말았다.

상희가 누구던가.

날카롭고 오만하던 희화와는 다르게 언제나 백성들을 사랑으로 어루만져 주고 그들을 진심으로 보살펴 주던 고마운 분이 아니던가.

그렇기에 머무시던 월궁에서 이곳으로 쫓겨나다시피 했

다는 말을 들었을 때는 모두 제 일처럼 아파했다.

그런데 그런 분이 죽었다니?

"제천대성이다! 제천대성이 월비 마마를 시해한 것이다!"

어디선가 그런 말이 터졌다.

군중은 경악했다. 그리고 사실로 받아들였다.

제천대성은 그들을 이리 만든 원수였으니까.

"태상노군과 삼신장도 공범이다! 그들은 제천대성에게 굴욕적으로 고개까지 숙이지 않았던가! 이는 그를 옥좌에 앉히려 하는 술수다!"

"삼신장이 반란을 일으켰다! 모반을 일으켰어!"

절규와 비탄이 한데 모여든다.

여론을 형성하고, 군중을 모으고, 격노를 터뜨린다.

하나 된 구호를 외친다.

"삼신장을 몰아내자! 제천대성을 쫓아내자!"

폭동이 일어났다.

폭동은 인의 물결을 만들어 내고, 물결은 거친 파도가 되어 천계를 덮친다. 수위는 점차 차올라 가장 깊숙한 곳에 있다는 대적천에까지 닿는다.

이미 궁 주변은 많은 시위꾼들로 소란스럽다.

대부분 궁 주인이 가진 명성을 생각해 두려워하지만, 과

격한 몇몇은 씩씩대며 발길을 안쪽으로 들였다.

천계와 만물을 다스린다는 세 명의 주신, 삼대신.

이중 옥황상제가 위엄과 통치를 담당한다면 태상노군은 평온과 조화를 상징한다.

그는 언제나 조용하다.

그러면서도 만물을 굽어보면서 자신을 필요로 하는 이들에게 여러 모습으로 나타나 가르침을 내려 준다.

어떨 때는 별자리를 보는 법을, 어떨 때는 팔괘를, 어떨 때는 백곡(백 가지 곡식)과 백약(백 가지 약초)을. 또 어떤 때는 불을 다루는 법을, 다른 어떤 때는 도기를 만드는 법을 가르치는 등 인간이 인간으로서 살 수 있도록 길을 내주었다.

그렇기에 천계에 든 이들 중에 태상노군을 존경하지 않는 이가 없었다.

그들 중 직접적으로나 간접적으로나 태상노군이 내린 가르침을 받지 않은 자는 아무도 없었으니.

이를테면 태상노군은 천계에 있어 스승과 같았다.

그러나 제자들은 처음으로 스승에게 반기를 들었다.

"말씀해 주십시오! 제천대성을 용서하라고 하셨던 게 맞습니까!"

"제발 무어라 답변 좀 해 주십시오!"

고민을 안고 오는 손님이라면 누구나 웃으면서 맞아 준
다던 곳이건만.

오늘만큼은 도무지 대답이 없다.

그것이 사람들로 하여금 속을 끓게 만들었다.

"다들 그만하시오. 이곳은 엄연히 노군께서 머무는 곳이
아니오."

그때 인의 물결이 갈라지며 누군가 나타난다.

야차왕과 나찰왕의 호위를 받고도 그들보다 머리가 하나
는 더 큰 사내, 다문천왕이었다.

도당이 흔들리고 군부까지 무너진 지금, 이 혼란한 상황
을 막을 수 있는 이는 그밖에 없는 바. 사람들은 몇 번이고
그를 찾아가 자신들을 이끌어 달라 간청했다.

그때마다 다문천왕은 이래서는 안 된다며, 이럴 때일수
록 더 힘을 합쳐야 한다며, 이만 물러나라고 몇 번이고 사
양했다.

하지만 거듭되는 사람들의 부탁을 어쩔 수 없이 받아들
이고 말았다.

이 혼란이 끝날 때까지만 자신이 앞에 나서겠다고 몇 번
이고 신신당부를 하며.

"노군은 제가 직접 만나 이야기를 나눠 볼 터이니 다들
흥분을 가라앉히시고 한 발자국만 물러나 주시오."

시위대는 저들끼리 시선을 나누다 고개를 끄덕이며 궁에서 멀찍이 떨어졌다.

다문천왕은 감사하다는 말을 몇 번이고 한 뒤에야 홀로 궁 안에 들어섰다.

『아무도 접근하지 못하도록 감시하라.』

야차왕과 나찰왕의 소리 없는 대답을 들은 그는 천천히 소박한 양식으로 된 복도를 지나 가장 후미에 있는 정원으로 향했다.

그런데 내부가 조금 이상했다.

비교적 멀쩡한 외부와 다르게 안쪽으로 들어갈수록 곳곳에 누군가가 싸운 흔적들이 보인다.

바닥이 내려앉았거나, 쪼개진 문이 바닥에 뒹군다. 벽면을 따라 칼자국이 곳곳에 나 있고, 불길이 스치고 간 그을음도 남아 있다.

그러다 모퉁이를 꺾으니 피 웅덩이가 다문천왕을 맞았다.

발치에는 수십은 넘을 시체들이 산더미처럼 쌓여 있었다. 하나같이 두 눈을 부릅뜬 채로 사지가 뜯겨나가거나 새카맣게 그을려 타 죽어 있다. 야차와 나찰들이었다.

다문천왕은 권속들의 죽음에도 무신경한 눈빛으로 보다 가장 안쪽을 보았다.

어둠이 퀭하게 내려앉은 곳.

얼마나 대단한 격전을 벌였는지 한쪽 벽이 뚫리고 지붕이 날아갔다. 벽과 문가를 따라 핏물이 아직도 뚝뚝 떨어졌다.

그 아래, 태상노군이 벽에 등을 기댄 채 앉아 있었다.

수십 자루는 될 칼을 한꺼번에 꽂은 채로. 피투성이가 되어 널브러져 있었다.

"하아…… 하아……."

거칠게 숨을 몰아쉰다. 금방이라도 꺼질 것처럼.

태상노군은 하나만 겨우 남은 눈을 억지로 떴다. 파르르, 눈꺼풀이 떨린다.

"이들 모두 지옥에서도 숱한 격전을 치렀던 용사들이건만. 역시나 노군이시오. 대단하오. 보패를 쓸 수 없는 상황에서도 이리 노익장을 발휘하시다니."

"결국…… 욕심을…… 부리는구나……."

다문천왕은 어깨를 으쓱였다.

"내게서 욕심을 빼면 뭐가 남겠소?"

"그래…… 너는…… 옛날부터…… 그랬지……."

"하면 이왕에 부린 욕심, 더 가질 수 있게 좀 도와주시겠소?"

"허튼…… 소리……."

"뭐, 그러실 줄 알았소."

다문천왕은 천천히 태상노군에게 다가갔다. 마치 산보라

도 나온 듯이 여유롭기만 하다.

태상노군은 손끝에 나뒹구는 칼을 잡으려 억지로 손가락을 더듬거렸지만, 그 전에 다문천왕이 가볍게 발로 걷어차고는 자세를 숙여 그와 눈높이를 맞췄다.

시선과 시선이 마주친다.

탐욕으로 번들거리는 시선과 격노로 일렁이는 시선.

곧 탐욕에 찬 시선이 호선을 그린다.

"조금 고통스러울 테니 참으시오."

다문천왕은 손날을 바짝 세우더니 그대로 태상노군의 명치에다 쑤셔 넣었다.

퍽!

태상노군의 몸뚱이가 마치 작살에 얻어맞은 잉어처럼 튀어 오른다. 하지만 너무 지친 나머지 비명 소리는 나오지 않는다.

다문천왕이 태상노군의 몸뚱이 안쪽을 휘저을 때마다 태상노군은 격통에 몸을 부르르 떨었다. 폐부가 옥죄어져 숨도 쉬어지지 않는다.

"흠. 어딘가 있을 텐데. 아, 여기에 있군."

다문천왕은 한참을 뒤지다 뭔가를 천천히 끄집어냈다.

새하얀 빛무리에 감겨 보호되고 있다. 붉은빛이 감도는 열쇠였다.

"찾았군. 드디어."

다문천왕은 마치 진귀한 보석을 본 것처럼 황홀한 시선을 떴다.

"그게…… 무슨…… 물건인지…… 아느냐……?"

"알다마다. 너무 잘 알아서 문제지."

다문천왕은 품을 뒤적거리더니 붉은 열쇠와 똑같은 모양을 가진 열쇠를 꺼내 흔들어 보였다. 태상노군에게서 **빼앗**은 것과 차이가 있다면 이건 푸른빛이 감돌았다.

원래는 옥황상제에게 있어야 할 것.

태상노군의 눈이 살짝 커지다 이내 작아진다.

"역시…… 그랬나……."

뇌진자를 찾아가지 않는 게 좋을 거란 말을 할 때부터 알아차려야 했던 것인데.

그래. 뭔가 이상하다 싶었다.

다문천왕이 제아무리 실권을 쥐고 있다 해도 절대자인 옥황상제가 있는 이상 저리 날뛸 수가 없지.

천계를 이리 뒤엎을 수는 없는 법이다.

제 욕심과 더불어 믿는 구석이 있었단 뜻이다.

결국 제천대성을 끌어들인 것부터 여기에 이르기까지, 처음부터 끝까지 전부 '그'의 손바닥 위에 놀아났다는 건가.

마치 장기판의 말처럼?

"대체…… 뭘…… 꾸미는…… 것이냐…… 준……!"

태상노군은 이 자리에 없는 누군가의 이름을 간절히 불렀다.

하지만 답변이 돌아올 리 만무했다.

다문천왕이 일어선다.

"권렴대장."

슥!

그의 옆으로 권렴대장이 툭 떨어지더니 무심하게 손에 쥔 열쇠를 보인다.

역시나 같은 모양에 색만 다른 열쇠. 이번엔 녹색 빛깔이다. 남은 삼대신, 영보천존의 것이었다.

그렇게 다문천왕의 커다란 손바닥 위엔 3개의 열쇠가 모였다.

"반만 년 만인가? 참으로 길었어. 하하하하. 그렇지 않소, 노군? 노군께서도 어디 즐겁게 감상하시길 바라오."

다문천왕은 우악스러운 손길로 허공을 짚더니 마치 보이지 않는 문을 열듯이 공간을 강제로 찢었다.

—**열려라.**

쿠쿠쿠쿠쿠쿠쿠!

신의 목소리와 함께 일대 공간 전체가 떨린다. 궁이 금방이라도 무너질 것처럼 요동치고, 천계가 울음을 토하기 시작한다.

다문천왕이 열고자 하는 것은 단순한 공간 저편이 아니었다.

이데아로 통하는 문. 바로 전지의 문이었다.

화아아아아아악!

눈앞의 공간이 강제로 열린다. 칠흑빛으로 빛나는 우주가 언뜻 드러났다가, 그 안에 있는 곳으로 파고들어가 어느덧 수풀이 무성한 세계수를 드러낸다.

하지만 다문천왕은 그 세계수에서도 가장 안쪽으로 파고들어 가더니 지하 뿌리 깊숙한 곳에 위치한 어느 문에 다다랐다.

겉으로 보기엔 그저 다 썩어 갈 정도로 오래 방치된 나무 문으로만 보인다.

손잡이도 없고, 열쇠 구멍도 없다.

단순히 벽이라도 해도 믿을 것 같다.

하지만,

끼아아아아아아!

그 순간, 소름 끼치는 귀곡성이 문가 너머에서 울려 퍼진다.

꼭 닫힌 문틈 사이로 칠흑색의 아지랑이가 스멀스멀 흘러나온다.

닿는 것만으로도 이성을 마비시킨다. 세계의 의지라 할 수 있는 신의 영혼을 타락시키고 어둠으로 물들인다. 천계를 오염시킨다.

마기(魔氣)다.

여의봉에 갇혔을 72마신들이나 풍겨 댈 짙은 마기.

천계에도 이데아에서도 있어서는 안 될 마기가 어째서 세계수 가장 깊숙한 곳에 있는 걸까.

"안…… 된다……!"

태상노군이 억지로 손을 뻗는다. 다문천왕을 말리려 한다.

저것을 연다는 건 재앙을 스스로 불러들인다는 뜻이다. 아주 오랜 옛날, 까마득하기만 한 상고 시대에 겨우겨우 가뒀던 흉조를 제 손으로 풀어 버린다는 뜻이다.

퍼억!

권렴대장이 무심하게 검을 뽑더니 그대로 태상노군의 심장에다 박아 넣었다. 간신히 움직이던 그의 손길이 바들바들 떨리다 축 늘어진다.

다문천왕은 거기다 시선을 주지 않고 세 개의 열쇠를 벽에다 나란히 박았다. 넣을 구멍이 없건만 이상하게 움푹 잘

들어간다.

그리고 모두 돌렸다.

문이 활짝 열렸다.

휘이이이이이이이이이!

오랜 세월 동안 안쪽에 꽁꽁 억눌렸던 어마어마한 양의 마기가 분출되면서 폭풍을 일으킨다.

밖에 널브러졌던 벽이며 시신, 피 웅덩이를 모두 한꺼번에 날려 버렸다. 권렴대장은 혹여 해를 입을까 싶어 그림자 속으로 몸을 감췄다.

결국 칠흑빛 마기가 소용돌이치는 곳 한가운데에는 다문천왕만이 우두커니 서서 문 안쪽을 보고 있었다.

덩그러니 바닥에 꽂혀 있는 철검 한 자루.

얼마나 오래됐는지 녹이 슬고, 날은 이가 다 빠졌다. 손잡이에는 먼지가 뽀얗게 앉아 새겨진 문양도 알아보기 힘들다.

세게 쥐기만 해도 퍼석 무너질 것 같다.

하지만 다문천왕은 알고 있었다.

이 철검이 얼마나 위대한 자의 것인지.

이 철검이 얼마나 많은 천신의 목을 베었는지.

이 철검이 얼마나 대단한 영혼을 품고 있는지!

"효마검."

다문천왕은 낡은 철검으로 손을 뻗었다.

*　　　*　　　*

효마.

드러날 효(效), 마귀 마(魔).

과거, 천신 진영과 싸워 수미산의 주인이 되고자 했던 마
신들의 수장.

그는 늘 전장의 선봉에 섰고, 승리를 이끌었다.

적을 대할 때에는 절대 손속에 자비란 없었으며, 그가 휩
쓸고 지나간 자리에는 산처럼 쌓인 시체와 강처럼 흐르는
핏물만이 남았다.

땅은 시커멓게 죽었고, 농작물은 메말랐으며, 바람엔 탄
내가 섞이고, 해와 달은 어둠에 잠겨 빛을 드러내지 못했다.

그렇기에 천신들에 있어 그의 이름은 공포와 절망만 가
져다줄 저주스러운 것이었으니.

하지만 어째서일까.

효마의 영혼은 다른 72마신과 다르게 여의봉에 갇히지
않고 잘게 쪼개져 세상 곳곳에 뿌려지고 말았다.

결국 그란 존재는 이 세상에 더 이상 없었다.

천신 역시 그의 흔적을 지우고자 단 한 번도 이름을 입에

담지 않고, 그가 남긴 물건들도 두려워 지하 깊숙한 곳에 가둬 버렸다. 후대에 가르치지도 않았다.

결국 이 세상에 남은 효마의 흔적은 단 세 개.

그중 하나가 바로 세계수의 가장 깊숙한 곳에 갇혀 있었으니.

그가 썼다는 낡은 철검. 효마검이었다.

*　　　*　　　*

"흡!"

지호는 사생부를 받으려다 말고 갑자기 심장을 꽉 조이는 고통에 헛바람을 들이켰다.

심장이 미친 듯이 뛰기 시작한다.

호흡이 가빠졌다.

지이이이이이잉.

손가락에 낀 금고아가 길게 울어 댔다.

지호의 안색이 새파랗게 질린다. 마치 누군가 숨통을 강하게 옥죄는 것처럼 바들바들 떤다.

무엇보다 그를 따라 수상한 기운이 퍼져 나간다.

칠흑색을 띠는 기운. 지호가 디디고 있는 땅이 시커멓게 죽어 간다. 보는 것만으로도 숨이 턱 하고 막힌다.

그건 분명,

"마기!"

화들짝 놀란 나타와 뇌진자가 훌쩍 지호와 간격을 떨어뜨린다. 뇌부의 병사들은 쓰러진 끽구를 부축하고 축지를 밟아 최대한 자리를 벗어났다.

그 순간, 마기가 파문을 그리며 사방으로 불었다.

콰아아아아아아아앙!

마치 폭발하듯이 마기가 단숨에 퍼져 나간다.

닿는 모든 것들을 휩쓴다. 마기에 잡아먹힌 것들이 모조리 녹아 바스러진다.

지호와 나타 등이 싸우면서 뿌려졌던 흔적들, 부서진 바위며 암반, 먼지가 모두 싹 사라졌다. 마치 지우개로 지우듯이 존재조차 남기지 못한다.

마치 허무가 내려앉은 것 같았다.

그리고…… 잠잠해졌다.

마치 거짓말처럼.

"헉, 헉, 헉."

마기가 휩쓸고 지난 자리.

지호가 남아 거칠게 숨을 몰아쉰다. 미간과 관자놀이를 따라 식은땀이 뚝뚝 떨어졌다.

"끝…… 났나?"

까마득하게 높은 상공.

나타와 뇌진자가 떨리는 시선으로 지호를 내려다봤다.

방금 전에 굶주린 맹수처럼 닿는 모든 것들을 닥치는 대로 먹어 치우던 마기는 더 이상 보이지 않았다. 언제 그 자리에 있기라도 했냐는 듯.

그만한 마기 폭풍이 휩쓸고 지나갔으면 아주 작게나마 흔적이라도 남을 법하건만.

허공을 따라 부는 건 그저 선선한 천계의 바람뿐이다.

하지만 나타와 뇌진자 등은 쉽사리 지호에게 다가갈 수 없었다.

마기 폭풍이 그들의 뇌리에, 아니, 영혼에 새긴 각인이 너무 컸다.

"대체……."

"그런 게 가능한가……?"

두 사람은 한창 마신들과의 싸움이 활발했다던 수미산 시대에 태어나지 않거나, 아직 어렸을 때라 당시 기억이 크게 나지 않는다.

하지만 이후에 손오공이 실수로 여의봉의 봉인을 푼 적이 있어 그걸 돕느라고 마신을 상대한 적은 있었다.

그때 느꼈던 놈들이 풍기던 기운은 분명 강렬했다.

파괴적이고, 흉포했으며, 잔인했다.

하지만 방금 전 지호를 따라 불었던 마기는 궤를 달리 했다.

그건 전혀 파괴적이지 않고, 흉포하지 않았으며, 잔인하지도 않았다.

그저 어둡고, 우울하고, 묵직했다.

마치 끝없는 어둠을 마주하고 있는 기분이랄까.

하지만 결과는 어떤가.

다른 마신들의 마기와는 비교도 할 수 없는 결과를 보였다.

그대로 '사라지게' 만드는 힘이라니.

법칙으로서 가당키나 하단 말인가?

쉭!

그때 먼저 이예가 축지를 밟아 지호에게 다가갔다.

"괜찮나?"

"어? 어…… 으윽."

지호는 숨을 정리하면서 몸을 바로 세우다 말고 살짝 가슴팍을 따라 찌르르 울리는 통증에 인상을 찡그렸다.

"방금 전 그건 뭐였나?"

"몰라. 나도. 젠장. 무슨 일이 벌어지는 거야?"

지호는 이를 바득바득 갈더니 여의봉을 꺼내 쥐었다.

혹시 꿈속에 갇힌 놈들이 탈출이라도 했나? 그렇지 않고

서야 마기가 갑자기 나올 이유가 없다. 여의봉 상단을 확인해 본다.

하지만 72명의 명단, 모두 선명하게 적혀 있었다.

혹시나 싶어 여의봉 구석구석을 뒤져 본다.

역시 금 간 구석 하나 없다.

'성아.'

—나도 몰라. 히잉. 이상해. 그냥 갑자기 왁! 왁! 하고 불었어.

청룡도 모른다고 심연에서 고개를 젓는다.

대체 무슨 일이 있었던 거야?

도무지 영문을 알 수 없는 현상에 지호의 낯이 더더욱 구겨지는데,

"그런데 너…….'

"왜?"

지호가 짜증 섞인 목소리로 이예를 홱 돌아본다. 신경이 날카로우니 그냥 옆에서 말하는 소리도 거슬린다.

"몸이 다 나았다."

"뭐?"

지호는 그제야 자신의 몸 상태를 확인할 수 있었다.

찢겨진 옷깃 사이로 핏자국은 여전하다. 하지만 분명 도배하다시피 했던 상처들이 거짓말처럼 아물었다. 그것으로

도 모자라 마치 생살처럼 탱탱하다.

끽구와 싸우면서 부러졌던 다리며 갈비뼈, 어깨도 모두 정상으로 돌아왔다.

거의 메말라 가던 단전 역시 꽉 찼다.

나타와 싸우기 전, 아니, 응룡의 업을 이어 몸이 재구성되었을 때로 시간을 되돌린 것처럼 가뿐하다.

도무지 영문을 알 수 없는 일들의 연속.

전지의 문을 열어 봐도 알 수 없다는 답만 돌아올 뿐.

지호는 자신의 손바닥을 내려다보았다.

"대체 뭐지?"

*　　　*　　　*

뚜벅. 뚜벅.

다문천왕이 궁 밖으로 걸어 나온다.

그가 나오길 고대하던 인파들은 이야기가 잘 풀렸나 싶어 안색이 활짝 펴지다 곧 흠칫 굳었다.

이상하다.

공기가 텁텁해졌다. 몸이 축 무거워진다.

저절로 고개가 숙여진다. 자세가 움츠러든다.

본능이 말하는 듯하다.

감히 어느 안전이라고 눈을 마주치려 드는가!

위대한 존재께서 이 땅에 강림하셨으니 모두 고개를 숙이고 진심으로 따르라!

굴종하라! 경배하라! 숭상하라!

여태 존경과 경외를 담았던 시선들이 공포와 두려움에 젖는다. 고개를 숙이고 몸을 바짝 낮춘다. 새로이 나타난 절대자를 맞이한다. 아니, 숭상한다.

인파 중 어느 누구도 이런 변화에 대해 의문을 가지지 못했다. 그럴 여유가 없었다.

보통 때의 다문천왕이었다면 이게 무슨 짓이냐며, 어서 일어나라며, 그들을 일일이 일으켰을 테지.

하지만 지금의 다문천왕은 달랐다.

그게 당연하다는 듯한 태도다. 마치 제 옷을 맞춰 입은 것처럼 자연스럽다.

살짝 올라간 턱이며 눈빛은 자신을 제외한 것들을 모두 깔보는 시선을 담는다. 내려다보는 듯한 태도를 하고서 주변을 쓱 훑어본다.

손에 쥔 낡은 철검이 어느새 새카맣게 물들어 흑요석처럼 요요한 검은빛을 폈다.

어딘지 모르게 불길함이 감도는 검은빛.

"금비라, 가외."

"하명하십시오."

"하명하십시오."

야차왕과 나찰왕이 부복한다.

"진행 상황은?"

나찰왕은 이렇게 사람이 많은 곳에서 이걸 이야기해도 싶었지만, 차갑게 식은 다문천왕의 눈동자를 마주친 순간 갑자기 머릿속이 새하얗게 물들었다.

스르르.

두 눈에 잡혔던 초점이 풀린다. 이지가 사라지며 눈동자가 흐리멍덩해진다. 마치 의지를 잃은 인형 같았다.

"흩어진 병력이며 인파들 모두 규합되었습니다."

다문천왕이 꾸몄던 계획은 아주 간단했다.

제천대성이 쓸고 지나간 후, 흩어진 잔존 병력들이며 폭동을 일으킨 군중들을 치안 목적 하에 야차와 나찰 군단에 귀속시킨다.

어차피 제천대성과 삼신장에 대한 분노와 원망은 그들을 구제할 다문천왕에게로 모일 것이니.

이를 바탕으로 천계 내 지배력을 확고히 하는 것이다.

이것으로 도화지 위 용의 그림은 모두 완성되었다. 화룡점정, 용의 눈만 완성하면 되는 바.

그 눈이란,

"그럼 그들을 모두 한곳에 모아라. 오늘, 제천대성과 삼신장의 목을 베어 이 혼란을 모두 그치게 할 것이다."

바로 모든 전쟁의 종식이었다.

찌이이익!

다문천왕이 효마검을 세게 허공에다 긋는다.

그러자 공간이 갈라지면서 저편 너머가 보인다.

지호와 이예, 끽구, 나타와 뇌진자를 비롯해 뇌부의 일만 병사들이 있는 곳.

그곳을 보는 다문천왕의 두 눈 안쪽으로 칠흑빛 안광이 감돌았다. 어디에도 원래 그를 상징하던 총명한 이지는 보이지 않았다.

*   *   *

더 이상 아무런 일이 벌어지지 않는 걸 확인한 후에야 나타 등은 다시 지호 주변으로 모여들었다. 하지만 뇌부의 병사들은 허공에서 대기해 만약의 사태에 대비했다.

"결정은, 하시었소?"

뇌진자가 묻는다.

지호는 사생부를 들여다보다 뇌진자의 눈을 응시했다.

머릿속으로 그가 했던 말이 떠오른다.

"노군께서는 이걸 내주는 대가로, 부디 이만 모든 무의미한 싸움을 끝내 달라 부탁하시었소."

"노군께서는 일찍이 손오공이 부처 자리를 버리면서 수명이 다시 주어졌다는 것을 알고 얼마나 남았는지를 매일 같이 확인하시었소."

"그래서 이따금 노군께서는 손오공더러 다시 부처의 자리를 받거나, 아니면 천계에 오르거나 하라고 권유를 하셨던 모양이오. 하지만 무슨 이유에선지 손오공은 그때마다 거절을 하였다 하시더군."

"그러다 이번 일이 터진 거요. 절교와 싸우면서 부상을 입고, 그 때문에 수명이 급속도로 줄어들었으니. 가뜩이나 수명이 얼마 남지 않은 이가 무리를 해 대니 오죽 위험할까."

"그런데 환생인 그대가 손오공의 명운을 거스르기 위해 저승으로 가려 한다는 말을 듣고 나를 보내신 거요."

"거래를 하자는 거요. 사생부와 천계의 평화."

"일단 정확하게 말하자면 이 사생부는 진짜 사생
부가 아니오. 필사본이지. 하지만 천기가 변하는 족
족 여기에도 반영이 되고 있으니 참고는 할 수 있을
거요."

"문제는 진짜 사생부인데, 지금 저승의 형국 또한
천계와 마찬가지로……"

"여하튼 만약 그대가 저승으로 간다고 한다면 노
군께서는 적극 지원할 것이라 약조를 하시었소."

사생부를 내주고 저승에서 무사히 목적을 달성할 수 있
도록 지원할 테니 이만 싸움을 끝내자, 는 거래.

사실 지호로서도 이만하면 만족할 수준은 아니어도 어느
정도는 충분했다.

그가 바랐던 건 천계에 대한 경고와 옥황상제의 사과.

하지만 옥황상제라는 놈은 어디 숨어서 천계가 어떻게
돌아가는지 제대로 알지도 못하는 것 같다. 대신에 그와 동격이라는 태상노군이 직접 사과를 했으니 만족한다.

경고 역시 이만하면 충분하지 않은가.

놈들도 멍청이가 아니고서야 다음에 시비를 걸 때는 지금처럼 굴지는 못하겠지.

무엇보다 아직 저승에 대한 사정을 잘 알지 못하는 지호에게 있어 태상노군의 약속은, 마른 사막에서 단비를 찾은 것처럼 반가웠다.

'이만하면 됐나.'

다만, 딱 한 가지 켕기는 게 있다면.

'다문천왕.'

그 녀석이 자꾸만 켕긴다.

옥황상제의 옥좌에 앉아 유쾌하게 웃던 녀석.

이 모든 것들이 제 손바닥 위에서 놀고 있다는 듯이, 마치 인형극 놀이를 재미나게 관람하고 있는 듯한 모습이 떠오른다.

지금 벌어진 상황 중 대다수의 배후에 녀석이 있다는 것이 확실해진 이상, 녀석을 그냥 두고 떠나기에도 뭔가 찝찝하다.

지호는 그런 녀석을 아주 잘 알았다.

꿍꿍이속을 숨기고 있는 놈은 언젠가 뒤통수를 크게 치고도 남는다.

그렇게 한참의 고민 끝에,

"그래. 갈게. 어차피 이만하면 됐다 싶으니까."

"옳은 선택하시었소."

뇌진자의 안색이 밝아진다.

"대신에 조건이 하나 있어."

"말씀하시오."

제천대성을 천계에서 내쫓을 수 있다면 뭔들 못할까.

뇌진자가 다 들어주겠다는 듯이 고개를 크게 끄덕인다.

하지만,

"이번 일, 원흉 있지?"

전혀 생각지도 못했던 말. 뇌진자가 흠칫 놀란다.

그새 다문천왕을 만났었나?

지호가 차갑게 웃으며 말했다.

"그 새끼, 모가지 들고 와."

"……!"

이래서야 이야기는 다시 원점이 되고 만다.

뇌진자가 어떻게든 지호를 설득하고자 나서려는데,

"뭐, 굳이 들고 올 필요는 없겠네. 알아서 대가리를 내밀어 주신다는데."

갑자기 지호가 고개를 위로 든다.

뇌진자와 나타도 시선을 하늘에 던졌다. 이예는 잔뜩 굳은 얼굴로 어깨에서 다시 동궁을 내렸다.

치이이이이이익!

마치 고운 비단을 가위로 밀어 버리는 것처럼 드넓은 하늘을 따라 기다란 선이 그어진다. 그렇지 않아도 격전으로 구멍이 숭숭 뚫려 우주가 비치던 하늘이 활짝 갈라지니 누더기처럼 보인다.

그 갈라진 틈새 사이로 짙은 마기가 내려왔다.

방금 전 지호를 따라 휘돌던 그 마기가!

끼아아아아아아아!

짙은 귀곡성과 함께 야차와 나찰이 대거 아래로 쏟아지기 시작했다.

그리고 중심에, 다문천왕이 거인처럼 우뚝 서 있었다.

쉭!

녀석이 효마검을 횡대로 휘둘렀다.

그러자 새카만 검신에 멍울졌던 칠흑빛 마기가 폭사하며 유성우처럼 아래로 추락했다.

마치 게걸스러운 수천 마리의 짐승 무리 같았다!

쉬쉬쉬쉬쉬쉬쉬쉭!

탐욕스러운 짐승 무리가 처음으로 노린 먹이는 여전히 상공에 떠 있던 뇌부 병사들이었다.

“피해!”

뇌진자가 소리 지르자, 병사들이 일제히 달아나려 몸을 물리기 시작한다.

닿으면 죽는다.

그런 생각이 머릿속을 가득 메운다.

이미 보지 않았던가.

마기 폭풍이 닿는 모든 것들을 지우는 것을!

하지만 마기는 놓칠 생각이 없다는 듯이 그들의 뒤를 악착같이 쫓았다. 축지를 밟아도 공간을 비집고 들어와 그들의 머리 위로 쏟아진다.

그때,

"비켜!"

이번엔 뇌진자가 아닌 지호가 소리 지른다. 꽉 쥔 주먹을 거세게 하늘로 뻗었다.

주먹 끝에 맺혔던 황금빛 기운이 역시나 수천 갈래로 쪼개져 뇌부 병사들을 일일이 지나 근방까지 다가왔던 검은 마기를 죄다 격추시킨다.

퍼버버버버버버벙!

그때를 틈타 병사들이 일제히 축지를 밟아 지상으로 피신한다.

하지만 숨을 돌릴 겨를 따윈 없었다.

어느새 떨어진 야차와 나찰이 그들의 머리 위로 무기를

휘두르고 있었다.

채채채채채채챙!

삽시간에 일대에 전투가 벌어진다.

야차와 나찰은 다문천왕의 권속. 그의 사병이다.

덕분에 천 년 전 이후로는 밖으로 활동을 크게 한 적이 없어 철저히 장막에 가려져 있었다.

저승이 저리되기 전에 지옥에서 특별 훈련을 거쳤다더니, 대군영 최고 특전사라는 뇌부 병사들을 상대로도 밀리는 기색 하나 없다.

아니, 오히려 뇌부를 압도한다.

그들이 가진 기세.

부딪치는 모든 것들을 누르고 치워야 직성이 풀릴 것 같다는 저들의 기세가 너무 강렬했다.

'뭔가 이상하다!'

뇌진자는 자신의 등에 달린 날개, 보패 풍뢰시를 활짝 펼치며 야차와 나찰 무리를 상대하고 있었다.

풍뢰시는 바람과 벼락을 부르는 보패.

날개에 각각 적힌 '풍(風)'과 '뇌(雷)' 자가 환한 빛을 뿌려 대니 강풍이 불어닥쳐 야차 무리의 전진을 막아 내고, 하늘에서 벼락이 잇달아 떨어져 나찰 무리를 때린다.

그런 상황에서 뇌진자는 녀석들에게서 수상쩍은 기색을

읽어냈다.

놈들의 눈.

눈이 흐리멍덩했다.

전장은 아차 하는 순간에 목숨이 달아나는 곳이다.

당연히 정신을 똑바로 차릴 수밖에 없다.

그런데 그런 곳에서 눈빛이 흐리다고? 이성이 지워진다고?

야차와 나찰 같은 싸움을 위해 살아가는 종족이?

아서라. 말이나 되는가.

한데, 녀석들은 그랬다. 하나가 아니라 전부가 그랬다.

마치 뭔가에 홀린 사람처럼 넋을 놓았는 데도 너무 잘 싸웠다.

자신의 안위 따윈 아무렇지도 않다는 듯이 악착같이 병사들에게 달려들고, 칼을 휘두르고, 입을 벌려 물어뜯으려 했다.

마치 이지를 상실한 인형. 싸움만 본능적으로 남은 맹수 무리 같다.

'마기야.'

뇌진자는 놈들의 눈을 한참 들여다보고서야 그들의 이지를 잠재운 것이 뭔지를 알았다.

대체 저 마기, 어디서 나타난 거지?

하늘을 올려다본다.

어느새 지호가 다문천왕에게로 달려들어 싸움을 벌이고 있었다.

지호가 움직일 때마다 황금색 궤적이 그어지고, 다문천왕이 칼을 휘두를 때마다 칠흑빛 마기가 폭우처럼 쏟아진다.

저 검이다. 마기를 풍겨 대는 건.

뇌진자는 이대로 있다가 진짜 위험해질지도 모르겠다는 생각에 나타와 시선을 교환했다.

합심해서 다문천왕을 거꾸러뜨리자.

나타 역시 같은 생각인지 고개를 크게 끄덕인다.

지호와의 격전 때에 입은 상처가 아직 덜 아물어 힘들어하는 기색이 역력하지만 지금은 어쩔 수 없다.

차라리 잘되었다 싶기도 했다.

어째서 여태 전면에 나선 적이 없던 다문천왕이 이리 나타났는지는 모르겠지만, 저렇게 칼을 빼 든 이상 확실하게 제압할 수 있다면 지난 파벌 갈등이 모두 끝날 수 있을 테니까.

하지만,

징! 징! 징! 징!

갑자기 곳곳에서 공간이 갈라지는 소리가 들린다.

그리고 쏟아지는 사람들. 지호에게 짓밟힌 패잔병들이며 일반 주민들까지, 너무나 많은 숫자의 사람들이 두 눈에 이지를 잃은 채로 나타나 적의를 드러냈다.

"제천대성을 몰아내자!"

"삼신장을 물리치자!"

와아아아아아!

갑자기 수십 배로 늘어난 군중이 노호와 같은 함성을 내지른다.

그뿐만이 아니다.

화르르르르륵!

이번엔 지면에서부터 불꽃이 피어오른다.

보통 불길과 다르게 온통 푸른색과 하얀색으로 덧칠된 불길.

태상노군이 선단을 하거나 보패를 만들기 위해 특별히 사용한다는 팔괘로의 불길이 치솟고 있었다!

"노, 노군?"

뇌진자의 얼굴에 다급한 기색이 어린다.

팔괘로는 태상노군의 허락 없이 절대 부릴 수 없다. 그렇다는 건 다문천왕이 그에게 위해를 가했다는 뜻.

"노오오오오옴!"

뇌진자는 얼굴을 잔뜩 일그러뜨린 채 풍뢰시를 활짝 펼쳐 다문천왕에게로 날갯짓을 하려 했다.

하지만 그때 다른 뭔가가 뇌진자를 덮쳐 왔다.

"감히 어디서 주군께 두 눈을 함부로 뜨는가?"

야차왕이 짓쳐들어오며 칼을 휘두른다.

"비켜!"

뇌진자는 한 손에 벼락과 돌풍을 휘감아 그대로 충돌했다.

쿠우우우웅!

뇌진자와 야차왕이 충돌한 지점에서 얼마 떨어지지 않은 곳에서는 이미 나타와 나찰왕이 육박전을 벌이고 있었다.

*　　　　*　　　　*

아래는 팔괘로의 불길, 위는 야차와 나찰, 주변은 패잔병이며 수많은 군중들이 에워싼 형태.

어디로 도주하는 것도 불가능하다.

지호와 삼신장은 자꾸 궁지로만 내몰리는 것 같았다.

*　　　　*　　　　*

쩌저저저저저저정!

지호는 여의봉을 든 채로 쉴 새 없이 다문천왕과 격돌했다.

여의봉을 맨손으로 잡아채던 녀석. 그때 보였던 힘답게

칼을 내리칠 때마다 공간이 찢어지고, 여의봉이 너무 세게 울려 손아귀가 찢어질 것 같다.

특히 효마검이 울음을 토해 낼 때마다 쏟아지는 마기는 자꾸만 지호를 자극했다.

툭, 툭, 툭.

마기의 영향에 노출될 때마다 마치 가시로 찔리는 것처럼 찌릿하다.

그것이 자꾸만 거슬리는 데다가 내공까지 같이 자극하고 있어 움직이기가 버겁다. 여의봉을 휘두르려 하면 이따금 근육이 자꾸 경직된다.

"이만 거룩한 이상을 위해 잠들어라, 제천대성."

처음 만났을 때만 해도 유유자적하던 모습은 온데간데없이, 다문천왕은 무미건조한 얼굴로 말했다.

이 새끼, 아까 전부터 감정도 전혀 느껴지질 않아.

"무슨 개소리야!"

"하긴 그대와 같이 싸움밖에 모르는 미천한 작자가 알면 무엇을 알까. 그저 시대가 낳은 돌연변이에 지나지 않는 것을."

채애애애앵!

아래로 세게 내려찍어 오는 공격에 여의봉을 눕혀 겨우 막아 낸다. 큭, 지호는 신음 소리를 내면서 뒤로 한참이나

밀려났다.

다문천왕은 효마검을 뒤로 젖혔다.

휘이이이이이잉!

어마어마한 풍압이 그쪽으로 쏠려 든다. 칼날에 맺혔던 칠흑색 마기가 더 어둡게 짙어지자, 그것을 그대로 휘두른다.

"모르면 모르는 대로 죽어라."

콰콰콰콰콰콰콰!

어마어마한 마기의 해일. 지호가 터뜨렸던 폭풍과 비교해도 절대 뒤지지 않는다.

이대로 부딪치면 죽는다.

지호는 즉각 우보를 밟았다.

두우우우우우우웅.

하지만,

"쓸데없는 짓."

퍼어어어어어엉!

"……!"

우보가 만들어지며 마기 해일을 속박하려던 차에 다문천왕이 잇달아 휘두른 칼질에 단번에 깨져 나간다. 끽구가 우보를 부술 때보다 더 쉬워 보였다.

그래도 우보가 잠깐 만들어 준 틈을 타, 가까스로 몸을 빼낼 수 있었지만 다문천왕의 공세는 그치지 않는다.

쉬쉬쉬쉬쉬쉬쉬쉭!

다문천왕이 검을 휘두를 때마다 마기가 쏟아진다.

어차피 축지를 밟아도 열린 공간 틈 사이를 비집고 날아오긴 매한가지. 우보를 밟아 빗겨 내야 하지만 그것도 쉽지 않다.

쿠쿠쿠쿠쿠쿠쿠쿠!

마기를 피했다 싶으면 바로 다문천왕이 거대한 몸집을 바짝 붙이며 공세를 가한다.

덩치에 어울리지 않게 빠른 속도와 어마어마한 힘.

두 가지가 한데 어울리니 지호는 뒤로 자꾸만 밀려나기만 한다.

어떻게 반격을 가하고 싶어도 마기가 시야를 가리고 내공을 자꾸만 자극해 그러기도 힘들다. 정신을 차릴 수가 없었다.

쾅! 쾅! 쾅! 쾅!

다문천왕은 마치 성난 들소처럼 자신의 앞을 가로막는 우보를 보는 족족 박살 내면서 지호를 짓밟으려 했다.

압도적이다.

너무 강하다.

나타와 끽구를 합친다 해도 이기지 못하리라.

뭐랄까.

늦지에서 빠져나오기 위해 허우적대도 자꾸만 아래로 빠지는 느낌이랄까.

마치 허무와 싸우고 있는 듯한 기분.

'허무?'

그때 지호는 별안간 확 뜨이는 게 있었다.

응룡과 싸울 때가 이랬다. 이성도 감각도 없는 끝없는 어둠에 갇혀 허우적대기만 했다.

이것도 그렇지 않은가.

마기는 닿는 물질 모두를 먹어 치운다.

허무와 똑같다.

싸우면 싸울수록 감각이 무뎌진다.

역시나 허무와 똑같다.

그렇다는 건……?

'허무였어!'

멍청했다. 왜 이걸 이제야 깨달았을까.

다문천왕을 휘감은 기운. 효마검을 따라 풍기는 마기. 어둠을 떠올리는 칠흑색 빛깔.

전부 허무였다.

아니, 정확하게는 허무의 파편이었다.

본래 허무는 존재를 가진 것이 다룰 수 없는 힘. 그러니 이걸 일부 떼어다가 제 기운을 섞어 만든 것이다. 허무를 일종의 마기로 변질시킨 것이다.

거기에 생각이 미치는 순간, 사고(私考)는 꼬리에 꼬리를 물면서 다른 무언가를 바로 떠올렸다.

영진포일술.

과거 통천교주가 부리고, 천계가 복원하여 사용했던 그것. 적을 허무로 빠뜨리는 선술이라면 저 마기와 대적할 수 있지 않을까?

'해 보자.'

순간, 화안금정이 요요한 빛을 토한다. 촤륵, 촤르륵. 용의 비늘이 일제히 맑은 소리를 낸다.

우마왕을 비롯한 동주칠마왕의 기예를 훔쳤을 때처럼 영진포일술이 어땠는지를 떠올리고, 분석하고, 해체한다.

영진포일술은 모두 열 개의 진, 십절진으로 구성되어 있었다. 과거를 되짚어 그걸 일일이 스캔하고 훔친다. 전지의 문이 가진 힘을 빌려 빠르게 연산한다.

그러면서도 몸은 움직인다.

쐐애애애애애애애액!

목젖으로 치고 들어오는 마기.

피한다. 아직 분석이 덜 끝났다.

쉬쉬쉬쉬쉬쉬식!

이번엔 옆구리를 베어 오는 마기.

흘린다. 분석이 하나 끝났다.

채애앵!

지호는 여의봉을 옆으로 돌리면서 마기를 옆으로 흘려버렸다. 여의봉이 은은하게 울린다. 위로 자그마한 진이 하나 떠올랐다. 금광진. 방금 분석이 끝난 십절진이다.

우웅. 우웅. 우웅.

다문천왕의 눈가에 이채가 어린다. 그러다 이번엔 검을 아래로 크게 휘두른다.

마기 해일이다.

원래대로였으면 피하기에 급급했을 테지만, 이번엔 튕겨낸다. 세 번째 분석이 끝났다.

좌아아아아아악!

여의봉을 횡대로 휘두른다. 황금색 궤적이 마기 해일을 단칼에 베어 버렸다. 허무가 샅샅이 흩어진다.

저 너머 다문천왕이 두 눈을 크게 뜬 게 보인다.

'통한다!'

확신을 가진 이상 더 이상 미루지 않는다.

허공을 거세게 박찼다.

콰아아아아아아아아아앙!

엄청난 굉음과 함께 다문천왕에게로 육박해 들어간다.

녀석이 효마검을 위로 휘두른다. 지호는 아래로 여의봉

을 휘둘렀다. 여의봉의 봉대를 따라 다섯 번째 진이 자그마하게 올라오고 있었다.

따다다다다다당!

격전이 벌어진다.

여태 지호가 밀렸던 게 맞나 싶을 정도로 팽팽한 접전을 벌인다.

효마검이 빠르게 움직인다. 여의봉이 날카롭게 달려든다. 서로 간의 공격이 육안으로 보이지 않을 정도로 거세다. 한 번이라도 한눈을 팔면 바로 목이 떨어질 상황.

여태 다문천왕이 우위를 점하던 악력도 더 이상 뒤지지 않는다.

아니다.

오히려 지호 쪽으로 넘어간다.

여섯 번째, 일곱 번째, 여덟 번째. 분석된 진이 하나하나씩 올라올 때마다 여의봉에 실린 무게도 더 묵직해지면서 효마검을 물어 낸다.

영진포일술이 제 모양을 갖춰 갈수록 지호의 신격도 덩달아 올라가는 것이다. 영혼 속에 잠들었던 응룡의 업이 조금씩 깨어나고 있었다.

황금색 빛줄기가 칠흑색 마기의 영역을 탐하려 이빨을 마구 드러낸다. 찢고, 물고, 할퀴기를 수십 차례 반복하면서 서서히 안으로 파고들어 간다.

그리고 아홉 번째 진이 올라왔을 때, 빛줄기가 마침내 칠흑색을 단칼에 도려 냈다.

좌아아아아아아악!

여의봉이 효마검을 튕겨 내면서 어깨 부근을 때린다.

갑옷이 부서지면서 파편이 튀고 망가진 어깨가 드러난다. 핏물이 퍼진다.

거기서 그치지 않는다.

퍼퍼퍼퍼퍼퍼펑!

지호는 여의봉으로 다문천왕을 수없이 때렸다.

옆구리를, 가슴팍을, 허리를, 무릎을, 정강이를.

여의봉이 거센 파공성을 일으킬 때마다, 황금색 궤적이 아름답게 허공에다 수를 놓을 때마다, 부서진 다문천왕의 갑옷 파편이 위로 튀어 오른다. 파편은 전부 피범벅이 되어 있었다.

다문천왕은 살이 뭉개지고 뼈가 으스러지는 등, 삽시간에 피투성이 몰골이 되어 포효를 내질렀다.

"크아아아아아아아!"

어째서인가!

효마검을 이 손에 쥐었는데!

효마의 힘을 이 손에 넣었는데 어째서 이길 수가 없는 것이냐!

어째서 이 위대한 힘 앞에 고개를 조아리지 않는단 말이냐!

분노가 이성을 잠식한다. 마기가 골수를 침범하면서 다문천왕을 마인(魔人)으로 격하시켰다.

그 순간, 마지막 열 번째 진이 완성되면서 여의봉에 떠오른다. 그러다 열 개의 진이 뭉치면서 하나의 선술로 드러난다.

영진포일술. 허무가 여의봉을 따라 감긴다.

지호와 다문천왕은 동시에 마지막 일격을 휘둘렀다.

여의봉과 효마검이 서로 교차했다.

퍼어어어억!

"제길……!"

지호는 한쪽 입술 끝을 비틀었다. 입가를 따라 핏물이 주르륵 흘렀다.

다 이겼다고 생각했는데.

천천히 아래를 내려다본다.

효마검이 왼쪽 가슴에 박혀 있었다. 칼날이 심장을 정확히 관통해 등 밖으로 삐져나왔다.

반면에 여의봉은 다문천왕의 오른쪽 가슴에 박혔다.

영진포일술이 마지막에 효마검이 내뿜은 마기에 밀리고만 것이다.

딱 한 치.

정말 그 정도만 밀렸다.

"이…… 러면……!"

이러면 정말 개죽음밖에 안 되는데.

깽판 치러 왔다가 죽다니. 이게 말이나 될까.

아직 손오공도 못 구했는데. 저쪽에 있을 이나은도, 서은영에게도 아무 말도 못했는데.

그런 짧은 미련을 뒤로하고,

뚝!

지호는 고개를 떨어뜨렸다.

효마검에서 마기가 치솟아 혈관과 기맥을 누린다. 단숨에 단전을 차지하고 골수까지 침범했다.

의식이 사라졌다.

키키키키키킥.

다문천왕이 히죽 웃는다.

그래. 이래야 효마검이지.

효마검의 마기는 제아무리 신이라 해도 영혼을 찢어 버릴 정도로 강하다.

이것으로 지긋지긋했던 제천대성은 죽은 것이다.

이미 본능만이 남은 그는 승리가 자신의 것이라고 자랑

이라도 하려는 듯 지호의 목을 치기 위해 효마검을 뽑으려
했다.

그런데 이상하게 효마검이 꿈쩍도 않는다.

힘을 바짝 주어도 마찬가지다.

영문을 몰라 다문천왕의 눈가에 다급함이 어리는 순간,

파스스스.

효마검이 부서진다.

마치 파도에 휩쓸리는 모래성처럼 아주 고운 입자가 되
어 바스러져 확 하고 사라졌다.

그 순간, 갑자기 축 늘어졌던 지호가 고개를 들었다.

화아아아아악!

"……!"

눈이 마주치자마자, 다문천왕은 자기도 모르게 흠칫 굳
어 버리고 말았다.

갑자기 지호의 화안금정이 붉어진다.

마치 가을철 새빨갛게 옷을 입은 단풍나무를 떠올리게
하는 붉은 눈.

좌우로 길게 찢어진 눈동자가 마치 짐승과도 같아 포악
하다. 잔뜩 벌어진 입가 사이로 송곳니가 흉흉하게 번뜩이
고, 그를 따라 어마어마한 마기가 폭풍처럼 휘몰아쳐 단숨
에 다문천왕을 옭아맨다.

효마검이 내뿜던 것보다 훨씬 짙은 마기.

순수하다 못해 아예 허무처럼 느껴질 만큼 짙은 마기가 다문천왕의 목을, 육체를, 영혼을 옥죄었다.

이건…… 제천대성이 아니다.

지호가 아니다. 손오공은 더더욱 아니다.

그 속에 잠들어 있던 '다른 어떤 것'이었다!

"감히 네까짓 놈이 이 몸에 손을 대?"

머리가 깨지는 게 아닐까 싶을 정도로 울리는 목소리.

다문천왕은 바짝 얼어붙었다. 마치 발가벗겨져서 툰드라 지대에 내버려진 것처럼 몸이 덜덜 떨린다. 안색이 순식간에 창백해졌다.

머릿속이 하얗다. 도망칠 생각도 못 한다. 발버둥치려는 시도도 못한다.

어떻게 된 거지?

이 사람이, 분명 죽었을 이 사람이, 왜 여기에 있는 거지?

아주 오래전에 묻어 뒀던 기억.

어떻게든 잊고 싶었던 목소리가 있다.

하지만 수천 년이 지나도 잊을 수 없었던 목소리가 떠오른다.

그 목소리와 이 목소리가 하나로 합쳐진다.

 "끓어라."

 지호, 아니, 지호의 탈을 쓴 무언가가 손을 뻗어 다문천왕의 얼굴을 잡아챘다.

 그리고 짓눌렀다.

 콰득. 콰드드드드득.

 살이 뭉개지는 소리. 뼈가 으스러지는 소리.

 다문천왕은 뒤늦게 소리를 질렀다.

 살려 달라고.

 제발 놓아 달라고.

 죄송합니다. 정말 죄송합니다.

 저 같은 하찮은 것이 감히 당신을 못 알아보고, 당신인 줄 모르고 이런 짓을 저지르고 말았습니다……!

 다문천왕은 발악을 해 댔다.

 하지만 아무런 목소리가 나오지 않는다.

 지호는 마치 깡통을 납작하게 구기듯이, 다문천왕의 머리통을 잡아 어깨에다 눌러 버리고 발밑까지 찍어 버린다.

 팔이며 어깨며 무릎이며 몽땅 무너지고, 으깨진다.

 영혼도 통째로 갈가리 찢겨진다.

소리도 나오지 않는 엄청난 격통 속에서, 다문천왕은 허우적대면서 누군가를 떠올렸다. 누군가를 애타게 찾았다.

"그 검으로 제천대성을 찔러라."

이 일을 시켰던 사람.

자신으로 하여금 효마검을 쥐게 하여 제천대성을 찌르라 했던 사람.

그 말이 이 뜻이었을 줄이야.

효마검으로 잠들어 있는 '그'를 깨우란 뜻이었을 줄이야!

'주우우우우우우운!'

자신 역시 천계와 마찬가지로 한낱 장기판 위 말에 지나지 않았다는 사실을 깨달았을 때, 지호의 탈을 쓴 무언가가 불길하기 짝이 없는 붉은 눈을 번들거리며 으르렁댄다.

"죽어라."

다문천왕의 발밑으로 뭔가가 떠오른다. 마기가 겹겹이 뭉치면서 허무를 피워 내 그를 탐한다.

저기에 갇히기 싫다. 이대로 죽기 싫다.

자신의 잘못이 아니라며 소리치고 싶지만, 지호의 탈을 쓴 무언가는 다문천왕의 변명 따윈 듣지 않고 가차 없이 찢어 버렸다.

흔적조차 남기지 않고.

모조리.

파아아아아—!

다문천왕이 완전히 사라진 자리. 불어오는 바람을 따라 효마검이 부서진 가루가 흩날린다.

지호의 탈을 쓴 무언가는 번들거리는 눈으로 주변을 둘러보다 이내 다시 잠에 들려는 듯, 조용히 눈을 감았다.

그리고 다시 떴을 때에 붉은 눈은 다시 밝은 금색, 화안금정으로 돌아와 있었다.

"뭐…… 지?"

지호는 멍한 눈빛으로 자신의 가슴을 더듬거렸다.

효마검이 꽂혔던 자리. 거짓말처럼 상처가 없다.

아까 전의 자신, 그건 대체 뭐였을까?

자신이되, 자신이 아닌 기분.

분명 의식은 있었다.

정신도 또렷했다.

나의 의사로, 나의 입으로, 나의 생각을 말했다.

그런데 꼭 내가 한 게 아닌 것 같다.

마치 다른 뭔가에 씌여, 내가 아닌 다른 무언가가 된 것 같았다.

내게 무슨 일이 벌어진 거지?

지호는 한참 동안 멍하니 있었다.

＊　　　＊　　　＊

"뭐지……? 어떻게 된 거야?"

"그러게. 여긴……?"

사람들이 도중에 정신을 차린다.

뭔가에 홀린 것처럼 다문천왕의 뒤를 따라 무기를 들고 뇌부의 병사들에게 달려들었던 것까지는 어렴풋하게나마 기억이 난다.

분명히 마기에 영혼이 속박되었던 것까지도.

"다문천왕! 다문천왕 어디 있어!"

"대체 우리에게 무슨 짓을 한 거냐!"

천계에 있어 마기는 금단의 영역이다. 그걸 쓴다는 건 천신임을 스스로 포기하는 일. 당연히 반발이 튀어나올 수밖에 없다.

군중들은 다문천왕을 찾아 주변을 둘러보기 시작했다.

그러다 뒤늦게 확인한다.

반쯤 퍼져서 앉아 있는 이예와 야차왕과 나찰왕을 제압하고 한숨을 돌리는 나타, 뇌진자. 그리고 거칠게 숨을 몰아쉬며 철퍼덕 제자리에 주저앉는 뇌부 병사들까지.

특히 이예는 한쪽 몸은 불에 그슬리고, 다른 한쪽은 얼음이 잔뜩 맺힌 이상한 모습이었다.

홀로 팔괘로의 불길을 꺼뜨리느라 고생했던 것이다.

팔괘로의 불길은 과거 손오공도 호되게 당했을 정도로 강렬하다. 어떨 때는 지옥불과도 견줄 만하다고 평가 받을 정도인데, 다문천왕은 그걸로 지호와 삼신장을 잡으려 했다.

이렇게 많은 군병과 인파를 한꺼번에 밀어 넣으면서 말이다.

이예는 그걸 보고 달의 힘을 개방해 불길을 잠재웠던 것이리라.

주민들은 가슴이 먹먹해지는 걸 느꼈다.

만약 이예가 불길을 꺼뜨리려 하지 않았다면 이중에서 얼마나 많은 이들이 죽었을까?

자신들은 원망만 쏟아 내며 저들을 죽이려 했었는데, 이예는 도리어 자신들을 구해 주었다.

아주 오랜 옛날, 천계의 영웅이라 불렸던 당시처럼.

사실 따지고 보면 그들을 해한 건 제천대성이지 이예가

아니었다.

오히려 따지자면 이예는 피해자였다. 오랜 세월 동안 추방당하지 않았던가. 그런데도 주민들은 눈물을 흘리는 그를 외면하기만 했었지.

챙그랑. 챙그랑.

사람들은 하나둘씩 손에 쥔 무기를 바닥에 내려놓기 시작했다. 패잔병들도 무기를 바닥에다 꽂으며 이예에게 고개를 숙였다.

미안함과 감사함이 고루 섞여 있었다.

그렇게 모든 싸움이 끝났다.

*   *   *

툭.

"이런 부러지고 말았군."

붉은 머리칼에 붉은 눈.

다만 같은 붉은색이라도 머리칼은 햇볕 같은 부드러운 자색이었고, 두 눈은 불을 연상케 하는 진한 적색이었다. 마치 그림으로 그린 듯이 수려한 외모를 자랑한다.

그는 난의 잎을 조심스레 닦다 말고 부러진 걸 보고 가볍게 혀를 찼다.

"하여간 이 난이란 녀석은 도저히 종잡을 수가 없다니까. 조금 아껴 주려고만 하면 이리 쉽게 부러지니. 더 정성스레 가꿔야 하는 건가."

내 성격과는 참 안 맞는단 말이지, 사내는 가볍게 투덜거리고는 옆을 돌아봤다.

"그대는 난을 좋아하나, 권렴대장?"

사내의 옆에는 한 중년인이 부복하고 있었다.

흑색 갑옷에 흑색 검을 패용했다. 발이 닿은 지면에는 그림자가 길게 늘어져 금방이라도 출렁일 것처럼 군다.

"……."

권렴대장은 대답이 없었다.

사내가 물끄러미 권렴대장을 쳐다본다.

"좋아하나?"

"……좋아합니다."

무뚝뚝한 대답. 억지로 대답한 티가 난다.

"그래? 그것참 의외로구만. 무뚝뚝한 자네라면 다른 취미를 가질 줄 알았는데. 아! 아니군. 무뚝뚝하니까 이보다 더 잘 어울릴 수 없으려나?"

"……."

"에이! 떠드는 것도 장단이 맞아야 하지. 혼자서 지껄여

서야 무슨 재미가 있단 말이냐."

사내는 가볍게 고개를 절레절레 흔들었다.

하여간 저 말없는 호위 무사와 단둘이 있다가는 정말 심심해서 죽을 것 같다.

"그래. 다문천왕이 결국 그리 갔다고?"

"그렇습니다."

"아쉽구만. 그래도 꽤 쓸 만한 말이었는데 말이야."

말.

장기판 위에 쓰이는 말을 뜻한다.

"그래도 검을 치웠으니 하나는 해결되었고."

사내는 다시 물수건을 들어 다른 난의 잎을 정성스레 닦기 시작한다.

"그다음에는 활인가?"

"준비해 두겠습니다."

권렴대장이 고개를 숙인다.

"서두르지 말고 천천히 하게. 천천히. 그래도 명색이 그대에게는 친구였던 이가 아닌가? 너무 야박하게만 굴지는 마."

"그럼."

스르르.

권렴대장은 그림자에 녹아 사라졌다.

"하여간 재미없는 친구라니까."

사내는 샐쭉하니 투덜거리며 고개를 절레절레 흔들다 피식 웃어 버린다.

"하긴 그러니 칼로 쓰기 제격이지만."

$$* \qquad * \qquad *$$

간만에 찾은 세계수의 서고.

탁!

지호는 보고 있던 책자를 덮었다.

"아, 역시 없네."

그의 옆에는 책자가 한가득 쌓여 있었다.

모두 상고 시대와 관련된 책자들이다.

다문천왕과의 싸움이 끝난 뒤.

나타와 뇌진자가 뒷정리를 하는 동안, 지호는 곰곰이 자신에게 가해진 갑작스러운 변화를 되짚어 보았다.

그러다 문득 한 가지가 걸렸다.

변화를 이끌어냈던 촉매제, 효마검.

그것이 왠지 모르게 낯이 익었던 것이다.

싸울 때는 정신이 없어 느끼지 못했지만, 전체적인 디자인이 어디선가 본 듯 익숙했다.

간간이 꾸곤 하던 정위란 여자아이의 꿈. 거기서 나오던

려라는 인물이 쓰던 검이 그렇게 생기지 않았었나?

그래서 바로 세계수에 접속해 효마에 대해서는 물론, '려'와 '희'가 누군지 정확히 알아보려 찾아본 것이었건만.

하지만 이렇다 할 확실한 건 나오지 않았다.

"염제, 형천, 공공, 과보, 통천교주……."

효마와 려로 추정되는 이들.

참 많기도 많구나.

이중 공공과 통천교주는 여의봉에 갇힌 걸 확인했으니 제외한다 쳐도, 그래도 여전히 많다.

여의봉에는 봉인되지 않은, 원인 모를 이유로 갑자기 죽고 만 마신들의 수장이자, 효마검의 주인인 효마.

그리고 그로 추정되는 려.

이 사람이 과연 나와 어떤 관련이 있는 걸까?

지호는 한숨을 내쉬다가, 고개를 털었다.

'당분간은 잊어버리자.'

지금은 확실하지 않은 데에 힘을 뺄 때가 아니다.

저승으로 갈 일도 남았고, 아직 이나온도 만나지 못하지 않았던가. 확실한 건 손오공이 깨어나면 모두 알게 되겠지.

지호는 모든 의문을 머리 한쪽 구석에다 박아 두고서 다시 현실로 돌아갔다.

영원히 이어질 것만 같던 하루가 끝났다.

천계에 있어 길고도 너무 길었던 하루.

제천대성의 침공에서부터 다문천왕의 반란까지, 하루 만에 너무 많은 일을 겪었던 사람들은 모두 혼란을 겪어야 했다.

하지만 삼신장은 텅 비어 버린 도당을 차지하고 재빨리 뒷수습을 하면서 한 가지 사실을 발표했다.

다문천왕이 배후에서 꾸몄던 것들.

상희와의 사통 및 시해, 태상노군의 핍박, 도당의 사사로운 운영.

그동안 삼신장 측에서 언젠가 다문천왕을 실각시킬 때를 대비해 준비했던 증거와 자료가 많았기에 천계 사람들은 믿지 않을 수가 없었다.

그리고 그 안에는 제천대성을 격분시켜 도당과 이간질 시키려던 계획도 들어 있었으니, 사람들은 그동안 다문천왕에게 놀아났다는 사실에 분통을 터뜨렸다.

이에 처음에 지호가 영진포일술과 우보로 붙잡았던 다문천왕 측 재상들이 대거 감옥으로 압송되었다. 또한, 그들과 관련된 모든 비리들에 대한 조사가 시작되었다.

하지만 그렇다고 해서 지호에 대한 원망이 사그라지는 것은 아니었다.

영웅이되, 그들에게는 재앙을 주었던 이.

흉신.

그래. 흉신이라고 하면 편할까.

가까이 하지도, 그렇다고 멀리 두지도 못할 그런 존재로 각인되었다.

"뭐냐. 이거. 같이 깽판 치러 와놓고 누구는 흉신이고 누구는 영웅이야?"

지호가 투덜거리면서 기다란 복도를 지난다.

따라서 걷던 이예가 코웃음을 쳤다.

"그러니 평소에 덕을 잘 쌓아야지."

"뭐? 넌 그럼 덕을 잘 쌓았단 거냐?"

"보면 모르겠나."

이예는 복도 밖 창문을 턱짓으로 가리킨다.

주변을 지나던 사람들은 이예를 보면 공손하게 예를 갖추면서 지호를 보자 인상을 팍 찡그린다.

지호의 얼굴도 같이 일그러졌다.

"젠장! 말을 말아야지."

지호는 성큼성큼 저만치 앞으로 가 버렸다.

'저럴 때는 꼭 영락없는 애 같군.'

이예는 지호의 뒷모습을 보면서 피식 바람 빠지는 소리를 냈다.

태상노군을 보러 가는 길.

저승에 대한 정보를 주겠다는 태상노군의 말에 그를 보러 직접 대적천까지 왔다. 지호는 더 이상 천계에 있을 마음이 없는지 후딱 일을 끝내고 떠나려 했다.

'그러고 보니 녀석과 함께하는 것도 여기까진가.'

이예는 일이 마무리되는 대로 월궁으로 돌아갈 예정이었다. 마음 같아서는 저승으로 가는 길에 동행해 주고는 싶지만, 월궁에서 자신을 기다리고 있을 항아를 더 내버려 두고 싶지 않았다.

그래서인지, 지호에 대한 고마움이 더 커진다.

이예는 지호를 만나면서 지난 수천 년 동안 가슴속에 쌓였던 응어리가 풀리는 걸 느꼈다. 과장해서 말하자면 지금은 그런 게 있었는지 기억이 잘 나지 않을 정도였다.

그만큼 즐겁다는 감정을 느꼈기 때문이 아닐까.

항아를 만나고, 천계의 사과를 받고, 오래전에 헤어졌던 제자들과도 해후했다.

그렇기에 한편으로는 조금 걱정되기도 한다.

이제야 겨우 갖기 시작한 이 자그마한 평화가 깨지는 건 아닐까 하고.

예전에도 그랬으니까.

아직 옥황상제와 직접 은원을 해결한 것이 아니기도 했고.

'그렇게 둬서는 안 되겠지.'

이예의 눈가에 단호한 결의가 맺혔다.

그때 갑자기 지호가 걷다 말고 잠깐 멈춘다.

"혹시 옥황상제 이름이 희, 냐?"

"희? 내가 알기론 준(俊)이다만."

"준?"

"그래. 왜 그러지?"

"아냐. 아무것도."

"......?"

이예는 지호가 왜 그러나 싶었지만, 지호는 다시 성큼 걸음을 옮겼다.

지호와 이예가 도착한 곳은 대장간이었다.

땅! 땅! 땅!

뜨거운 화로 앞에 앉아 쉴 새 없이 망치를 두들긴다.

노인은 상반신을 붕대로 칭칭 감은 불편한 상태인데도 절대 쉬지 않았다. 얼마나 힘든지 관자놀이에서는 땀이 쉴 새 없이 떨어졌다.

"노군! 이렇게 무리하시면 안 됩니다! 제발 쉬십시오!"

땅! 땅! 땅!

"노군!"

여태 노인, 태상노군을 뜯어말리던 나타는 속이 바짝 타들어 가는 것 같았다.

다문천왕의 반란 이후, 태상노군은 너무 큰 중상을 입은 상태였다.

영혼의 격이 흔들릴 정도의 중상.

발견하는 게 조금만 더 늦었어도 위험을 초래할 수도 있었다. 그런데도 태상노군은 최소한의 치료만 받고 바로 자신의 궁으로 돌아왔다. 그러더니 팔괘로에 불길을 피우고 망치질을 해 댔다.

나타로서는 팔짝 뛰고 싶은 심정이었다.

옥황상제가 부재중인 지금, 태상노군은 천계에 있어 가장 큰 어른이다. 아직 혼란을 수습할 게 많은 상황에서 그가 자칫 잘못되기라도 한다면……!

치이이이익.

그때 태상노군이 담금질이 어느 정도 된 쇠뭉치를 찬물을 받아 놓은 바가지에 넣었다. 월궁에서 특별히 길은 우물물이었다.

수증기가 대장간을 가득 채운다.

"자네야말로 밤새 무리를 하지 않았나. 아직 부상도 덜 나았을 텐데 들어가서 쉬게. 다 끝나면 부를 터이니."

태상노군은 나타에게 한 마디 툭 던지더니 다시 쇳덩이

로 시선을 주었다.

그가 어젯밤부터 계속 두들기던 것. 아주 오래전에 나타가 상장군 자리에 오른 것을 기념해 그가 선물했던 보패, 금전이었다.

태상노군은 이번 격전 동안에 부서지거나 망가진 보패를 모두 수리하겠노라, 아니, 그보다 더 크게 강화시키겠노라 천명했다.

이유는 모른다.

무슨 생각인지, 마치 뭔가에 홀린 사람처럼 미친 듯이 망치질을 해 댈 뿐이다.

깡! 깡! 깡!

마침 묵직했던 쇳소리가 경쾌하게 변했다.

나타는 한숨을 내쉬다 그제야 지호와 이예가 문가에 서성이고 있는 걸 발견했다.

"왔는가? 스승님도 오셨습니까?"

지호는 고개를 끄덕였다.

이예도 나타와 시선을 교환했다. 두 사람은 뇌진자와 함께 밤새 해후를 가졌던 차였다. 까마득한 세월을 지나 이뤄진 사제 간의 재회. 나눌 이야기가 아주 많았다.

태상노군도 그때서야 망치질을 잠깐 멈췄다. 고개를 들어 지호를 쳐다본다.

분명 오늘 처음 보는 것이건만.

지호를 보는 시선이 영 탐탁지 않다.

"네놈이구나. 이 사달을 낸 것이."

"예. 접니다. 이 사달을 낸 게."

지호가 고개를 주억거린다.

태상노군이 인상이 팍 찡그렸다.

"장난치자는 거냐, 지금?"

"좋은 말이 안 오는데, 갈 필요도 없잖습니까?"

지지 않겠다는 듯이 툭 쏘아붙인다.

"하여간 빌어먹을 돌 원숭이 새끼들. 마음에 드는 구석이 하나도 없어."

태상노군은 이를 바득바득 갈더니 소리쳤다.

"됐고. 거기 있는 거나 여기 꺼내 놔 봐."

지호는 이 괴팍한 노인네에게 과연 맡겨도 될까 싶은 심정이었지만 더 이상 자극해서도 좋을 게 없다는 생각에 순순히 허공에다 손을 가볍게 휘저었다.

그러자 태상노군 앞으로 하얀 원숭이가 나타난다. 쌔근쌔근, 곤히 잠에 들었다.

"거참. 세상 물정 모르고 참 잘도 처자는구나."

태상노군은 영락한 손오공을 내려다보는 내내 혀를 찼다.

한때 팔괘로를 뒤집고 선단까지 훔쳐 먹던 고얀 놈. 그러면서도 여태 사과 한 마디도 없이 제가 세상에서 제일 잘났다며 날뛰던 게 이 꼴로 나타났다.

"참 꼴좋구나, 꼴좋아."

하지만 말투와 달리 시선에는 안타까워하는 감정이 역력했다. 태상노군은 한참이나 그렇게 손오공을 보다 다시 지호를 올려다봤다.

"이렇게 된 지 얼마나 됐어?"

지호도 더 이상 까불지 않고 진지하게 답했다.

"남섬부주의 시간으로 한 달 가까이 되었습니다."

"한 달? 사생부는? 확인해 봤어?"

"예."

모든 싸움이 끝난 뒤, 지호는 사생부부터 확인했다.

"얼마나 남았디?"

"72일 남았더군요."

"많지도, 적지도 않군. 애매해."

태상노군은 피곤한지 검지와 엄지로 두 눈덩이를 가볍게 문질렀다. 그러다 나타에게 눈빛을 준다. 자리를 비워 달란 뜻이다. 나타는 고개를 끄덕이고는 이예와 함께 대장간을 벗어났다.

주변에 아무런 기척이 느껴지지 않고서야, 태상노군이 입을 열었다.

"일단 지금 저 돌 원숭이 꼴을 보아하니 이쪽에서 손을 쓸 수는 없을 것 같다. 웬만한 건 내 선에서 처리할 수 있을 거라 생각했는데 쉽지 않아. 그러게 부처 자리 좀 다시 받으라고 할 때 좀 받아 둘 것이지."

쯧, 혀를 차더니 말을 잇는다.

"하지만 지금 저승 상태는 영 좋질 못하다."

태상노군이 허공에다 가볍게 손을 젓는다.

그러자 주변을 둘러싼 공간이 바뀐다. 마치 3D입체영상을 보는 것처럼 대장간이 아닌 붉은 하늘이 가득한 세상이 드러난다.

지호는 발아래를 내려다보았다.

지옥이 펼쳐져 있었다.

은유적인 의미가 아닌, 명사적 의미의 지옥이.

구멍이 숭숭 뚫린 대지 위로 지옥불이 용암처럼 흘러내리고, 곳곳에 난 균열을 따라 수증기가 쉴 새 없이 올라온다.

그 위에는 수많은 시신들이 저마다 검이나 창 같은 날붙이에 박혀 쓰러져 있다. 그들 사이로 악귀의 형상을 띤 자들이 시신을 의자 삼아 앉아 고기를 뜯어먹는다.

보는 것만으로도 구역질이 저절로 나오는 참혹한 곳.

곳곳에 나부끼는 깃발이 저들의 정체를 말해 준다.

절교였다.

"넌 이곳이 어디라 생각하느냐?"

"지옥 아닙니까?"

"틀렸다. 극락이다."

"예?"

지호가 두 눈을 부릅떴다.

*　　　*　　　*

"죄인, 화정 축융! 모반에 가담한 죄로 흑암 3천 년형에 처한다!"

끼익, 쿵!

다시는 절대 열리지 않을 것 같은 문이 닫힌다.

어둠이 내려앉으며 모든 빛을 집어삼킨다.

허무와는 다른 의미로 존재의 가치가 없는 곳.

무간지옥이 폐쇄되어 지금은 그보다 더하다 알려진 형옥, 흑암.

축융은 그곳에 갇힌 제 꼴이 그저 웃기기만 했다.

여름과 불을 다스리고, 한때는 상장군까지 꿈꿨던 자신이. 옥황상제의 둘도 없을 벗이라고도 불렸던 자신이 왜 이런 꼴이 되고 말았을까.

"키킥! 키키키키킥!"

웃는다.

그래. 웃을 수밖에 없다.

단 한 번 줄을 잘못 잡은 대가로 이런 꼴이 되고 말았으니까.

아마 곧 머지않아 자신이란 존재는 잊힐 테지.

신이란, 강할 때는 한없이 강하나 잊힌 순간 한없이 영락하고 마는 가녀린 존재니까.

"미쳤군."

"그러게. 그래도 한때는 상제의 제일가는 칼이라고 불렸었는데 말이야."

누군가 혀를 찬다.

축융은 웃다 말고 홱, 그쪽으로 고개를 돌렸다.

야차왕과 나찰왕이 비웃음을 던지고 있었다.

이렇게 넓은 흑암에서 마주치게 되다니. 이놈들도 여기 떨어진 지 얼마 되지 않았나 보다.

"킥! 칼이라. 그래. 그럴 때도 있었지. 하지만 인형 따위에 지나지 않는 너희들이 뭘 알까. 우리가, 우리가, 싸웠던 자가……!"

축융은 말을 하다 말고 갑자기 손으로 입을 틀어막았다. 우욱, 우욱, 헛구역질이 나온다.

화안금정에 기억이 읽혔을 때. 영혼이 낱낱이 분해되었

을 때. 그때 축융은 화안금정 너머에 있는 걸 보았다.

가장 깊숙한 곳에 웅크리고 있는 거대한 검고 붉은 짐승.

그것을 본 순간 넋이 나갈 것만 같았다.

"뭐야. 당신, 정말 천지를 갈랐다는 그 중려 맞아? 나 참."

나찰왕이 코웃음을 친다.

그럴수록 축융의 손은 덜덜 떨리기만 한다.

잊고 싶지만 잊을 수 없는 옛 이름, 중려.

산해경에 이르길, 황제 헌원의 손자, 전욱이 신하인 중을 신을 관장하는 남정에, 려를 땅을 관정하는 화정에 임명해 하늘과 땅을 갈라 소통을 금하라 하였다.

또한, 상서 여형편에는 황제가 하늘로 오르는 묘민들이 너무 많아 중려로 하여금 하늘과 땅을 분리시키라 하였다고 한다.

이를 두고 사람들은 말한다.

절지천통, 이라고.

수미산이 네 개로 갈라지고, 천계와 하계가 완전히 분리된 시대.

상고 시대가 드디어 끝난 때라고 말한다.

이때 가장 큰 공을 세운 려, 혹은 중려라는 이가 바로 지금의 축융이었으니.

하지만 축융은 그런 사실이 웃기기만 했다.

아무것도 모르는 멍청한 놈들 같으니라고.

그가 돌아온다면 너희들이라고 무사할 것 같아?

"네가 려다. 기억해라. 네가 이제부터 려다. 알겠
느냐?"

축융은 저주했다.

자신을 이런 꼴로 만든 놈들을.

거짓만 가득한 이 천계란 세상을!

"키키키키킥. 끽구야. 끽구야. 너도 보았을 테지? 너는
이제 어떻게 할 것이냐. 어떻게 할 것이야?"

축융은 이 자리에 없는 다른 누군가를 떠올렸다.

땅을 움켜쥐는 손길에 바짝 힘이 들어갔다.

*　　　*　　　*

끽구는 눈을 떴다. 몸을 억지로 일으킨다.

"수, 수문대장께서 일어나셨다!"

"괜찮으십니까? 저희를 알아보시겠습니까?"

부상자들을 돌보는 야전 병원.

의원들은 끽구를 보면서 하나같이 긴장한 표정을 지었

다. 워낙에 끽구에 대한 명성은 천계 내 주민이라면 누구나 다 아는 데다가, 거인족의 신체 구조는 보통 사람과는 달라 치료하기가 여간 버거운 것이 아니었다. 더구나 내장이 거의 박살이 날 정도로 큰 부상까지 입었으니.

"어? 어! 움직이시면 안 되는데!"

"가시면 안 됩니다!"

끽구는 주변의 만류에도 불구하고 억지로 일어섰다. 몸에 놓인 침이며 뜸을 모두 치우며 침상에서 내려왔다.

"친구. 몰랐다. 친구. 미안하다."

끽구의 시선은 어딘가에 단단히 꽂혔다.

"친구. 만난다."

*   *   *

"나의…… 복권(復權)을 건의할 것이라고?"

이예의 눈빛이 살짝 떨린다.

나타가 웃으면서 크게 고개를 끄덕인다.

"예. 이미 거기에 대한 장계도 전부 작성하였고, 수결도 관인들이며 백성들 모두 기쁜 마음으로 동참해 주었습니다. 이만한 서명이라면 상제께서도 뜻을 고칠 수밖에 없으실 겁니다."

이예는 입을 꾹 다물었다.

복권이라니.

자신에게 주어진 죄인이란 형틀을 지울 것이라니.

이미 너무 많은 시간이 지나 이제는 바라지도 않던 것이다. 자신은 이제 제천대성부의 권속이 되었으니 도당과는 전혀 별개의 소속. 별 필요도 없었다.

하지만 항아, 그녀만은 다르지 않은가.

그녀에게 씌워진 굴레를 치울 수만 있다면.

그녀를 떳떳하게 음지가 아닌 양지로 꺼내 올 수 있다면.

제자들은 이미 모든 준비가 끝났다고 했다. 못난 제자들이 스승에게 줄 수 있는 유일한 선물이라며 어떻게든 해 보일 것이라 했다.

"그럼 다녀오겠습니다. 조금만. 조금만 기다려 주십시오, 스승님."

그렇게 나타는 웃으면서 천계를 떠났다.

하지만 사흘이 지나도록 나타는 돌아오지 않았다.

〈다음 권에 계속〉

새로운 제천대성 351

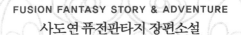